अनजाने क्षितिज की ओर

अनजाने क्षितिज की ओर

वीणा सिन्हा

वाणी प्रकाशन

वाणी प्रकाशन

4695, 21-ए, दरियागंज, नयी दिल्ली 110 002

फ़ोन : +91 11 23273167 फ़ैक्स : +91 11 23275710

शाखाएँ

अशोक राजपथ, पटना 800 004, बिहार

कॉफ़ी हाउस कैम्पस, महात्मा गांधी मार्ग, इलाहाबाद 211 001, उत्तर प्रदेश

महात्मा गांधी अन्तरराष्ट्रीय हिन्दी विश्वविद्यालय, वर्धा 442 001, महाराष्ट्र

सुल्तानिया रोड, मोतिया पार्क, भोपाल 462 001, मध्य प्रदेश

www.vaniprakashan.in
marketing@vaniprakashan.in
sales@vaniprakashan.in

ANJANE KSHITIJ KI OR
by Veena Sinha

ISBN : 978-93-89012-76-7
Novel

प्रथम संस्करण 2019

मूल्य : ₹395

सिटी प्रेस, दिल्ली-110 095 में मुद्रित

वाणी प्रकाशन का लोगो मक़बूल फ़िदा हुसेन की कूची से

"अपनी बात"

5 मई, 1938 को, पूर्वी उत्तर प्रदेश के एक सामन्ती परिवार में मेरा जन्म हुआ था, पिता ज़मींदार थे और ब्रिटिश सरकार की ओर से दी गयी 'राजा' की उपाधि से विभूषित थे। मेरा जन्म वाराणसी में हुआ था क्योंकि उन दिनों मेरे बाबा काशी में वास कर रहे थे। तीन भाइयों के बाद जन्म लेने के कारण, परिवार में मेरा ज़ोरदार स्वागत हुआ था।

मेरा गाँव 'सलेमगढ़' उत्तर प्रदेश के पूर्वी छोर पर, हिमालय की तराई में बसा हुआ एक छोटा–सा गाँव है। वाराणसी में जन्म लेने के बावजूद मेरा पालन–पोषण मेरे अपने ही गाँव में हुआ। बचपन बहुत सुन्दर और शानदार गुज़रा, पर थोड़ा बड़ा होते ही उस समय की सामाजिक बन्दिशों से, जो ख़ासकर लड़कियों के लिए थीं, जब रू–ब–रू होना पड़ा, तो सब कुछ जैसे बदल–सा गया। मेरे दो बड़े भाई बाबा के पास रह कर वाराणसी में ही पढ़ रहे थे इसलिए जब छोटे भाई के पढ़ने का समय आया, तो मैं भी भाई की ज़िद के कारण उसके साथ ही पढ़ने के लिए वाराणसी भेज दी गयी। हाँ, एहतियात के तौर पर, मेरे साथ एक दाई भी भेज दी गयी थी ताकि लड़की होने की विशिष्ट ज़रूरतों को वह सँभाल ले। छह साल की उम्र में सेन्ट्रल हिन्दू गर्ल्स स्कूल में, कक्षा 2 में मेरा नाम लिखवा दिया गया। यह मालवीय जी द्वारा स्थापित स्कूल था जो नाम से ही नहीं काम से भी भारतीय संस्कृति का वाहक था। मेरी स्कूल की सारी पढ़ाई वहीं हुई।

मैं पहले भी कह चुकी हूँ कि मेरा बचपन बहुत आरामदेह और ख़ूबसूरत गुज़रा, पर उस समय की तुलना हम आज के समय से नहीं

कर सकते। बचपन में हम जिन मान्यताओं, वर्जनाओं और संवेदनाओं के बीच जीते थे, वे आज की मान्यताओं, वर्जनाओं और संवेदनाओं से बिलकुल भिन्न थीं। उदाहरण के तौर पर, जैसे उन दिनों हमारे आदर्श राजनीतिज्ञ नहीं हुआ करते थे वे हमारे लिए सम्मान के पात्र थे। हमारे सपने तो साहित्य और साहित्यकारों के इर्द–गिर्द मँडराते रहते थे। मैं निश्चित तौर पर तो नहीं कह सकती कि इसके पीछे के कारण क्या थे; शायद इसके पीछे का कारण वह युग ख़ुद रहा हो, क्योंकि वह युग हिन्दी साहित्य का स्वर्ण युग था। भारतेन्दु हरिश्चन्द्र, निराला, पन्त, महादेवी, जयशंकर प्रसाद, प्रेमचन्द्र जैसे सितारे हिन्दी जगत के फलक पर जगमगा रहे थे। उनके व्यक्तित्व की तेज़ रोशनी, उनकी रचनाओं के माध्यम से हम तक पहुँचती थी। ऐसे में स्वाभाविक था कि मैं भी अपना आदर्श इन्हीं में खोजती। इस तरह रचनाओं के माध्यम से ही शनैः–शनैः महादेवी मेरी आदर्श बनती गयीं और साहित्य बन गया मेरा हमसफ़र।

पढ़ाई शुरू होने के बाद से हम भाई–बहन, 10 महीने तो वाराणसी में गुज़ारते थे, और गर्मी की छुट्टियों के 2 महीने अपने गाँव में। बाबा का स्वर्गवास हो जाने के बाद भी हमारा जीवन इसी नियम से चलता रहा, पर जैसे–जैसे मैं बड़ी होती गयी, मेरे ऊपर वर्जनाएँ बढ़ती गयीं। वाराणसी में रहते हुए, भाइयों के साथ पतंग उड़ाना, क्रिकेट खेलना सब चलता था। पर गाँव जाते अचानक मैं बड़ी मानी जाने लगती थी, उन दिनों लड़कियों को क्या करना चाहिए, क्या नहीं करना चाहिए की लम्बी फेहरिस्त हुआ करती थी। सामन्ती परिवार और उसकी पहली लड़की सन्तान होने के नाते मैं सारी वर्जनाओं का केन्द्र बनती गयी थी। समय गुज़रने के साथ ये बातें मुझे विचलित करने लगी थीं। इन बातों से मेरे अन्दर प्रश्नों के जैसे तूफ़ान खड़े हो जाया करते थे। अपने ऊपर ज़बर्दस्ती से उढ़ाई गयी यह दोहरी भूमिका, मुझे विद्रोही बनने के लिए उकसाती थी। अन्तर्मुखी होने के कारण मैं खुल कर कभी विद्रोह तो न कर पायी, पर शायद विद्रोह की यही कुण्ठित मानसिकता आगे चलकर मेरे विद्रोही नारी पात्रों के सृजन का कारण बनी।

आई.ए. तक की शिक्षा 'उन दिनों मैट्रिक के बाद के दो वर्षों की पढ़ाई को आई.ए. कहते थे। मेरी शादी वाराणसी में ही हुई,

शादी के बाद मैंने मगध विश्वविद्यालय से बी.ए. किया। माँ बनने के बाद आगे की पढ़ाई सम्भव नहीं हो पायी।

शादी मेरे जीवन में बहुत से परिवर्तन लेकर आयी थी। उन बहुत से परिवर्तनों में एक था गाँव में जाकर रहना। हालाँकि शादी के बाद बहुत लम्बे समय तक मुझे गाँव में नहीं रहना पड़ा। पर गाँव को नज़दीक से देखने का मौक़ा मुझे तभी मिला था। आगे की रचनाओं में जो गाँव उभर कर आया वह ससुराल का ही गाँव था। ससुराल में महिलाओं से मेरे रिश्ते बहुत सहज थे। उनसे मुझे स्नेह और अपनापन सब कुछ मिला था। पर उनसे मैं अपने विचारों का आदान–प्रदान नहीं कर सकती थी। वहाँ का पुरुष वर्ग जो प्रत्यक्ष रूप से राजनीति में न रहते हुए राजनीति की ही मानसिकता में जीता था, उनका वातावरण मुझे बहुत रास नहीं आया था। ससुर मुख्यमन्त्री के बहुत क़रीबी व्यक्ति थे और आगे जाकर पति के घनिष्ठ मित्र भी 18 वर्षों तक राज्य के वरिष्ठ मन्त्री रहे, इसलिए वहाँ के वातावरण में कला या कला सम्बन्धी बातों की कोई गुंजाइश ही नहीं थी। कभी–कभी मुझे लगता था मैं अनजानी जगह पर हूँ। अनजानेपन की यह कसमसाहट और ऊपर से अन्तर्मुखी व्यक्तित्व, शायद अपने को व्यक्त न कर पाने की इसी छटपटाहट ने मुझे रचनाकार बनने के लिए विवश किया। मैंने लिखना–पढ़ना शुरू कर दिया, मैं उसमें रमने भी लगी। पर जब कुछ उम्र गुज़री तब मैंने महसूस किया कि अपने इर्द–गिर्द के लोगों से सहज रूप में बात करना भी उतना ही ज़रूरी है। जब मैं यह समझी तब मैंने अपने को बदलना भी शुरू किया, क्योंकि मेरे इर्द–गिर्द के अधिकतर लोग या तो साहित्य में दिलचस्पी नहीं रखते थे या फिर उस विषय पर बात करना नहीं चाहते थे, इसलिए मैंने अख़बार पढ़ना और राजनीति में रुचि लेना शुरू किया। पति दर्शनशास्त्र के प्रोफ़ेसर थे। उनकी अपने विषय पर पकड़ भी बहुत थी, पर दर्शनशास्त्र उनकी रुचि या उनके व्यक्तित्व का हिस्सा नहीं था, असली आनन्द तो उन्हें अपने मित्र की राजनीतिक मण्डली में ही आता था।

मैं एक ही सन्तान की माँ बनी थी। बेटा पढ़ने में अच्छा था, अच्छे स्कूल में पढ़ाने की ग़रज़ से कुछ वर्ष मैं बेटे के साथ अकेली

पटना में रही। ये ही वे वर्ष थे जब मैंने जमकर लिखा और पढ़ा, उन्हीं दिनों आकाशवाणी में अपनी रचनाएँ सुनाने का सुअवसर भी मिला। यह क्रम लगातार पच्चीस वर्षों तक चलता रहा। इसी क्रम में दिल्ली आकाशवाणी के विदेश विभाग में भी अपनी कहानी पढ़ने का अवसर मिला।

मैं अपने को नारीवादी नहीं मानती, हालाँकि मेरी रचनाओं में नारी का ही प्रमुख स्थान है। चूँकि मेरी पीढ़ी ने नारी होने की यन्त्रणा को सबसे ज़्यादा भोगा था, इसलिए स्वाभाविक था कि मेरे अधिकतर पात्र जो उसी पृष्ठभूमि का प्रतिनिधित्व करते हैं, उनका दर्द मेरी रचनाओं में प्रतिबिम्बित हुआ। हमसे पहले की पीढ़ी में अधिकांश महिलाएँ पढ़ी–लिखी नहीं थीं। समाज से उनका कोई सीधा सम्पर्क भी नहीं था। 16 साल से 50 साल तक की उम्र, बच्चा पैदा करने और उसे पालने में गुज़र जाती थी। उनके पास इतना समय ही नहीं रहता था कि वे दोयम दर्जे वाली अपनी स्थिति के बारे में सोचें या अपनी प्रतिक्रिया ज़ाहिर करें, शायद इसीलिए दोयम दर्जे वाली अपनी नियति को उन्होंने चुपचाप स्वीकार कर लिया था। उन्हें अपनी यह स्थिति प्रकृति प्रदत्त भी लगती थी।

मेरा पहला उपन्यास 'आधुनिका', आधुनिक होती नारी के विचलन पर है, जबकि दूसरा उपन्यास 'अन्तर्यात्रा' में, एक ही परिस्थिति में दो पीढ़ियों की अलग–अलग प्रतिक्रियाओं का लेखा–जोखा है, दो कहानी–संग्रह 'स्मृतिगन्ध', 'एक मुट्ठी रेत' में मेरी सारी कहानियाँ संगृहित हैं। 'अनजाने क्षितिज की ओर', मेरा तीसरा उपन्यास है। अपने तीसरे उपन्यास में मैंने, लम्बे जीवन से प्राप्त ज्ञान को पात्रों के माध्यम से कहने की कोशिश की है या यूँ कह लीजिये, ख़ुद को समझने का यह मेरा अपना प्रयास है। इसके अलावा भी मैंने बहुत से लेख अख़बारों में लिखे।

बचपन में मैं घूम नहीं पायी थी इसकी कमी अन्दर से मैं बहुत महसूस करती थी, इसलिए ज़िन्दगी में अवसर मिलते ही मैं घूमने निकल पड़ी थी। यह अवसर भी मुझे तब मिला जब लड़का इंजीनियरिंग कॉलेज के हॉस्टल चला गया, मेरी पहली यात्रा तीर्थयात्री के रूप में परिवार के बुजुर्गों के साथ उत्तराखण्ड के चारों धाम की हुई थी। इस यात्रा में ख़ासकर केदारनाथ की बर्फ़ीली

वादियों ने मुझे बहुत प्रभावित किया। उसके नैसर्गिक सौन्दर्य को देखकर मन इस तरह ख़ुशी से झूम उठा कि धीरे–धीरे हिमालय की सारी प्रसिद्ध पर्वतश्रेणियों को देख डाला। उसके बाद बारी आयी थी ऐतिहासिक धरोहरों को देखने की–अजन्ता, ऐलोरा, दिलवाड़ा टेम्पल, कोणार्क, खजुराहो, एक से बढ़कर एक कला के नमूने, इनको देख कर लगा कि अगर इनको नहीं देख पाते तो शायद भारत की आत्मा को नहीं समझ पाते। फिर आयी प्राकृतिक सुन्दरता को देखने की बारी, पर इसके लिए हमें अलग से प्रयास नहीं करना पड़ा, प्राकृतिक सुन्दरता तो कश्मीर से लेकर कन्याकुमारी तक बिखरी पड़ी है।

जीवन में विदेश घूमने का भी अवसर मिला, पहली बार एक प्रतिनिधिमण्डल के सदस्य की हैसियत से रूस, जर्मनी, पोलैंड, चेकोस्लोवाकिया जाने का अवसर मिला। उस समय का जर्मनी दो भागों में बँटा हुआ था और रूस अभी विभाजित नहीं हुआ था। हाल के वर्षों में इंग्लैंड और फ्रांस जाने का भी मौक़ा मिला।

आज मुझसे कोई पूछे कि जीवन के इस मुक़ाम तक मैं कैसे पहुँची, तो मैं इसका श्रेय किताबों को देना चाहूँगी। वैसे अगर मैं चाहती तो किताबों की जगह आसानी से पृष्ठभूमि, नसीब या परिस्थितियों का नाम ले सकती थी, पर यह कहना शायद ख़ुद से बेईमानी होती। छोटे परिवार की सदस्य होने के नाते, पढ़ने के लिए मेरे पास बहुत समय था। पढ़ना मेरे लिए केवल मन बहलाव का साधन नहीं था, मैं जीवन के अनुत्तरित प्रश्नों के उत्तर इन्हीं में खोजा करती थी, या आज भी खोजती हूँ। किताबें मेरे जीवन की वह सुन्दर खिड़कियाँ हैं जिनसे होकर मैं खुले आसमान में विचरने की जगह बना लेती हूँ।

पढ़ने–लिखने की लत ही शायद वह कारण है जिसकी वजह से जीवन के प्रति मेरा दृष्टिकोण बहुत सकारात्मक और स्पष्ट हो गया है। मैं भाग्य को नहीं मानती, मेरी समझ से कर्म ही वह ईंट है जिससे जीवन की इमारत बनती है।

अनजाने क्षितिज की ओर

वर्षा के बाद धुला आकाश, हलके तैरते बादल, जैसे उन्मुक्त गगन में पक्षी उड़ रहे हों; चारों ओर बिखरा सुनहरा एहसास। पर ये सारी बातें मुझे आश्चर्यचकित नहीं कर रही हैं मैं स्तब्ध हूँ अपने शरीर के हलकेपन से, शायद शरीर ही नहीं आत्मा भी हलकी हो गयी है। पर आत्मा कैसे हलकी हो सकती है, हलकापन–भारीपन यह तो शरीर का एहसास है, और शरीर...मैं शायद भ्रमित हो गया हूँ।

मैं भार मुक्त हूँ पर मोह मुक्त नहीं, अभी भी मेरी आत्मा रह–रह कर उस छूटे शरीर में प्रवेश करना चाह रही है। मेरे शिष्य जो आँसू बहा रहे हैं, उनके आँसू, भी जैसे मेरी आत्मा पर टपक रहे हैं। कितने वर्षों का साथ था, शायद पच्चीस सालों का या उससे कुछ अधिक ही, ठीक से याद नहीं, पर इतने लम्बे समय का साथ भी मोह के लिए कम है क्या? पर मोह से उबरने के लिए ही तो मैंने अपना पूरा जीवन लगा दिया था, और फिर वही मोह? कृष्णा के मोह से उबरने में मुझे कितने वर्ष लग गये थे, कृष्णा तो कृष्णा रमा के मोह से छूटने में मुझे कितनी छटपटाहट हुई थी, राधिका के प्रति शायद मेरा मोह का बन्धन ही नहीं था, शरीर का बन्धन टूटने में समय ही कितना लगता है; इसीलिए शायद वैसा आघात भी नहीं लगा, और जब वह बन्धन टूट गया तो उसकी याद कभी भी नहीं आयी। हाँ; माँ ज़िन्दगी भर याद आती रहीं, जैसे कोई टूटा अंग पुरवैया बहने पर दर्द करने लगता है माँ भी उसी टूटे अंग के दर्द की तरह हमेशा मेरी यादों में बनी रहीं। माँ मेरी ज़िन्दगी की एक ऐसी कसक थीं, जो पूरी ज़िन्दगी मेरे शरीर के हर रेशे के साथ बनी रहीं और इसमें आश्चर्य भी क्या, मैंने अपना यह शरीर उन्हीं के अन्दर तो ग्रहण किया था।

मैं गुरुजी को भी तो ज़िन्दगी भर नहीं भूल पाया, कभी पश्चाताप के एहसास के साथ, तो कभी कृतज्ञता की भावना के साथ। सपने में उनसे

मिलने के बाद, मैं अपराधबोध से तो ज़रूर मुक्त हो गया, पर उस नेक गुरु को, जिनका मैं मानस पुत्र बना था, दिल से कभी नहीं भूला पाया और प्रकाशजी, क्या उनको भी मैं भूल पाया?

मेरी लाश रखी हुई है, मेरे शिष्य आँसू बहा रहे हैं उन्हें प्रकाशजी के आने का इन्तज़ार है। प्रकाशजी को गौरीकुण्ड से आने में विलम्ब हो रहा है क्योंकि केदारनाथ में आयी त्रासदी ने रास्तों को उलट–पलट दिया है। प्रकाशजी शायद शाम तक ऋषिकेश पहुँचें, और तब शायद अग्नि मेरे शरीर को छूए। संस्कार के बाद मेरे शिष्य मेरे उस 'स्मृति ग्रन्थ' को प्रकाशजी के हवाले करेंगे। प्रकाशजी उसी समय लौट जायेंगे, मृत्यु से पहले मैंने ऐसी ही इच्छा प्रकट की थी। मैं जानता था प्रकाशजी को कर्मकाण्ड पर विश्वास नहीं, इसलिए मैंने उनको इससे मुक्त कर दिया। कर्मकाण्ड पर तो मुझको भी विश्वास नहीं पर सांसारिक औपचारिकता निभाये बिना शायद मेरे ये शिष्य सन्तुष्ट नहीं हो पायेंगे, सन्तुष्टि की भी एक अलग मानसिकता होती है।

अग्नि जब मेरे लौकिक शरीर को भस्म कर देगी, तब मैं शायद मोह मुक्त हो जाऊँगा। इस मुक्ति के बाद कहाँ जाऊँगा इसका ठीक–ठीक ज्ञान तो मुझे नहीं, पर थोड़ा आभास ज़रूर है। वह जगह हिमालय की गहनतम श्रेणियों के बीच कहीं हो सकती है, या सितारों में कोई सितारा मेरी कर्मभूमि बन सकता है। मुझमें अभी वह शक्ति है कि मैं याद रख सकूँ कैसे पिछले जन्मों से बढ़ते–बढ़ते मैं मानव, फिर उच्च मानव तक आया, अब महा मानव के रूप में मुझे जीना होगा। महामानव का अर्थ होगा जीवन–मृत्यु के बन्धन से मुक्ति, यानी 'मोक्ष', यानी अन्तिम 'पुरुषार्थ'। मैं उस योनी में कब तक रहूँगा, मैं कह नहीं सकता मेरी एक छोटी–सी भूल, मुझे फिर जीवन–मृत्यु के चक्र में धकेल सकती है।

शाम ढलने लगी है, मेरे शिष्यों के चेहरे पर थकान दिखने लगी है, पर मैं...मैं तो उतनी ही ताज़गी महसूस कर रहा हूँ...उफ़ मैं भूल क्यों जा रहा हूँ, थकान शरीर का धर्म है और मैं...मैं कैसे थकूँगा? लो, प्रकाशजी पहुँच गये...लोग जल्दी में हैं, मुझे एक बार फिर शरीर में घुसने की इच्छा प्रबल हो रही है, पर अब तो चिता भी सज चुकी है,...प्रकाशजी मुखाग्नि देकर विचलित से खड़े हैं।

प्रकाश

हल्की–हल्की बर्फ़ गिर रही है पूरी प्रकृति बर्फ़ की सफ़ेद चादर से ढँक गयी है; पूर्णिमा के चाँद की चाँदनी बर्फ़ से टकरा कर पूरे दृश्य जगत में उजास भर रही है। इतनी प्रकाशमय रात और इतनी बुरी ख़बर, लगता है अन्धकार–प्रकाश दो विरोधी तत्त्व एक साथ खड़े हैं। हाँ; मैं प्रकाश, मेरे अन्दर भी तो अन्धकार ही भरा है, अभी–अभी तो यह समाचार मिला है। समाचार देने वाला उनका ही कोई शिष्य था, उसने अपना क्या नाम बताया? ख़ैर मुझे उसके नाम से क्या लेना–देना, वैसे भी ऐसी ख़बर सुनने के बाद बताने वाले का नाम कहाँ याद रहता है। हाँ, उसने बताया कि स्वामी गोपालदासजी नहीं रहे और उनकी अन्तिम इच्छा के अनुसार मुझे ही उन्हे मुखाग्नि देनी है साथ एक पुस्तक भी वहाँ से लानी है जो सम्भवतः उनकी जीवनी है; तो वह व्यक्ति इतना निकट होते हुए मेरी स्मृति की पकड़ में क्यों नहीं आ पा रहा है, आश्चर्य है। अचानक जैसे बादलों में बिजली कौंध गयी हो, वैसे बातें स्पष्ट हो गयीं। ओह; गोपाल नहीं रहे, और उन्होंने मुझे ही अपने अन्तिम संस्कार के लिए चुना है, मन एक ऐसी उदासी से भर गया, जिसमें तीखापन तो नहीं था पर बर्फ़ीली रातों की सर्द हवाएँ थीं, जो पूरे जिस्म को जकड़ लेती हैं।

मन भी कितना विचित्र होता है। मैं चाह रहा हूँ, गोपालदास जी को याद कर दुखी होऊँ। पर भावनाएँ हैं कि उस गोपाल की तरफ़ भागी जा रही हैं जो आज से 36 साल पहले गौरीकुण्ड के मन्दिर के बरामदे में पहली बार मिला था। वह एक ऐसा जिज्ञासु था जिसका न कोई अतीत था न कोई भविष्य, था तो केवल उसके साथ उसका वर्तमान; जो जिज्ञासाओं से भरा हुआ था। वह जीवन को समझना चाहता था। वह मोह के बन्धन से मुक्ति की राह तलाशना चाहता था। मैंने एक अज्ञात प्रेरणा से प्रेरित होकर उसे वहीं ठहर कर अपनी खोज को आगे बढ़ाने का आग्रह किया, वह मान भी गया।

हमने लगभग 10 साल साथ बिताये। बहुत से कामों के हम साथ साक्षी बने और बहुत से काम हम अलग–अलग भी करते रहे। इन्हीं दस वर्षों में गोपाल के साथ चमत्कार की कितनी कहानियाँ जुड़ने लगी थीं, गाँव वालों की नज़रों में धीरे–धीरे वह व्यक्ति से हटकर देवत्व ग्रहण करने लगा था। मेरे पूछने पर वह हर कहानी को बड़ी सरल भाषा में

समझा जाता, पर वही कहानी जब मैं गाँव में सुनता तो चमत्कृत होकर रह जाता। तक़रीबन यह रोज़ का सिलसिला बन गया था। कितनी बार जब मैं पूछता और वह बड़ी सहजता से दूसरे ढंग से उसकी व्याख्या कर देता और मैं झल्ला उठता। यह सिलसिला कितने वर्षों तक चलता रहा यह तो याद नहीं, पर एक दिन गोपाल जैसे प्रकट हुआ था, कुछ उसी तरह अदृश्य हो गया। हम महीनों उसे ढूँढ़ते रहे, पर वह नहीं मिला और फिर एक तलाश बन कर वह मेरे अवचेतन में चला गया, और आज इतने वर्षों बाद मिला भी तो किस तरह, क्या इस मिलने को मिलना कहेंगे? पहाड़ों पर रात में यातायात की कोई सुविधा नहीं होती थी, इसलिए सुबह का इन्तज़ार करना ही था। सवेरा होते ही मैं गन्तव्य की ओर चल पड़ा।

उस दिन अग्नि संस्कार के बाद मैं बहुत विचलित हो गया था, मैं तुरन्त लौटना चाहता था। पर तुरन्त लौटना नहीं हो सका क्योंकि रात हो गयी थी। मैं थकान के बावजूद भी सो नहीं पा रहा था। रह–रह कर गोपाल का चेहरा आँखों के आगे घूमे जा रहा था। गोपाल, जिसके साथ मैंने दस साल गुज़ारे थे और आज चिता पर लेटा यह गोपालदास क्या एक ही है? मन विश्वास करने को तैयार नहीं था, क्या नदी की हर लहर की तरह आदमी भी बदल जाता है, मैं ज़िन्दगी के इस दर्शन में उलझा सारी रात जागता रहा। कुछ शिष्य वहीं आश्रम में ही सो गये, कुछ शिष्यों ने टुकड़े–टुकड़े में गोपाल के बारे में मुझे बताना शुरू किया। मैं उनकी बात सुनता रहा, सोचता रहा, समझने की कोशिश भी करता रहा। पर गोपाल और 'स्वामी गोपालदास' में मैं कोई सामंजस्य नहीं बैठा पा रहा था। इस तरह रात कट गयी। पौ फटते ही आश्रम में चहल–पहल शुरू हो गयी। जब मैं तैयार हो गया तो एक शिष्य ने मुझे एक मोटी–सी डायरी पकड़ायी और वही सब बातें दोहरायी जो वह पहले भी मुझसे कह चुका था। दूसरे शिष्य ने मुझे बस तक पहुँचा दिया। यात्रा कष्टकर थी, रास्ता बहुत उबड़–खाबड़ और ख़तरनाक था। पिछली केदारनाथ त्रासदी के चिन्ह जगह–जगह बिखरे हुए थे। टूटे मकान, पुल, बिजली के खम्भे सब उस त्रासदी के गवाह बने ज्यों के त्यों पड़े हुए थे। पुरानी बसों और गाड़ियों के अस्थीपंजर किनारों की झाड़ियों में अटके पड़े थे। केवल गंगा र्निविकार होकर अपनी पुरानी गति से बही जा रही थीं। उनको देख सहसा विश्वास नहीं हो रहा था कि इतने बड़े हादसे के पीछे यही गंगा थी।

मन्दिर पहुँचते–पहुँचते रात हो गयी थी। मन्दिर की आरती हो चुकी थी और शंकर खाना बना कर इन्तज़ार कर रहा था। उस दिन थकान के मारे मैं खाना खाते ही तुरन्त सो गया। सुबह उठा तो शंकर ने गाँव का बुरा समाचार सुनाया। मैं उसे निर्देश देकर गया था कि प्रतिदिन एक बार गाँव ज़रूर घूम आना। उसने एक मरीज़ की हालत ख़राब होने की बात बतायी, मैं जल्दी–जल्दी तैयार होकर गाँव की ओर भागा, उस मरीज़ को डायरिया हो गया था इसलिए शाम तक मैं वहीं उलझा रह गया। शाम की आरती के बाद ही उस डायरी का भी ख़्याल आया जो वसीयत में मुझे मिली थी और जिसका मैं एकमात्र उत्तराधिकारी था। लाल कपड़े में लिपटी वह डायरी कोई एक डायरी नहीं थी, पाँच कॉपियाँ जिन पर संख्या लिखी हुई थी एक लाल कपड़े में बँधी थीं। कॉपियों का रूप देखकर लगता था वे लम्बे–लम्बे अन्तराल पर ख़रीदी गयी थीं। अलग अलग कॉपियाँ उसकी उम्र के अलग–अलग भागों का प्रतिनिधित्व कर रही थीं। हाथ में डायरी लिए हुए मैं अतीत के गलियारे में घूमने लगा। अतीत के उन दृश्यों में मैं डायरी लिखते गोपाल को तलाशने लगा, पर इसमें मैं सफल नहीं हो पाया; यहाँ तो गोपाल कभी कुछ नहीं लिखता था।

अक़्सर मैं शाम की आरती के बाद, मन्दिर की सीढ़ियों पर बैठ कुछ लिख लिया करता था। कुछ क्या डायरी के पन्नों में अपने अतीत को समेटने की कोशिश करता था। मेरी डायरी रोजनामचा नहीं थी। मैं अपनी डायरी में अतीत की घटनाओं को समेटते हुए उनको विश्लेषित करने की कोशिश करता था। मैं क्या था? मैं ऐसा क्यों बना? अपने ऐसा बनने का श्रेय मैं किसको दूँ? या फिर उससे उलट अपनी गलतियों को ढूँढ़ते–ढूँढ़ते कहाँ पहुँचूँ, ख़ुद में दोष ढूँढ़ूँ या उस परिवेश में दोष ढूँढ़ूँ जहाँ मैं खेलता कूदता बड़ा हुआ। घर का परिवेश, स्कूल का परिवेश, हॉस्टल का परिवेश मेरे जीवन में किसकी कितनी भूमिका है, किन अनुभवों ने मुझे आज के प्रकाश होने तक पहुँचाया। विश्लेषण करते समय एक बात तो मैं भूल ही जाता था कि आख़िर 'जीन' की भी कोई भूमिका है, आपके शरीर की संरचना के पीछे मुख्यतः 'जीन' का ही तो प्रभाव है। एक बार 'जीन' की भूमिका को पूरी गम्भीरता से स्वीकार करने के बाद तो बातें माँ–बाप तक सीमित नहीं रह जातीं, उसका दायरा दादा–दादी, नाना–नानी या उनसे भी पीछे सात पीढ़ियों तक चला जाता है। विज्ञान की कृपा से इतनी बातें तो साबित हो ही चुकी हैं, पर अब तो इसका दायरा बढ़ाते हुए लोग इसे

जन्म–जन्मान्तर तक ले जाने लगे हैं, मनुष्य का खोजी स्वभाव उसे 'जीन' के निर्माण की पृष्ठभूमि पर भी सोचने को मज़बूर करता है। आख़िर हम ऐसे ही क्यों बने, हमारे ऐसे बनने में हमारे कर्मों की कितनी हिस्सेदारी है, हमारे कर्मों से बनी नियति हमें कहाँ तक खींच ले जाती है, क्या सब कुछ नियति है या हमारे वर्तमान कर्म भी अपनी सशक्त भूमिका निभाते हैं।

शाम के झुटपुटे में यह प्रश्न मेरे अन्दर उमड़–घुमड़ रहा था कि गोपाल इतना आगे कैसे बढ़ गया जबकि मैं वहीं का वहीं ठिठक कर रह गया, जहाँ गोपाल मुझे छोड़ कर चला गया था। अभी मैं इस प्रश्न पर सोच ही रहा था तो मेरे अन्दर से एक उत्तर भी सामने आया, शायद मेरी आस्था में वह गहराई नहीं थी जो गोपाल की आस्था में थी। अपने कार्यों के प्रति समर्पण की तीव्रता ही भाग्यों को आकार देती है, शायद मेरे समर्पण में ही कोई कमी रह गयी थी, वरना गोपाल जहाँ पहुँचा वहाँ का मैं भी हक़दार था पर..., अपने कमरे में जाकर लालटेन की रौशनी में मैंने उस लाल डायरी को पढ़ना शुरू किया।

गोपाल

जब मेरी नींद खुली तो बैशाख की दोपहरी अपने उतराव पर थी, बाहर गर्म हवाओं के बगुले नाच रहे थे, पर अमराई में जहाँ मैं सोया था वहाँ सन्नाटा पूर्ववत् पसरा था। उसी सन्नाटे के बीच एक आवाज़ आयी। आवाज़ को सुन ऐसा लगा था, जैसे बड़े प्रयत्न से सन्नाटा काटते हुए आना पड़ा हो उसे, पर नींद तोड़ने के लिए वह आवाज़ काफ़ी थी। मैं जाग तो गया था, पर मुझे भ्रम हो रहा था कि क्या मैंने वह आवाज़ नींद में सुनी है? पता नहीं मैंने यह आवाज़ नींद में सुनी थी या जागने के बाद। अभी मैं ऊहापोह की स्थिति से उबरा भी नहीं था कि वह आवाज़ फिर सुनाई पड़ी 'अरे गोपाल, तोर सब भैंस कादो में चल गइल'। मैं झटके से उठा और पोखर की ओर चल पड़ा। अमराई से पोखर थोड़ी दूर पर था। हालाँकि पोखर सूख चला था पर भैंसों की गरमाहट कम करने के लिए अभी भी काफ़ी पानी था। वह एक तरह से पानी और कीचड़ के बीच की स्थिति थी, पर भैंसों के लिए तो वह जन्नत थी। तभी तो अमराई की ठण्डक छोड़ भैंसें यहाँ आ घुसी थीं। मेरे लिए भैसों का पोखर में घुसना कुछ नया नहीं था, इसलिए चलते हुए फिर मैं सपने के बारे में सोचने लगा। आज फिर वही सपना आया था आज तीसरी बार यह घटना घटी। अमराई में

भैंसें मैं बहुत पहले से चराता आ रहा था, और भैंसें चराते हुए अमराई में सो जाना भी मेरे लिए कोई नयी बात नहीं थी। पर जिस दिन मैं उस टीले जैसे मिट्टी के जमाव पर सोया था उसी दिन मुझे पहली बार यह स्वप्न आया था। जागने के बाद मैं बड़ी देर तक सोचता रहा कि स्वप्न में मैं राजा बना था या कुछ और; मैं सिंहासन पर तो बैठा था, यह तो मुझे अच्छी तरह याद है पर मेरे सिर पर कोई मुकुट नहीं था, कपड़े भी साधारण क़िस्म के थे, वे राजा वाले नहीं थे, तो फिर मैं कौन था? जो भी हो, उठने के बाद मुझे बहुत सुखद अनुभूति हुई थी। आज भी वही सुखद अनुभूति हुई, पर इस बार अन्दर से मैं कुछ डर–सा गया, डर से निजात पाने के लिए मैंने सिर को एक झटका भी दिया। फिर सोचने की कोशिश करने लगा कि उस बार मैं किस आवाज़ से जागा था। पहली बार शायद दो कुत्तों के लड़ने की आवाज़ से जागा था, दूसरी बार जब मेरे पास ही बैठी मेरी भैंस रँभाई तो उसकी आवाज़ से मेरी नींद खुली थी, और आज तो पता नहीं कौन था!

मैं निंदिआया हुआ था इसलिए आवाज़ तो नहीं पहचान सका, पर था कोई लड़का ही। पोखर तक पहुँचते–पहुँचते मैं उस स्वप्न की सारी बात भूल गया। सामने कादो में भैंसें लेटी हुई थीं और उन्हें आरामगाह से निकालना कोई आसान काम नहीं था। पर गर्मी में यह क़रीबन रोज़ की दिनचर्या थी, इसलिए उनको पानी से निकालने में मुझे बहुत देर नहीं लगी। मैं भीगी हुई भैंसों को लेकर घर की ओर चल पड़ा। जब घर की ओर चला तो फिर स्वप्न मुझ पर हावी होने लगा। भीगी भैंसों की पीठ पर चढ़ना सम्भव नहीं था, इसलिए मैं एक भैंस की पूँछ पकड़े धीरे–धीरे उनके साथ चल रहा था।

बैशाख का अस्तगामी सूर्य अभी भी आसमान में आग उगल रहा था। रास्ते में चारों ओर वीरानी छायी हुई थी, हरियाली जैसे कहीं दुबकी हुई जान पड़ रही थी, फ़सलें कट चुकी थीं, वीरान खेत इस वीरानगी में और इज़ाफ़ा कर रहे थे। कहीं–कहीं नीम या जामुन के पेड़ों की दुर्लभ छाँव मिल जा रही थी, बाक़ी सब गर्म और वीरान था। एक–दो पेड़ गुलमोहर और अमलताश के अपने लाल और पीले फूलों से ख़ूबसूरती बुनने की कोशिश करते जान पड़ रहे थे, पर मैं इन ख़बसूरत फूल के पेड़ों को निहार ख़ुश नहीं हो पा रहा था। गर्मी मुझे सहज नहीं होने दे रही थी और असहज स्थिति रास्ते को और लम्बा किये जा रही थी। सहज होने

के लिए मैं भैंसों की पीठ थपथपाने लगा। वे मेरी बेचैनी को समझ कुछ तेज़ चलने लगीं। भाषा न जानते हुए भी मैं उनकी एक–एक बात समझता था और वे मेरी आवाज़ मेरे इशारे से इस क़दर परिचित हो गयी थीं कि लगता था हम एक–दूसरे से सुख–दुख बाँटते हों। घर पहुँच कर मुझसे एक ग़लती हुई, मैंने अपने सपने की बात अपनी माँ से कह दी...

'नहीं–नहीं मुझे कुछ नहीं हुआ है' मैंने ज़ोर से बोलने की कोशिश कि पर मेरी बात अनसुनी कर दी गयी। सूरज हालाँकि आसमान पर चढ़ा नहीं था, पर अग्निवर्षा आरम्भ हो चुकी थी। मेरे ध्यान का केन्द्र आसमान नहीं था, मैं तो सामने के कुण्ड में जलती लाल लपटों को देख रहा था। सामने बैठा आदमी जो आदमी कम पिशाच ज़्यादा लग रहा था ऊँची आवाज़ में कुछ मन्त्र जैसा पढ रहा था। बड़ी–बड़ी जलती हुई–सी लाल आँखें, काले–काले घुँघराले बाल, लाल कुर्ता और लुंगी से झाँकता उसका आदम क़द शरीर। यह सब इतना भयावह लग रहा था कि मैं रह–रह कर अपनी आँखें बन्द कर ले रहा था। मेरे पास आँखें बन्द कर दृश्य को नकारने के सिवा कोई विकल्प भी नहीं था, उस आदमी ने जिसे लोग ओझाजी कह रहे थे उसने मुझे पहले से ही रस्सी में बाँध रखा था।

'बोल इसे तुम छोड़ेगा या नहीं' मुठ्ठी भर मिर्चा को आग में झोंकते हुए ओझा दहाड़ा। मुझे समझने में थोड़ी देर लगी कि आख़िर यह ओझा कह क्या रहा है? सामने के कुण्ड में जलती हुई मिर्च मेरे आँख–नाक को बुरी तरह जला रही थी, इसलिए मेरी सोच भी बाधित हो रही थी। अगल–बगल बैठे लोग भी या तो छींक रहे थे या सिसकारियाँ मार रहे थे। 'बोल जल्दी बोल नहीं तो तुम्हें मार डालूँगा' ओझा फिर गरजा और मुठ्ठी भर मिर्च आग में झोंक दी। जलन और छटपटाहट के कारण मैं कुछ सोच नहीं पा रहा था, पर मुझे कुछ–कुछ आभास हो रहा था कि लोग समझ रहे हैं कि मुझे भूत ने पकड़ लिया है।

'बोल जल्दी बोल नहीं तो मार डालूँगा'' एक झन्नाटेदार थप्पड़ ने मेरा पूरा शरीर हिला दिया। मुझे चक्कर–सा आने लगा। मिर्चों की एक और आहूति दी गयी और साथ ही एक लकड़ी से मुझे सटाक–सटाक मारा जाने लगा। मैं चीख़ा 'मुझे छोड़ दे मैं चला जाऊँगा।' मुझे अपनी ही आवाज़ अपरिचित–सी लगी, पता नहीं अन्दर के किस गहव्र से यह आवाज़ आयी थी।

'तू कौन है' ओझा की आवाज़ वैसी ही कड़क थी।

'गंगिया' पता नहीं कहाँ से यह नाम मेरी ज़ुबान पर आया। गंगिया मेरा दोस्त था, पर साँप काटे से मरे उसे दो साल हो चुके थे। नाम सुनते ही चारों ओर सन्नाटा छा गया। ओझा ने उठ कर रस्सी खोल दी, मेरे लिए यह सब कुछ सपने का हिस्सा था, वर्तमान मेरे लिए महत्त्वहीन हो गया था। एक अव्यक्त छटपटाहट, जिज्ञासा और विचित्र अनुभूतियाँ मुझे मथने लगी थीं। आख़िर कौन था वह जिसने गंगिया का नाम लिया कि क्या मेरे अन्दर दूसरा व्यक्ति भी है? या सचमुच मुझे भूत ने पकड़ लिया है। गंगिया ने पकड़ लिया तो क्या गंगिया अभी है, लेकिन कहाँ है?, कैसा है?–अनेक प्रश्न अनेक जिज्ञासाएँ, प्रश्न बवन्डर के बीच नाचते पत्ते की तरह मेरे आगे नाचने लगे। इन प्रश्नों के बीच आँखों की जलन, छड़ी की चोट से छिला मेरा शरीर, सामने खड़ी माँ, पिशाचनुमा ओझा, दर्शकों का जमावड़ा, सब जैसे अस्तित्वहीन हो गये। अचानक मुझे वहाँ से भाग जाने की तीव्र इच्छा हुई और मैं वहाँ से निकल कर भागने लगा, भागते–भागते कहाँ और क्यूँ प्रश्न मेरे अन्दर उमड़ता–घुमड़ता रहा, पर मैं तब तक कोई निर्णय नहीं ले पाया जब तक मैं स्टेशन नहीं पहुँच गया। फिर एक खुलती हुई ट्रेन अपने आप समाधान बन कर सामने आ गयी।

कम्पार्टमेंट में झाड़ू देता मेरा हाथ रुक गया, मैं ग़ौर से उस साधु जैसे आदमी को देखने लगा, मुझे लगा मैंने इन्हें कहीं देखा है, पर कहाँ? ये मेरे गाँव के तो नहीं हैं और मैंने जीवन में पहली बार गाँव की सरहद पार की थी, तो फिर मैंने इन्हें कहाँ देखा? गाँव से भागते समय मैं कुछ सोच नहीं पाया था, माँ से दूर, ओझा से दूर, गंगिया के ख़्यालों से दूर, बस भागते हुए छुप–छुपा कर मैं स्टेशन पहुँच गया था। पर आगे? तभी सामने से खुलती एक ट्रेन दिखी और मैं दौड़ कर चढ़ गया। भागती हुई ट्रेन के साथ मैं अपनी साँसों का तालमेल बिठा ही रहा था तभी मेरे कन्धे पर किसी ने हाथ रखा। 'तुम घर से भाग कर आया है क्या?' मैंने अपने बगल से आवाज़ सुनी, वह मेरी ही उम्र का लड़का था, शक्ल से वह पुरबिया ही लगता था, उसके बाल घुँघराले थे और आँखें बहुत चंचल थीं। "हाँ भागना पड़ा", मैंने झिझकते हुए कहा। फिर उसके पूछने पर मैं उस अनजान लड़के को अपनी कहानी सुनाने लगा। आधे घण्टे में मैंने अपनी सारी बात कह दी, सिवा अपने सपने के। उस लड़के ने

जिसका नाम नारायण था, ने भी अपनी बात बतायी। उसके माँ–बाप टी.बी. के शिकार हो गये, एक ब्याही बहन थी उसी के यहाँ रह कर पला था। जीजा शराबी था किसी भी बात पर गुस्सा हो, पर उसे ही पीटता था और वह मार खाकर भी उसी घर में पड़ा रहा, पर एक दिन मार खाने के बाद वह भाग निकला, भागकर वह भी इसी तरह ट्रेन पर चढ़ गया, दो दिनों तक भूखा रहा, केवल स्टेशन–स्टेशन उतर कर पानी पी लिया करता था तो एक लड़का यह सब देख रहा था, उसे दया आयी तो उसने खाना भी खिलाया, और एक झाड़ू भी पकड़ा दिया। तब से वह इसी तरह ट्रेन में झाड़ू लगाता है। इस घटना को 6 महीने हो गये तब से वह कम्पार्टमेंट में झाड़ू देकर पैसे माँगता है, उसी से खाता–पीता है और ट्रेन या प्लेटफ़ार्म पर कहीं भी सो लेता है। उसने बताया कि उसके पास अब कुछ पैसे हो गये हैं, और वह कुछ दूसरा काम करने की सोच रहा है। गाड़ी रुकने पर नारायण पूड़ी–सब्ज़ी ले आया, मैं भूखा तो था ही जल्दी–जल्दी खाने लगा। खाना ख़त्म होने पर उसने मेरे हाथ में एक झाड़ू भी सौंप दी। उस दिन से मैं कम्पार्टमेंट में झाड़ू देकर पैसे माँगने लगा था, मैं उस दिन कम्पार्टमेंट में झाड़ू ही दे रहा था। जब सीट पर बैठे साधू जैसे आदमी पर मेरी नज़र पड़ी। साधु सचमुच साधू थे, गेरुआ वस्त्र, बड़ी–बड़ी आँखे माथे पर चन्दन का वैष्णवी तिलक और हाथ में कमन्डलू, पता नहीं उनकी उम्र क्या होगी, पर देखने में वे पचास–पचपन के लग रहे थे। बड़ी देर तक मुझे अपनी ओर देखते देख वे ये समझ बैठे कि मैं पैसा माँग रहा हूँ। पैसा देने के लिए जब साधू ने हाथ बढ़ाया तो मैंने भी हाथ पसार दिया। पैसा देते समय शायद साधू की निगाह मेरे हाथ की रेखाओं पर पड़ी। पता नहीं उन्हें मेरी हथेली पर क्या नज़र आया, पर उन्होंने चौंक कर मुझे ग़ौर से देखा और फिर थोड़ी–सी जगह बना मुझे बैठने को मज़बूर किया। मैं बैठना नहीं चाह रहा था, दरअसल कम्पार्टमेंट में झाड़ू देते हुए मेरी मानसिकता बदल गयी थी। सीट पर बैठा हर व्यक्ति मेरे लिए मालिक था और उसी मानसिकता के दबाव में मैं सीट पर नहीं बैठ रहा था। पर अन्त में मैं बैठ गया, दरअसल साधु के बगल में बैठने की मेरी भी इच्छा हो रही थी। मैं अभी तक पहचान की भुल–भुलैया से अपने को मुक्त नहीं कर पाया था। पास बैठा हुआ मैं यही याद करने की कोशिश कर रहा था कि इनको मैंने कब और कहाँ देखा है।

''तुम्हारा घर कहाँ है?'' साधु के पूछने पर मेरी तन्द्रा तो भंग हो गयी। पर मैं कुछ बोल नहीं पाया, केवल आँखें झुका लीं, कम्पार्टमेंट की गहमागहमी के बीच भी ख़ामोशी छायी हुई थी। हम दोनों शायद अपनी–अपनी उलझनें सुलझा रहे थे, तभी फेरी वाला आवाज़ देता हुआ गुज़रा।

''तुम कुछ खाओगे'' साधू ने फिर मेरी ओर घूमते हुए कहा। मैं फिर भी ख़ामोश रहा साधु ने ज़बर्दस्ती मेरी हथेली पर पैसा रख दिया। अपनी हथेली पर पैसा रखते हुए साधु के हाथ को देखकर मैं चौंका, यह हाथ! यह हाथ तो मैंने अपने सपने में देखा था ठीक इसी तरह, पर उस समय पैसा मैं दे रहा था और यह हाथ पैसा ले रहा था। मैंने अचरज भरी आँखों से साधु को देखा। हाँ, यही चेहरा था, पर चेहरे पर घाव के निशान और उसको छूते ही...।'' बेटा इस दुनिया में कोई अपना–पराया नहीं होता, सभी अपने होते हैं, हम सभी एक ईश्वर की सन्तान हैं, तुम हमको पराया मत समझो, पैसा ले लो'', साधु ने कहा। मैंने यन्त्रवत पैसा लेकर बिस्कुट वाले से बिस्कुट लिया, फिर उसे हाथ में पकड़ कर बैठ गया। मेरे अन्दर मन्थन की भयंकर प्रक्रिया जारी थी। मैं समझ नहीं पा रहा था इस पूरी घटना को मैं किस तरह समझूँ। तीन–तीन बार सपने में और आज सामने, यह सब क्या है, मैं भ्रमित तो नहीं हो रहा हूँ, माँ ठीक तो नहीं कहती थीं कि मुझे भूत ने पकड़ लिया है। भूत लोग भी तो भेस बदलते हैं, नानी ने जो क़िस्सा कहा था, क्या नाम था उस भूत का, जाने दो नाम तो याद नहीं, पर नानी कहती थीं कि वह नाक से बोलता था तभी लोग उसको पहचान लेते थे, नहीं तो वह कभी बकरी बन जाता था तो कभी कुत्ता और कभी भिखारी। यह साधु? नहीं–नहीं यह साधु भूत नहीं हो सकते, इनके साथ बैठना कितना अच्छा लग रहा है, यह भूत नहीं भगवान होंगे; भगवान भी तो सपने में आते हैं, भगवान भी तो भेस बदलते हैं, नानी ने भगवान वाली कहानी भी तो सुनाई थी, एक बार...

''तुम मेरे साथ चलोगे'' बगल से साधु की आवाज़ आयी।

''हाँ'' हाँ कहने के बाद मुझे ख़ुद ताज्जुब होने लगा कि मैंने हाँ कैसे कह दिया। मैंने हाँ कहने के बारे में कभी सोचा भी नहीं था बल्कि साधु मुझे अपने साथ चलने को कहेंगे, यह भी तो मैंने अभी तक सोचा नहीं था, फिर अचानक मेरे मुँह से 'हाँ' कैसे निकला?

''इतना सोचने से कुछ नहीं होगा, नियति तुम्हें जहाँ ले जा रही है चलते जाओ, तुम्हारा घर से भागना, मुझसे ट्रेन में मिलना सब नियति का

खेल है बच्चा, पर यह समझ लो जो भी होगा तुम्हारी आन्तरिक इच्छा के अनुकूल ही होगा'' साधुजी जब बोलने लगे तो मैं उन्हें ग़ौर से देखने लगा। उनकी बात मेरी समझ में नहीं आ रही थी पर मैं उन शब्दों को समझने की कोशिश करने लगा।

यह नियति क्या है, और आन्तरिक इच्छा? मैंने यह शब्द कभी सुना नहीं था, जानना तो अलग ये शब्द मेरे लिए बिलकुल नये और अजनबी थे। अभी तक की ज़िन्दगी में मैं बहुत सीधा–सादा जीवन जीता आया था। जो इच्छा हुई वह किया। माँ–बाप ने स्कूल भेजा, कुछ दिन तक तो मैं अपनी मर्ज़ी के ख़िलाफ़ पढ़ता रहा, पर एक दिन दूसरे की ग़लती पर मुझे पीटे जाने के विरुद्ध मैंने मास्टर के सिर पर स्लेट दे मारा और वहाँ से भागकर नानी के घर में चार दिनों तक छुपा रहा। माँ खोजती हुई वहाँ पहुँची थीं और घर पहुँचने पर बाप ने मेरे हाथ में भैंस की रस्सी थमा दी। यह काम मुझे पसन्द था, भैंस चराना मेरा प्रिय शगल था, अपनी अभी तक की ज़िन्दगी में मैं उसी में मग्न था।

मैं आश्चर्यचकित नेत्रों से पहाड़ों को देख रहा था, अभी तक पहाड़ नाम की जिस चीज़ से मैं परिचित था वह तो इसके आगे टीले जैसे थे। ये गगनचुम्बी पर्वत श्रेणियाँ, बर्फ़ से ढँकी उनकी चोटियाँ, सारी चोटियाँ इतनी विशाल, इतनी ऊँची, जैसे कुदरत ने आकाश पर जाने की सीढ़ी बना रखी हो। सूर्य उगते ही सोने में परिवर्तित होते इन पर्वत श्रेणियों को मैं बहुत ग़ौर से देखा करता था। ऊपर सोने के पहाड़ और नीचे हरहराती बलखाती फेनिल गंगा। मठ की चहारदीवारी के अन्दर मेरा मन नहीं लगता था। साधुजी जिन्हें लोग गुरुजी कहते थे बस उन्हीं के साथ बिताये पल मेरे लिए सुखद हुआ करते थे। बाक़ी मैं किसी से जुड़ा अनुभव नहीं करता था। पर बाहर खड़ा होना मुझे बहुत सुखद लगता था, वहाँ मुझे बहुत अपनापन भी लगता था जैसे मैं इसी मिट्टी से निकला हुआ फूल हूँ। एक रात मैंने गुरुजी से पूछा भी था, ''गुरुजी यहाँ मुझे इतना अच्छा क्यों लगता है?''

''बेटा तुम्हारे नियति चक्र में यह जगह शामिल होगी, जब व्यक्ति अपने निर्धारित नियति चक्र के अनुसार चलता है तो वह प्रसन्न रहता है, पर जब उसके पाँव डगमगा जाते हैं और दूसरे की राह पकड़ लेता है, तो दुखी हो जाता है''।

''तो क्या पहले से निर्धारित होगा कि मैं यहाँ आऊँगा''।

''हाँ बेटा, पर तुम अपनी नियति से भटक भी तो सकते थे, जैसे बहुत से लोग भटक जाते हैं और दुखी जीवन जीते हैं।''

''तो मैं इसलिए यहाँ आया क्योंकि मुझे यहाँ आना ही था।''

''ईश्वर की ओर से हर आदमी को एक निर्धारित जीवन मिलता है। ईश्वर चाहता भी है कि व्यक्ति अपना ही जीवन जिये, ईश्वर उसकी सहायता करने को तत्पर भी रहता है, पर आश्चर्य यह है कि लोग ख़ुद को भी नहीं समझ पाते और वे दूसरे की भूमिका जीने लगते हैं। फलस्वरूप एक असहज ज़िन्दगी जीते हैं।''

''तो क्या गुरुजी, जो डकैत हो जाता है, ईश्वर की ओर से उसके लिए वही भूमिका निर्धारित रहती है।''

''नहीं बेटा, ईश्वर कभी बुरा करने के लिए प्रेरित नहीं कर सकता। डकैत एक भटका हुआ व्यक्ति है, ईश्वर ने उसे शक्तिशाली बनाया था कि वह कमज़ोरों की मदद करे, पर वह अपनी शक्ति का दुरुपयोग करने लगता है और लोगों को सताने लगता है।''

''तो शैतान।''

''एक ही दिन में सब जान लेना चाहते हो, आज बस इतना ही", हाँ, लेकिन तुमने शैतान शब्द क्यों कहा? शैतान तो क्रिश्चियन धर्म का बिम्ब है, हमारे यहाँ तो राक्षस होते हैं जैसे रावण, बहुत विद्वान, बहुत ज्ञानी, पर पथभ्रष्ट। हमारे यहाँ व्यक्ति बुरा नहीं होता है, बुरा होता है उसका आचरण।

हालाँकि उस समय तक नियति मेरे लिए एक अनजाना शब्द था। एक ऐसा शब्द, जिसका अर्थ न जानते हुए भी उसका आभासीय एहसास बचपन से ही मेरे ईद–गिर्द मँडराता रहा था। जब से होश सँभाला भाग्य शब्द के दायरे से मुक्त नहीं हो पाया था। शायद हमारे बचपन का वातावरण ही ऐसा था जो हमें भाग्य शब्द के दायरे से मुक्त नहीं होने देता था। यह शब्द अपनी अहमियत समझाने हमारे बीच हमेशा आ ही जाता था, पर इसके विपरीत, देर से ही सही पर ज़िन्दगी ने यह भी सिखा दिया कि नियति को बदला भी जा सकता है, पर ये तो बाद की बातें हैं।

बहुत विशाल मठ, मठ के बीचोबीच कृष्ण का मन्दिर, मन्दिर के चारों ओर बरामदे, जिसमें कृष्ण के जन्म से लेकर मृत्यु तक के चित्र अंकित, खाली जगहों पर अंकित गीता, खुला हुआ प्रांगण और किनारों पर चारों ओर पंक्तिबद्ध कमरे जिनके आगे बरामदे, आगे एक विशाल दरवाज़ा।

एक बीघे में फैले उस मठ की एक कोठरी में रहना शुरू में मुझे बड़ा अटपटा–सा लगता था। मैं बहुत डरता भी था। बहुत छोटे घर में ज़िन्दगी गुज़री थी। घर से भागने के पहले तक माँ का आँचल पकड़ कर सोने की आदत थी, इसलिए यहाँ अकेले सोने में जी बहुत घबरा रहा था। मैं बार–बार गुरुजी के सामने अपनी इच्छा ज़ाहिर करता था कि मैं भी उन्हीं के कमरे में सोऊँगा, भले ज़मीन पर ही सोना क्यों न पड़े, पर इस मामले में मठ के नियम बहुत सख़्त थे। एक कमरे में एक ही व्यक्ति रह सकता था, केवल बाहर से आने वाले यात्री इस नियम के अपवाद होते थे। अकेले में कितनी बार इच्छा होती थी कि मैं यहाँ से भाग जाऊँ, पर गुरुजी का चुम्बकीय व्यक्तित्व मुझे हमेशा बाँधे रखता था। भागने की इच्छा का अंकुरण होते ही उनके प्रेम का ऐसा तुषारापात हो जाता कि भागने की इच्छा अंकुरित होने से पहले ही दफ़न हो जाती थी। गुरुजी के अलावा भी एक बात थी जो मुझे बाँधे रखती थी कि पता नहीं क्यों मैं यह महसूस करता था कि इस धरती से मेरा पुराना जुड़ाव है, यहाँ की सारी चीज़ें, यहाँ के रास्ते भी पूर्व परिचित से लगते थे। मन में कभी–कभी उलझन भी होती, इस जन्म में तो मैं यहाँ आया नहीं, तो आख़िर मैं कब यहाँ आया, क्या पूर्व जन्म में? पूर्व जन्म होता है क्या? तो मैं पूर्व जन्म में क्या था। साधु या वह राजा था जैसा कि मैंने सपने में देखा था। पर पिछले जन्म में राजा होकर मैं इतना ग़रीब कैसे हो गया, ज़रूर मैंने कोई पाप किया होगा। अच्छा मेरी बात छोड़ो, गंगिया तो अभी मरा है, क्या गंगिया ने जन्म ले लिया होगा। पर अकाल मृत्यु वाले तो दूसरा जन्म लेते नहीं, उनकी आत्मा तो भटकती है, वे भूत बन जाते हैं, तो क्या गंगिया भूत बन गया है? क्या गंगिया ने ही मुझे पकड़ा था? एक सिहरन–सी मेरे पूरे बदन में दौड़ गयी थी, कुछ पलों के लिए मैं थरथराया भी था, पर जल्दी ही मैंने अपने पर काबू पा लिया। देवस्थल में भूत प्रवेश नहीं कर सकते, मैंने अपने को समझा लिया, पर गुरुजी से मिलने की तीव्र इच्छा को मैं समझा नहीं पाया। मैं आँखें बन्द किये गुरु को याद करने लगा, पता नहीं मुझे याद करते कितना समय गुज़रा, पर जब मैंने अपने दरवाज़े पर खड़ाऊँ की आवाज़ सुनी, तो भावविह्वल होकर दरवाज़े पर खड़ा हो गया।

गुरुजी की वही सौम्य मूर्ति दरवाज़े के पास आती दिखी, गुरुजी ने कमरे में चलने का इशारा किया। कमरे में आकर पहले गुरुजी बैठ गये, और मुझे भी बैठने का इशारा किया।

"गोपाल, तुम्हारे अन्दर की जिज्ञासा तुम्हें अशान्त बनाये हुए है, तुम जानना चाहते हो न कि पूर्व जन्म होता है या नहीं, तो पूर्व जन्म होता है, अगर पूर्व जन्म नहीं होता तो जन्म के समय तुम्हें जो एक नियति मिली है, उस नियति का आधार क्या होता। पूर्व जन्म के कर्म ही तो आधार होते हैं। एक ओर जहाँ हम नियति के धागे में बँधे हैं वहीं दूसरी ओर हम इतने स्वतन्त्र भी रहते हैं कि अपनी नियति अपने कर्मों द्वारा बदल सके। अगर यह ईश्वरीय शक्ति हमें नहीं मिली रहती, तो जीवन का कोई अर्थ ही नहीं होता। हम यूँ ही बँधे आते बँधे चले जाते, इसलिए तुम पूर्व जन्म के विषय में सोचना छोड़ दो और इसी जन्म के कर्मों पर अपने को केन्द्रित करो" गुरुजी ने मुस्कराते हुए बात ख़त्म की, पर दूसरे ही पल जैसे उन्हें कुछ याद आया" तुम गाँव में भैंस चराया करते थे न? ऐसा करो कल से आश्रम की गायों को तुम ही ले जाया करो। यहाँ भैंसे तो हैं नहीं, इसलिए तुम्हें गायें ही चराने को मिलेगीं।" गुरुजी मुस्कराये फिर थोड़ा ठहर कर बोले, "लगता है आश्रम के नियमों के पालन के बाद भी तुम्हारे पास सोचने का बहुत समय मिल जाता है, अच्छा तुम्हारी पढ़ाई कैसी चल रही है, यहाँ के गुरुदेव के सर पर स्लेट तो नहीं फोड़ते हो।" गुरुजी की बातें सुन मैं स्तब्ध रह गया। आख़िर गाँव में, वह भी बचपन में घटी उस घटना को गुरुजी ने कैसे जान लिया, क्या गुरुजी की दृष्टि सर्वकालिक है? क्या वे मेरा अतीत, वर्तमान और भविष्य सब कुछ जानते हैं, पर यह शक्ति उन्हें कैसे मिली, क्या मुझे भी यह शक्ति मिल सकती है।

आध्यात्म की ओर मेरे रुझान का शायद यह पहला अंकुरण था। मेरी आँखों के आगे रोशनी–सी कौंध गयी थी। रोशनी की उस झिलमिलाहट में मुझे अपने भविष्य की एक झलक मिली। मेरे अन्दर कुछ शब्द अंकुरित हुए–"हाँ मुझे भी चाहिए यह शक्ति।"

"हाँ तुम्हें यह शक्ति मिलेगी, पर कल से तुम गायों को चराने ले जाओगे।" विस्फारित नेत्रों से मैं गुरुजी को देखता रह गया। गुरुजी जैसे आये थे वैसे ही चले गये।

मुझे गायों को चराते काफ़ी समय निकल चुका था। घास की तलाश कभी–कभी मुझे बहुत ऊँचे तक ले जाया करती थी। गायों को चरने के लिए छोड़ मैं किसी चट्टान पर बैठ जाया करता था, ठण्डी हवाओं के बीच, सूर्य की निखरी किरणों की गर्मी, मेरे लिए अलौकिक एहसास का निर्माण कर देती थी। चारों ओर हरी–हरी पहाड़ियाँ, उस पर चरती

हुई छोटी–छोटी गायें, धूप–छाँव का अनोखा संगम, हीरे की आभा लिए झिलमिलाते ओस कणों पर पड़ती धूप, प्रकृति जैसे मेरे लिए ही अलौकिक दृश्यों का निर्माण कर देती थी और इन सबकी पृष्ठभूमि में अजेय हिमालय। पता नहीं क्यूँ, पर मैं हिमालय के प्रति तीव्र आकर्षण महसूस करता था। मैं अक्सर सोचता पता नहीं उन पहाड़ियों के उस पार क्या है, क्या इन बर्फ़ से लदी पहाड़ियों में ईश्वर बसते हैं? मुझे अपने बचपन की बातें याद आने लगतीं। माँ कैसे कहती थीं शिव जी हिमालय पर बसते हैं। गाँव में जाड़े के दिनों में आने वाले साधु भी गर्व से कहते थे, हम हिमालय से आ रहे हैं। उस समय भी हिमालय शब्द मुझे आकर्षित करता, मैं साधुओं से पूछता हिमालय कैसा दिखता है। वे अपनी भाषा में कुछ कहते भी, पर मैं नहीं समझ पाता।

शाम होते ही जब मैं गायों को लेकर लौटने लगता, तो उनके गले की घण्टियों की अवाज़ से नहाई इन पहाड़ियों में जादुई संगीत गूँजने लगता। कभी मुझे लगता कि इस संगीत परिधि के बीच मैं कई जन्मों से चल रहा हूँ मेरी यह यात्रा कब शुरू हुई यह मैं नहीं जानता, यह कब और कहाँ ख़त्म होगी, यह भी मैं नहीं जानता। बस इतना जानता हूँ कि यायावर की तरह चलना मेरी नियति है और मैं चला जा रहा हूँ। एक दिन तो गज़ब हो गया, सुबह जब मैं गायों को लेकर जा रहा था, तभी एक गाय झुण्ड से हट कर दूसरी ओर निकल गयी, उस गाय का पीछा करते–करते मैं पहाड़ी के दूसरी तरफ़ निकल गया। गाय पता नहीं जंगल के बीच कहाँ गुम हो गयी थी। जंगल के बीच अपनी भटकी हुई गाय को खोजते हुए मैं भी भटक गया। भटकने के बीच ही मेरी नज़र गुफा जैसी जगह पर पड़ी। जिज्ञासा का सम्मोहन मुझे खींचता हुआ गुफा के मुहाने तक ले गया। अभी मैं अपने को ठीक से व्यवस्थित भी नहीं कर पाया था कि गुफा के अन्दर से गुरु की एक गम्भीर आवाज़ आयी। "योगीराज आपका स्वागत है।" मैं आश्चर्यचकित सा, अपने अगल–बगल झाँकता हुआ योगीराज को खोजने लगा पर मुझे दूरदराज़ तक अपने अलावा कोई नज़र नहीं आया। अभी मेरी खोज जारी ही थी, तभी दूसरी बार वही आवाज़ सुनाई पड़ी "योगीराज अन्दर आइए।" अपनी अपात्रता का एहसास लिए हुए, एक सम्मोहित व्यक्ति की तरह मैं गुफा में प्रवेश कर गया। थोड़ी देर तक तो अँधेरे में मुझे कुछ नज़र नहीं आया पर जैसे–जैसे आँखें अभ्यस्त होती गयीं वैसे–वैसे मेरे आगे एक साधु की मूर्ति

स्पष्ट होती गयी। दुबला–पतला ग़ौर वर्ण का वह साधु जिसके सिर पर लम्बी–लम्बी सफ़ेद जटाएँ थीं, जिसके चेहरे का तीन चौथाई भाग सफ़ेद दाढ़ी से ढका हुआ था, हाथ जोड़े सामने खड़ा था। मैं बड़ी देर तक तो आश्चर्यचकित अवस्था में रहा पर जब मेरी निगाह उनके हाथों पर पड़ी तो मैंने देखा कि वे मृगछाल पर बैठने का इशारा कर रहे हैं।

मृगछाल के उस आसन पर बैठते हुए भी मैं यह महसूस करता रहा कि कहीं कोई ग़लतफ़हमी हुई है, पर सामने वाले साधु का व्यक्तित्व मुझ पर इस क़दर हावी था कि प्रतिवाद करने की स्थिति में मैं अपने को नहीं पा रहा था। मैं बैठ कर उन्हें देखने लगा। "बहुत समय बाद आपके दर्शन हुए।"

मैं मन्त्रमुग्ध–सा साधु को देखे जा रहा था। अभी तक साधु आँख बन्द किये हुए ही बात किये जा रहे थे। मेरी ओर से कोई उत्तर न पाकर साधु ने आँखें खोल दी। मुझे देखकर पहले तो साधु के चेहरे पर आश्चर्य मिश्रित भय तैर गया। भयजनित भाव लिए हुए साधु फिर आँखें बन्द कर समाधि की अवस्था में चले गये पर जल्द ही उनके चेहरे पर आनन्द की अनुभूति का भाव तैर गया। आनन्द का भाव आते साधु ने आँखें खोल दीं, मैं लगातार मन्त्रमुग्ध होकर उन्हें देखे जा रहा था, उनका आँख बन्द करना फिर खोलना, सब कुछ मुझे बहुत आनन्द दे रहा था। अभी मैं ग़ौर से देख ही रहा था कि साधु ने मुँह खोला, "आप मुझे क्षमा करें, भूल न मुझसे हुई है न आपसे। मैं तो आपको पहचान रहा हूँ, पर आप काल के नियमों का सम्मान करते हुए मुझे पहचानने से इनकार कर रहे हैं, यह आपकी वर्तमान स्थिति का दबाव है, पर भविष्य हमारे हाथ में है ही, मैं तो आपकी स्थिति से गुज़र चुका हूँ फिर भी मेरे पास काफ़ी समय है, मैं आपसे पुनः क्षमा चाहता हूँ, आप जब लौकिक कर्तव्यों से मुक्त हो लेंगे तो हम लोग देव प्रयाग में मिलेंगे" साधु ने हाथ जोड़ लिए, मैं समझ गया मेरे विदा होने का समय आ गया है, मैं जैसी उलझी हुई मानसिकता लिए हुए गुफा के अन्दर गया था वैसी ही उलझी मानसिकता लिए बाहर आ गया। बाहर पूरा उजाला था। सूर्य बादलों की गिरफ़्त से बाहर आ चुका था। पहाड़ियाँ सोने का मुकुट पहन सज–धज चुकी थीं; मैं कुछ पल तो इस अलौकिक दृश्य को देखता रहा, फिर अचानक जब मुझे भूली हुई अपनी गाय की याद आयी, तो मैं खोजने निकल पड़ा।

शाम को लौटने पर मैं सीधा गुरुजी के कमरे में गया। संयोग से गुरुजी अपने कमरे में ही मिले, मैंने जाते ही अपनी आज की आपबीती बतायी, मेरी बात सुन कर गुरुजी ध्यान में चले गये, कुछ क्षणों के बाद जब उन्होंने आँख खोली तो उनके चेहरे पर भी वही मुस्कराहट थी जो गुफा वाले साधु के चेहरे पर थी। गुरुजी वैसे ही मुस्कराते रहे फिर बोले, "गोपाल, तुम्हारी हाथ की रेखाओं को देखकर मैंने भी अनुमान लगाया था, पर आज ये सब बातें सुन कर लगता है, तुम मेरे अनुमान से कहीं ज़्यादा हो। लेकिन शायद अभी समय नहीं आया है इसलिए तुम यह सब सोचना छोड़ दो–भविष्य भविष्य के गर्भ में है, तुम वर्तमान में जीना सीखो।''

''पर गुरुजी आख़िर वह मुझे योगीराज क्यों कह रहे थे' मैं उस दृश्य को याद करते हुए बोला।

''गोपाल भविष्य तुम्हारे सारे प्रश्नों का उत्तर देगा, अभी तुम इन सारी बातों को भूल जाओ केवल इतना याद रखो जैसे एक गाय ने प्रेरित किया उन राहों पर जाने के लिए, जिन राहों पर चलकर तुम उन महान साधु तक पहुँचे; वैसे ही जीवन में तुम्हें वे सहायक मिलते जायेंगे, जो तुम्हें प्रेरित कर तुम्हारे लक्ष्य तक ले जायेंगे। शर्त केवल यही है, तुम उनके इशारों को पहचानते रहो''।

अपने कमरे की ओर जाते हुए मैं बहुत उलझा हुआ था। गुफा वाले साधु की बात समझ में नहीं आयी, न आज गुरुजी की कोई बात मेरे पल्ले पड़ी। मैं सोचने लगा कि आख़िर यह बात मैं पूछूँ तो किससे? मेरी नज़र में कोई ऐसा नहीं था जो मेरी उलझन को सुलझाये, पर गुफा में जो कुछ हुआ, क्या मैं उसे सहजता से ले सकता था? नहीं न, मैं सोते–सोते तक इसी उलझन को सुलझाता रहा। दूसरे दिन रोज़ की तरह गायों को चराने पहाड़ी पर ही जा रहा था, सूरज निकल चुका था, ओस से नहाये पेड़–पौधे हवा के झोंकों से हिल रहे थे, पेड़ों की टहनियाँ अभी भी भीगी हुई थीं। चलते–चलते शरीर का कोई हिस्सा पत्ते से टकरा जाता तो एक ठण्डी–सी सिहरन पूरे शरीर को झकझोर देती थी। ऊपर पहुँच कर मैं एक चट्टान पर बैठ गया। गायें आराम से चरने लगी थीं, हवा में थोड़ी गरमाहट भी आने लगी थी। उसी दिन, बाद में जब गुनगुनाती दोपहर में मैं एक बड़ी–सी चट्टान पर लेटा सुखद मानसिकता में आकाश पर तिरते हुए बादलों को निहार रहा था। सच पूछिए तो मैं निहार भी नहीं रहा था, बल्कि आसमान को तकते हुए मेरी दृष्टि की परिधि में जो चीज़ आ रही

थी, उसे बस देख ले रहा था। न वह दृश्य मेरे लिए कोई मायने रख रहा था न वह वस्तु। आलस की अधिकता कभी मेरी पलकें झपका दे रही थी तो कभी सजग होकर आसपास चरती अपनी गायों को देख ले रहा था। कभी आलस कभी सजगता, बस दोनों की धूप–छाँव में कब मेरी आँख लग गयी मुझे पता ही नहीं चला। मुझे सोते हुए पता नहीं कितना समय बीत गया था। अचानक मुझे लगा मेरे आसपास ही कहीं घण्टी बज रही है। मैं हड़बड़ा कर उठा, पर उठने पर मैंने पाया, एक लड़की तिनका ले मेरी नाक में घुसेड़ने का प्रयत्न कर रही है। उसी की खनखनाती हँसी को घण्टी समझ मैं जाग उठा था। मेरे जागते ही लड़की और ज़ोर–ज़ोर से हँसने लगी। उसकी खनकती हँसी वादियों से टकरा–टकरा कर जलतरंग की तरह प्रतिध्वनित हो रही थी। मैं नींद की ख़ुमारी में बहुत देर तक उसे अपलक देखता रहा, बात की शुरुआत भी उसी लड़की ने की।

"तुम यहाँ सो क्यों रहे थे, अगर लुढ़क जाते तो?" वह फिर हँसने लगी "नहीं मैं सोया नहीं था यूँ हीं ज़रा आँख झपक गयी थी"

"तुम कहाँ रहते हो?"

"वह जो पीला–पीला मकान दिख रहा है न, उसी में"

"तुम मठ में रहते हो पर तुम साधु तो नहीं लगते, तुम्हारा नाम क्या है?"

"नहीं मैं साधु नहीं, मैं वहाँ की गाय चराता हूँ, मेरा नाम गोपाल है, और तुम्हारा?"

"मेरा नाम राधिका है, पर लोग रधिया कह कर बुलाते हैं।" मैं भी बकरी चराती हूँ, पर मेरे तो माँ–बाप हैं, तुम्हारे माँ–बाप नहीं हैं क्या?"

मैं उसे बताने लगा था कि मेरी भी माँ है। मेरे पिता मेरे बचपन में ही मर गये थे और मेरा बचपन...मैं बोलते–बोलते चुप हो गया। मेरे अन्दर भावनाओं का ऐसा अंधड़ आया कि शब्द लड़खडाने लगे। सारी स्मृतियाँ एक साथ बाहर आने के लिए आतुर होने लगी, उन्हें पंक्तिबद्ध कर एक–एक कर निकालऩे में मुझे शाम हो गयी। सूरज ढलने लगा, गायें लौटने की राह पर इकट्ठी होने लगीं। मैं अपनी स्मृतियों के झंझावत से निकल वर्तमान में लौटना चाहता था, पर स्मृतियों का दबाव इतना था कि मैं सहज नहीं हो पा रहा था। सहज न होने का एक और भी कारण था, उस दिन एक और नये तरह के अनुभव से मेरा साक्षात्कार हुआ था। लड़की को मठ दिखाते समय मैंने ग़ौर किया कि इतनी ऊँचाई से मठ

कितना छोटा लग रहा है जैसे माचिस के कुछ डिब्बों को पीले रंग में रंग कर किसी ने एक जगह खड़ा कर दिया हो। मठ कुछ ऐसा ही लग रहा था। मठ जिसकी विशालता से मैं पहले दिन घबरा सा गया था, क्योंकि उसके बड़े–बड़े कमरों के अनुपात में मेरा गाँव वाला घर बहुत छोटा था। उस छोटे घर से आकर, इस बड़े–बड़े कमरों वाले मठ में रहने में मुझे कितनी परेशानी हुई थी। अपने घर की दीवारों की गरमाहट को मैं कितने दिनों तक वहाँ तलाशता रहा था, पर वह मुझे वहाँ नहीं मिली और मठ का सर्द ठण्डापन जो दीवारों से लेकर व्यक्तियों तक में पसरा था, मैं उस ठण्डेपन के प्रति कभी सहज नहीं हो पाया। उस दिन मठ को देखकर एक विचित्र सा प्रश्न मेरे मन में उठा था। मठ का असली चेहरा कौन–सा है–वह जो अपनी विशालता से मुझे डराता है या यह जो माचिस के डिब्बे के बराबर जगह घेरे, पूरे परिदृश्य में एक छोटी–सी जगह में अपनी पकड़ बनाये हुए है। उसी उलझी हुई मनःस्थिति में मैंने लड़की से विदा भी ली। लौटते हुए भी मैं उदासी के जाल से मुक्त नहीं हो पाया। मठ पहुँचने पर मैं सीधा अपने कमरे में चला गया। पहली बार मुझे घर की याद इतनी सिद्दत से आयी। माँ का रोता हुआ चेहरा मेरी आँखो के आगे ठहर–सा गया था, मैं सोते–सोते भी पलायन की इच्छा से अपने को मुक्त नहीं कर पाया था।

पर दूसरा दिन मेरे लिए विचित्र उत्तेजना लेकर आया। मैं पिछले दिन की तरह चट्टान पर लेटा आसमान की तरफ़ देख रहा था। दोपहर हो चली थी, आसमान पर चील मँडरा रही थी। मेरे अचेतन मन में कहीं शायद उस लड़की का इन्तज़ार था। कल की तरह आज मुझे झपकी नहीं आ रही थी। अचानक मेरी सोच एक इच्छा की तरफ़ मुड़ गयी कि मैं चील बन जाऊँ और उसी तरह आसमान में मँडराऊँ। बहुत देर तक तो इसी बात की तरह–तरह से कल्पना कर अपने को ख़ुश करता रहा। पर यह बात जब मुझे असम्भव–सी लगी तो मेरे मन में एक नयी इच्छा का अंकुरण हुआ। अगर मैं चील नहीं बन सकता तो चील ही मेरे बगल में आकर बैठे। मेरी इस इच्छा में कहीं ज़िद का भी एक रेशा आकर मिल गया था, पर उस समय मैं भय की सीमा तक चकित रह गया जब वह चील उसी चट्टान पर आकर बैठ गयी। तो क्या मेरी इच्छा में इतनी शक्ति है अपनी इच्छा–शक्ति के करिश्मे से यह मेरा पहला साक्षात्कार था, यह

घटना मुझे एक सीख भी दे गयी। कोई चीज़ असम्भव नहीं होती। शर्त केवल यह है कि आपकी इच्छा में कहीं ज़िद भी शामिल हो।

मेरी अपनी इच्छा–शक्ति से मेरा साक्षात्कार दूसरी बार विचित्र स्थिति में हुआ। जहाँ रोज़ मैं गाय लेकर जाता था उस चट्टान के पास थोड़ी समतल ज़मीन भी थी। वह लड़की राधिका भी अपनी बकरियों को चरने के लिए छोड़, मेरे पास आकर बैठ जाया करती थी। शुरू के दिनों में तो दोनों के पास बताने के लिए बहुत–सी बातें थीं। उसी का आदान–प्रदान करते हमारा समय कट जाता था। पर बाद में उम्र का तक़ाज़ा हमें खेल के लिए प्रेरित करने लगा, तब हम कभी कंचा गोटी, कभी पिट्ठू उसी छोटे मैदान में खेलते। पिछली घटना को घटे छह महीने गुज़र चुके थे। करिश्माई बातों को मैं लगभग भूल गया था। पहाड़ी पर आना, फिर उस राधिका के साथ गोटी खेलना, शाम होते अपनी गायों के साथ लौट जाना, मेरी दिनचर्या के अंग बन चुके थे। उस दिन भी मैं चट्टान पर बैठा उस राधिका का ही इन्तज़ार कर रहा था। राधिका को आने में देर हो रही थी। मैं अन्यमनस्क–सा होकर कभी आसमान देखता तो कभी ख़ूबसूरत हरी वादी को, जो सूर्य के प्रकाश में नहाई पन्ने की तरह चमक रही थी। तभी मेरी नज़र आती हुई राधिका पर पड़ी। राधिका बड़ी धीमी चाल से चली आ रही थी। मुझे उसकी चाल से लगा कहीं कुछ गड़बड़ है इसलिए उसके आते ही मैं पूछ बैठा, ''तुम इतनी धीरे–धीरे क्यों आ रही थी?''

''यह रमिया है न''

''रमिया कौन''

''अरे यह बकरी, पता नहीं क्यों यह बड़े धीरे–धीरे चल रही है, यह चरने भी नहीं गयी सीधे मेरे साथ यहाँ चली आयी।''

मैंने घूम कर देखा, बकरी सचमुच बीमार लग रही थी, थोड़ी देर तक तो मेरे विचारों के केन्द्र में बकरी बनी रही, पर जल्द ही बकरी को भूल मैं खेल में मग्न हो गया। अभी खेलते कुछ ही समय हुआ था कि बकरी के ज़ोर–ज़ोर से मिमियाने की आवाज़ आने लगी। हम दोनों तेज़ी से दौड़ कर बकरी के पास पहुँचे। राधिका तो बकरी की दशा देख घबरा गयी, पर मैं कुछ–कुछ समझने लगा, इसके पहले मैं पूर्ण निश्चय पर पहुँचता, बकरी ने ही बात साफ़ कर दी। पहले तो होने वाले बच्चे की दो टाँग दिखीं फिर बच्चा ज़मीन पर आ गिरा। बकरी अपने नवजात शिशु को चाटने सँवारने लगी। यह दृश्य मेरे लिए कोई नया नहीं था, पर राधिका

शायद पहली बार बकरी को बच्चा जनते देख रही थी। वह आश्चर्यचकित और घबरायी हुई थी। बकरी ने धीरे–धीरे चार बच्चों को जन्म दिया, मैं बच्चों को अलग–अलग कर रखने लगा, पर राधिका वैसी घबरायी–सी बैठी रही। चार बच्चे पैदा होने के बाद प्रश्न यह उठा कि चार बच्चों को लेकर वह घर कैसे जायेगी? और इसी प्रश्न के उत्तर स्वरूप मुझे दो बच्चों को लेकर राधिका के घर जाना पड़ा। उसी पहाड़ी के नीचे 10 घरों का एक छोटा–सा गाँव था। उसी में एक घर राधिका का भी था। घर में माँ–बाप के अलावा तीन भाई थे। जब हम लोग बच्चे लेकर पहुँचे तो दोपहर ही थी। उसके माँ–बाप मुझे देख पहले तो आश्चर्यचकित हो गये। मेरा परिचय पूछने की अभी वे शायद सोच ही रहे थे कि उनकी नज़र बकरी पर पड़ी। बकरी और उसके चार बच्चों को देख वे ख़ुश हो कर उसकी तीमारदारी में लग गये। दो भाई जो बाहर थे वे लौटे नहीं थे, तीसरा भाई एक चार साल का अपाहिज बच्चा था, जो इस नयी घटना में अपनी उपस्थिति दर्ज कराने के लिए मचलने लगा था। मैं जो वहाँ पहुँचने के बाद मात्र दर्शक बन कर रह गया था, बच्चे की छटपटाहट का साक्षी बनने को मज़बूर था। बच्चे के उठने की हर कोशिश मुझे द्रवित कर रही थी। बार–बार यही सब कुछ देखते–देखते एक समय ऐसा आया जब मैं अपने को नहीं रोक सका और बच्चे के पैरों की मालिश करने लगा। मैं कितनी देर मालिश करता रहा, आज मुझे याद नहीं, पर काफ़ी देर मालिश करने के बाद जब मैंने बच्चे को उठा कर खड़ा किया तो बच्चा खड़ा हो गया। मैंने उसे आगे क़दम बढ़ाने के लिए प्रोत्साहित किया तो बच्चे ने बहुत सँभलते हुए एक डगमगाता क़दम रखा। मैं उसे अगला क़दम रखने के लिए प्रोत्साहित कर ही रहा था, तभी मुझे चीख सुनाई पड़ी। वहीं खड़ी राधिका चीख कर अपने माँ–बाप को बुला रही थी। माँ बकरी छोड़ दौड़ी आयीं, बेटी के इशारा करने पर जब उनकी नज़र अपने लड़के पर पड़ी तो पहले वह चकरायी–सी देखती रहीं, फिर फूट–फूट कर रोने लगीं। मैं पहले तो आश्चर्यचकित–सा माँ–बेटी को देखता रहा, मुझे उनके रोने की वज़ह समझ में नहीं आ रही थी, पर उनके बताने पर जब समझ में आयी तो मैं ख़ुद परेशान हो गया। दरअसल तेज़ी से घटती घटनाओं के बीच मुझे यह याद ही नहीं रहा कि यह बच्चा लकवा ग्रसित है, यह तो उठ ही नहीं सकता।

परिवार को भावनात्मक भूचाल की स्थिति में छोड़ जब मैं अपनी गायों के पास लौटा तो शाम ढलने लगी थी। गायें लौटने के रास्ते पर खड़ी मेरा इन्तज़ार कर रही थीं। अन्दर से बहुत उद्वेलित मैं गायों को लेकर चुपचाप उतरने लगा। उस समय मेरी एक ही इच्छा शेष थी कि मठ पहुँचने पर गुरुजी से आज की घटनाओं का कारण पुछूँ। पर मठ पहुँचने पर मेरे हाथ निराशा ही लगी। गुरुजी मठ में नहीं थे। वे शायद गंगा के किनारे टहलने गये थे। एक बार इच्छा हुई कि वहीं जाकर सारी बात पूछूँ, पर शाम साँवली होने लगी थी। मेरा अभी बहुत–सा काम बाक़ी था। गायों के रँभाने की आवाज़ आने लगी थी। अभी मुझे उन्हें खाना देना था, दूध दुहना था, फिर मठ के रसोईघर में उसे पहुँचाना था।

दूसरे दिन, अपने दिनचर्या की आवृत्ति के बाद जब मैं शाम को घर लौटा, तो अभी झुटपुटा ही हुआ था। लड़की उस दिन नहीं आयी थी। मेरा मन भी उचटा–उचटा सा ही था। कल की घटना कुहासा बन मुझे अपने में लपेटे हुए थी। कल से ही यह शान्त अपारदर्शी कुहासा मेरे अस्तित्व का एक अंग बन गया था। मैं जल्द से जल्द इस धुन्ध से मुक्ति चाहता था। जल्दी–जल्दी आने के बाद भी झुटपुटा अँधेरा उतर ही आया था, पर भगवान की कृपा से गुरुजी अपने कमरे में ही मिले। मैंने बिना रुके सविस्तार कल की घटना कह सुनायी। राधिका को लेकर मेरे मन में कोई विकार नहीं था इसलिए बिना किसी दुराव–छिपाव के मैंने सारी घटना गुरुजी को कह सुनायी, पर मैं यह देखकर आश्चर्यचकित रह गया कि गुरुजी के चेहरे पर कोई विस्मय का भाव नहीं आया, बल्कि शान्त हो आँखें बन्द कर वे ऐसे बैठ गये, जैसे समाधि में चले गये हों। मैं एकाग्र होकर उनके चेहरे पर आने–जाने वाले भावों को देखता रहा। पहले उनके चेहरे पर हताशा जैसा भाव उभरा फिर जैसे विश्व की सारी करुणा सिमट आयी हो, आँख खोलने पर उन्होंने प्रणाम किया। मुझे एक क्षण के लिए भ्रम हुआ कि गुरुजी मुझे ही प्रणाम कर रहे हैं, पर मैंने सर झटक कर भ्रम को झाड़ दिया। फिर मैं गुरुजी की आँखों में पसरी नमी का कारण खोजने लगा। बहुत देर बाद गुरुजी जब बोलने की स्थिति में आये तो बोले, ''गोपाल इसमें आश्चर्य करने की कोई बात नहीं। ईश्वर अपनी कृपा उस पात्र तक पहुँचाने के लिए किसी को निमित्त चुनता है उस बच्चे के पैर ठीक होने के तुम निमित्त बने।''

''पर गुरुजी मैं ही क्यूँ? उस दिन चील आकर मेरे ही पास क्यों बैठी?''

''पहली बात तो पक्षी कहीं भी आकर बैठ जाते हैं और दूसरी बात शायद यह तुम्हारी इच्छा–शक्ति का परिणाम हो, मैं पहले भी तुमसे कह चुका हूँ, इच्छा–शक्ति ही वह विमान है जिस पर बैठ कर किसी असम्भव यात्रा को भी सम्भव किया जा सकता है। तुम अपनी इच्छा–शक्ति का और विस्तार करो'', गुरुजी यह कह कर चुप हो गये। मुझे गुरुजी की बात पहेली जैसी लगी, पर उस समय मैं पहेली सुलझाने की मनःस्थिति में नहीं था। अपने कमरे में जाकर मैं बहुत देर ऊहापोह की स्थिति में बैठा रहा। फिर न जाने क्या हुआ मैं पिछला सब कुछ भूल कर माँ को याद करने लगा।

अगले दिन जब मैं गायों को लेकर वहाँ पहुँचा, तब तक राधिका वहाँ नहीं आयी थी। सूरज की रोशनी में नहाये पहाड़ चमक रहे थे। जंगल के पेड़ों को छूकर आयी मतवाली हवा धीरे–धीरे बह रही थी। एक ओर जहाँ यह हवा मुझे रोमांचित कर रही थी वहीं दूसरी ओर वह मेरे बालों को बिखेर दे रही थी। मैं रह–रह कर हवा में उड़ते अपने बालों को सहेज रहा था। खेलने की चाहत से परेशान मैं राधिका का बड़ी बेसब्री से इन्तज़ार कर रहा था, तभी राधिका दूर से आती नज़र आयी। मेरा बाल मन ख़ुशी से नाच उठा। राधिका अपने साथ कंचे लेकर आती थी। वह बकरियों को चरने के लिए छोड़, सीधे ऊपर चली आती थी। जहाँ हम खेलते थे वह जगह दो तरफ़ चट्टानों से घिरी थी, तीसरी तरफ़ छोटे–छोटे चार पेड़ थे जो बैशाख की तपती दोपहर या वर्षा के दिनों में बहुत काम आते थे। वर्षा के दिनों में तो गायें भी सिमट कर वहीं चली आती थीं। इस प्रकार हमारा खेल का मैदान बहुत–सी सुविधाओं और असुविधओं का संगम था। राधिका जब कंचे लेकर ऊपर आयी तो हम खेलने लगे। यह खेल शाम तक चलता रहा। पहाड़ों का सूरज जब जल्दी ही पहाड़ों के पीछे चला गया तो हम अपने–अपने घर लौट गये।

एक दिन हम कंचे खेल रहे थे कि हमारा कंचा पहाड़ की दरार के अन्दर चला गया। दरार इतनी चौड़ी थी कि उसमें घुस कर कंचे को खोजा जा सकता था। अभी मैं सोच ही रहा था कि राधिका आगे बढ़ गयी। राधिका अभी थोड़ी–सी आगे बढ़ी होगी कि वहीं से चीखी, ''यह देखो गोपाल, कंचा कितना चमक रहा है।'' उसकी आवाज़ में इतना खिंचाव था कि बिना सोचे समझे मैं भी उस दरार में घुस गया। मैं अभी थोड़ा–सा

आगे बढ़ा ही था कि फिर उसकी चींख सुनाई पड़ी। "चार–चार कंचे हैं गोपाल चार–चार कंचे" मैं भी तेज़ी से सरकने लगा। आँखें थोड़ी–थोड़ी अन्धकार की अभ्यस्त होने लगीं थीं। शायद मैं राधिका के क़रीब पहुँच रहा था, तभी राधिका की फुसफुसाहट सुनाई पड़ी, "ये कंचे नहीं ये तो किसी जानवर के बच्चे की आँखें हैं गोपाल।" डरी–सहमी राधिका वहाँ से लौट चली। दरार में हम एक–दूसरे से सटे, एक–दूसरे को रगड़ते हुए, केवल घुटनों और पंजों के बल पर चलते हुए बाहर आये। बाहर आने पर भी राधिका सामान्य नहीं हुई। दहशत का पीलापन उसके गोरे रंग पर जैसे चिपक गया था। वह धीरे–धीरे बोल कर अपने को भयमुक्त करने के प्रयास में लगी हुई थी। उस दिन का खेल वहीं समाप्त हो गया। शाम का इन्तज़ार करते हुए हम जानवरों से हुई दुर्घटनाओं पर ही बात करते रहे। अधिकतर क़िस्से राधिका ही ने सुनाये, क़िस्से सुनाते समय हर क़िस्से के बाद वह कुछ और डर जाती थी। अन्तोगत्वा शाम हुई और हम अपने–अपने मवेशियों के साथ घर लौट आये।

सुखद गर्मियाँ बीत चुकी थी। वह सावन का महीना था चारों ओर हरियाली बिखरी हुई थी। वैसे तो जानवरों को नीचे भी घास मिल जाती। पर हम आदतन वहीं पहुँच जाते थे। सुन्दरता शायद जानवरों को भी सम्मोहित करती है। वरना उस दिन गायों के उतने धीरे–धीरे चलने का कोई औचित्य नहीं था। बादल और सूरज एक–दूसरे से आँख मिचौनी खेल रहे थे। कभी पूरा परिदृश्य सुफ़रमई अँधेरे में डूब जाता, तो कभी पूरा परिदृश्य पन्ने जैसा चमकीला हरा हो जाता। उस दिन मैं भी उस आँख मिचौनी का आनन्द लेने लग गया था। वरना मेरे भी इतने देर से पहुँचने की और कोई वजह नहीं थी। मैं जब पहुँचा तो राधिका आ गयी थी। खेल का साथी न रहने के विकल्प में उसने डाल को ही रस्सी की तरह इस्तेमाल कर झूला बना लिया था। मैं जब वहाँ पहुँचा उस समय वह झूले पर झूल रही थी। मैं अपनी जगह पर खड़ा उसे झूलते हुए देखने लगा। पता नहीं देखने के बीच मेरे में क्या परिवर्तन आया। पर पहली बार मुझे लगा कि राधिका बहुत सुन्दर है। पहाड़ी गोरे रंग के बीच उसकी खड़ी नाक, बड़ी–बड़ी आँखें उसे सामान्य से अलग कर रहीं थीं। कम–से–कम उस समय तो वह बहुत सुन्दर लग रही थी। इस सत्य को मान लेने के बाद भी मुझे आश्चर्य इस बात का हुआ कि मैं वर्षों से तो उसे देख रहा था। पर आज ही वह इतनी सुन्दर क्यों लगी। अभी मैं वहीं खड़ा–खड़ा

सोच ही रहा था कि अकस्मात् वह डाल वाला झूला टूट गया। राधिका सामने आ गिरी और उसका पैर छिल गया। उसके पैर से हल्का ख़ून रिसने लगा। वह धीरे–धीरे सुबकने लगी। अचानक बदले इस परिदृश्य में पहले तो मैं हतप्रभ खड़ा रहा, पर फिर मेरी चेतना लौटी, तो पत्ते का दोना बना उसमें पानी ला–ला कर उसका ख़ून धोने लगा, पर उसके घुटने का ख़ून धोते–धोते मैं एक विचित्र मनःस्थिति में चला गया। जहाँ तक याद आता है वह एक सुखद मनःस्थिति तो ज़रूर थी, पर अब तक के सुख के अनुभव या परिभाषा से बिलकुल भिन्न थी। अभी तक जीवन में आये सुख के क्षण मुझे उत्तेजनाओं से भर देते थे, पर यह सुख ऐसा था कि जैसे पूस की रात में अधबुझी अँगीठी की आग को तापते हुए होता है। ठण्ड से ठिठुरा बदन, गरमाहट की आँच में धीरे–धीरे पसरने लगता है और यह पसरने का सुख ऐसा सुख होता है जो उसी धीमी पड़ती आँच की गरमाहट को पकड़े रहने की यथास्थिति के आनन्द से बाहर नहीं आना चाहता। मैं भी शायद वर्षों उसी स्थिति में बना रह जाता अगर राधिका उस दृश्य को तोड़ती हुई खड़ी न हो जाती।

"आज तुम्हें देर क्यों हुई?" बात भी उसी ने शुरू की।

"पता नहीं गायें क्यों इतने धीरे–धीरे चल रहीं थीं।" मैं बातचीत कर, अपने इर्द–गिर्द बुनी सपनों की उस दुनिया से बाहर नहीं आना चाहता था, इसीलिए मैंने बहुत धीरे से जबाब दिया। जबाब देने के बाद भी, उस आभासित सुख को पकड़े मैं बड़ी देर तक उसकी जुगाली करता रहा। यहाँ तक कि शाम हो गयी और लौटने का समय हो गया। मैं अपनी गायों के साथ मठ लौट आया। राधिका भी जाते–जाते मुड़–मुड़ कर देखती रही।

वैसे तो हमें वहाँ घास चराते, खेलते–कुदते लम्बा अरसा बीत चुका था, पर अब हम थोड़े–थोड़े बदलने भी लगे थे और इस बदलाव का असर कभी–कभी हमारे खेलों पर भी हो जाया करता था, जैसे उस दिन। उस दिन ऐसा हुआ कि जब मैं वहाँ पहुँचा तो मैंने देखा कि राधिका विचित्र ढ़ंग से अपने हाथ–पैर हिला–हिला कर नाच रही है। वह बरसात का ही मौसम था और आसमान पर बादल भी छाये हुए थे। उसकी यह हरकत मुझे अजीब–सी लगी। थोड़ी देर तो मैं देखता रहा फिर मैंने टोका, "यह क्या कर रही हो।"

"देखते नहीं मैं मोर बन कर नाच रही हूँ।"

"पर तुमने मोर कहाँ से देखा, तुम्हारी ओर तो मोर होते नहीं।"

"पर साल मामा के घर राजस्थान गयी थी। वहीं देखा था, बहुत सुन्दर होते हैं मोर और बहुत सुन्दर नाचते भी हैं तुमने देखा है।"

"हाँ" मैंने संक्षेप में कह दिया। मैं अब खेलना चाहता था। बातचीत से आये व्यवधान के कारण उसके भी नाचने का जोश ख़त्म हो गया था। वह भी अब खेलना चाहती थी, उस दिन हम शाम तक खेलते ही रहे।

उसी बीच एक और घटना घटी, हम वर्षों से वहाँ अकेले खेलते आये थे हम यानी मैं और राधिका। हमारे बीच कभी कोई तीसरा नहीं आया। पर एक दिन एक भेड़ चराने वाला लड़का अपनी भेंड़ों के साथ वहाँ से गुज़र रहा था तो उसकी नज़र हम पर पड़ी। शायद खेल के सम्मोहन से सम्मोहित होकर वह हमारे बीच आ घुसा। राधिका अपने बहिर्मुखी स्वभाव के कारण खेल में हिस्सा लेने के लिए उसे आमन्त्रित भी कर बैठी। वह लड़का भी ख़ुशी से दमकता चेहरा लिए हमारे खेल में शामिल हो गया, पर मुझे न जाने क्यूँ यह सब कुछ अच्छा नहीं लगा, जबकि मुझे ख़ुश यूँ होना चाहिए था कि हमारे खेल को एक तीसरा खिलाड़ी मिला था और वह भी लड़का। पर वह खिलाड़ी खेल में कंचों से अधिक राधिका पर ध्यान देता था और राधिका भी कुछ ज़्यादा इतराती हुई उससे बात करती थी। राधिका का लहज़ा कुछ–कुछ किसी रानी का अपने दास को हुक्म देने जैसा होता था, और वह लड़का भी दास की भूमिका को बड़ी अच्छी तरह जी रहा था, यही बात मुझे अन्दर से चिढ़ा रही थी। कभी–कभी इच्छा होती थी कि कंचों को पहाड़ी से नीचे फेंक दूँ, ताकि खेल ही ख़त्म हो जाये, पर मैंने किया नहीं। एक बार कंचों को लेकर उस दिन उससे लड़ाई भी हुई और राधिका उसके पक्ष में खड़ी भी हो गयी। जबकि वह ही बेइमानी कर रहा था। पर बात आगे बढ़ी नहीं, वह लड़का ही झुक गया, वापस लौटते हुए मैं बहुत उदास हो गया था। पर भगवान का शुक्र वह लड़का जिस तरह अचानक आया था, उसी तरह अचानक गायब हो गया। शायद कोई हादसा या मज़बूरी उसके रास्ते का रोड़ा बन गयी, पर मैं हफ़्तों राधिका से सहज नहीं हो पाया। पर धीरे–धीरे सब कुछ सामान्य हो गया।

मैं धीरे–धीरे बड़ा होता गया, पर इस बड़े होने के क्रम में मैं मानसिक रूप से उलझता भी गया। रोज़मर्रा के कामों से निपट कर जब भी अकेला

बैठता तो मुझे लगता कि मैं अधूरा हूँ मुझे कुछ तलाशना है, पर क्या तलाशना? कैसे तलाशना है? कुछ समझ नहीं पाता था। मुझे लगता था कि जैसे चमकते दिन में अचानक कोई बदली का टुकड़ा आकर अटक गया हो। मेरे मन में अजब–सी धुन्ध छा जाती थी और वह धुन्ध मुझे असहज बनाये रहती थी। वह लड़की राधिका भी धीरे–धीरे बड़ी होने लगी थी। हम अब भी अपने–अपने मवेशियों को छोड़ कर कंचा–गोटी खेलते थे। मैं अभी भी अस्तलगामी सूर्य की किरणें जब पहाड़ी की चोटी से धीरे–धीरे उतरती थीं तो मन्त्रमुग्ध होकर देखता रह जाता था। आसमान में उड़ती हुई चील अभी भी मेरा ध्यान आकृष्ट कर लेती थी, पर मेरा ध्यान अब राधिका भी आकृष्ट करने लगी थी। धीरे–धीरे वह लम्बी होने लगी थी। उसके सीने पर कुछ उभार अपना आकार लेने लगा था। उसके गाल कुछ ज़्यादा ही गुलाबी होने लगे थे। गोली लेने–देने के उपक्रम में मेरी अँगुलियाँ उसे छू लेतीं, तो एक नयी अपरिचित–सी सनसनाहट पूरे शरीर को झनझना देती। मठ में मेरी उम्र का तो कोई था नहीं, जिससे मैं यह सब कुछ पूछता, मैं अपने में ही समझने की कोशिश करता, पर कुछ समझ नहीं आता तो और उलझ कर रह जाता। मुझसे उलट राधिका की आँखें आत्मविश्वास से चमकती रहतीं। वह शायद अपनी हमउम्र सहेलियों से यह उम्र का राज़ समझ चुकी थी इसलिए उसके चेहरे पर परेशानी का भाव कभी नहीं रहता। कभी ऐसा भी होता वह मेरी आँखों में देखने लगती और कुछ ही पलों बाद उसकी आँखें बरसात के मेघों की तरह सजल हो जातीं। कभी–कभी मुझे छूने के बाद मैंने उसे कँपकँपाते भी देखा था। कभी उसे बकरी को सहलाते देखकर मुझे ऐसा लगता था जैसे वह किसी अदृश्य व्यक्ति को सहला रही है। बकरी अपनी मासूम आँखों से राधिका को देखती, पर राधिका की आँखें आसमान देखते हुए खोयी–खोयी सी रहतीं। शाम को विदा लेने की बेला में उसके चेहरे पर थोड़ी उदासी–सी तैरने लगती, जो पहले नहीं हुआ करती थी।

राधिका की उदासी का राज़ समझने की कोशिश करते हुए एक दिन जब मैं ऊपर से लौटा, तो दिन अभी ढला नहीं था। उस दिन छोटे गुरुजी कहीं बाहर गये हुए थे। इसलिए पढ़ाई नहीं होनी थी। गायों को दुह कर दूध रसोई में पहुँचाने वाला काम भी हो चुका था। कोई काम नहीं रहने पर अपने कमरे में जाकर बैठने की इच्छा नहीं हुई। गंगा किनारे बैठने के मक़सद से मैं मठ से निकल पड़ा। अभी भी शाम पूरी तरह से

उतरी नहीं थी, बस सूर्य पहाड़ों के पीछे चला गया था, इसलिए हर चीज़ ख़ुद अपनी परछाई सी प्रतीत हो रही थी। सामने गंगा वैसे ही निर्विकार कल–कल ध्वनि करती बही जा रही थी। मैं सीढ़ियों पर बैठने की गरज से जब नीचे उतरा तो सीढ़ियों पर एक परिचित–सी आकृति बैठी नज़र आयी। मैं पास पहुँचा तो वे गुरुजी थे। शाम थोड़ी और उतर आयी थी इसलिए आकृतियाँ तो नज़र आ रहीं थीं, पर पहचानने के लिए नज़दीक जाना ज़रूरी था। जब मैं गुरुजी के पास जाकर बैठ गया तब भी, उन्हें मेरे होने का एहसास नहीं हुआ। वह शायद किसी गम्भीर चिन्ता में निमग्न थे। मैं थोड़ी देर तो चुपचाप बैठा रहा, पर फिर मैंने उन्हें पुकारा। मेरी आवाज़ सुन पहले वे चौंके, फिर हँसने लगे। फिर थोड़ा रुक कर बोले, "मैं तुम्हारे बारे में ही सोच रहा था।" फिर चुप हो गये जैसे सोच रहे हों कि बताना चाहिए या नहीं।

"मेरे बारे में क्या सोच रहे थे गुरुजी" मैंने जिज्ञासावश पूछा।

"मैं पहले तुम्हें अपने बचपन की कहानी सुनाता हूँ। कहानी सुन तुम ख़ुद ही समझ जाओगे, मेरी एक छोटी बहन थी, पर पोलियो हो जाने के कारण बचपन से अपाहिज थी। जब मैं कुछ बड़ा हुआ तो उसकी वह हालत देख मैं बहुत बेचैन रहने लगा। जब मैं खेलता तो खेलने के लिए वह मचलने लगती, ऐसे में मैं ठीक से कभी खेल नहीं पाया। थोड़ा और बड़ा हुआ तो मैं उसके पैरों की मालिश करने लगा। मालिश से थोड़ा फ़र्क़ तो पड़ा, पर वह चल नहीं पायी, यह सिलसिला पाँच वर्षों तक चलता रहा। फिर वह अपने सूखे पैरों को लेकर घसीट–घसीट कर चलने लगी, माँ के कामों में बैठी–बैठी हाथ बँटाने लगी, अभी यह सब करते उसे कुछ ही साल हुए थे तभी उसे हैज़ा हुआ और वह मर गयी ।

उसका मरना मेरे लिए बहुत बड़ा हादसा था मैं अन्दर से टूट गया। इसी बीच एक संन्यासी हमारे गाँव होते हुए हिमालय पर जा रहे थे, वे रात क़ो मेरे यहाँ ठहरे थे। मैं रात भर सोचता रहा, सुबह उन्हीं के साथ गाँव छोड़ निकल पड़ा। इरादा था मैं तप करके इतनी शक्ति अर्जित करूँगा कि किसी को अपाहिज नहीं रहने दूँगा, और मैं दस वर्षों तक हिमालय की गुफाओं में तप करता भी रहा। मैंने बहुत–सी सिद्धियाँ भी प्राप्त कीं। जब लगा कि मैंने अपने मन पर विजय प्राप्त कर ली है और मेरा मन बिलकुल शान्त हो गया तो मैं फिर यहाँ ऋषिकेश लौट आया। ऋषिकेश मैं अपने मन से आया था, थोड़े दिनों बाद एक साधु मुझे इस

मठ में ले आये। उन दिनों मुझे न अपने जीवन से न अपने तप से कोई शिकायत थी, पर जब से तुमने उस अपाहिज लड़के को ठीक करने की क़हानी सुनायी, तब से मैं फिर बेचैन रहने लगा। जिस समय तुमने वह कहानी सुनाई थी उस समय तुम छोटे थे। मेरी बात समझ नहीं सकते थे, इसलिए मैंने तुमसे कुछ नहीं कहा, पर अब मेरी बात तुम समझ सकते हो इसलिए कह रहा हूँ। उन दिनों मैं महसूस करने लगा था कि मैंने अपनी ज़िन्दगी व्यर्थ गवाँ दी, पर भगवान की कृपा देखो कुछ दिन पहले एक दिन जब मैं उस पार अपने किसी काम से गया था तो वहाँ मैंने एक जवान अपाहिज को गाना गा कर भीख माँगते देखा, वह अपाहिज गाना गाने में इतना मग्न था कि उसे देख मुझे ईर्ष्या हुई और पहली बार यह बात समझ में आयी कि अपाहिज शरीर से भी ज़्यादा दुखद होता है अपाहिज मन। वह भीख माँगने वाला वैसा शरीर लेकर भी मग्न हो गीत गा रहा था, पर क्या अपाहिज मन वाला ऐसा कर सकता है? इसलिए मैंने सोच लिया मैं एक बार फिर हिमालय की कन्दराओं में जाकर तपस्या करूँगा और अपने ज्ञान से लोगों के अपाहिज मन को ठीक करने की कोशिश करूँगा, अपाहिज शरीर तो ईश्वर प्रदत्त है, ईश्वर की लीला को कौन मिटा सकता है पर अपाहिज मन तो व्यक्ति की अपनी देन है इसे तो ठीक किया जा सकता है''।

गंगा पूर्ववत् वैसी ही बह रही थी। संध्या में गंगा को अर्पित किये हुए दीये, लहरों पर अठखेलियाँ करते हुए बहे जा रहे थे। सड़कों पर रोशनी जल चुकी थी। अब वहाँ भी वैसा अँधेरा नहीं था। मैंने गुरुजी के चेहरे का भाव पढ़ना चाहा। गुरुजी के चेहरे पर एक अनोखी चमक थी। उनकी आँखें जैसे सितारों में कुछ खोज रही थी। मैंने इशारे से उन्हें मठ चलने के लिए कहा, पर उन्होंने इशारे से मना कर दिया। आसमान में अब चाँद निकल आया था। मौसम सुहाना था। चन्द्रमा अपनी रूपहली किरणें बिखेरते हुए पूरी नदी को प्रकाशमान कर रहा था। जादुई हवा बड़े धीरे–धीरे बह रही थी। गंगा की लहरों की उछल–कूद के बावजूद भी अटूट शान्ति बनी हुई थी। कभी–कभी कोई मछली ज़रूर उछल कर उस शान्ति को भंग कर दे रही थी, पर तुरन्त सब कुछ सामान्य हो जा रहा था। यह शान्ति इतनी विस्मयकारी थी कि ख़ुद के वजूद के खो देने का भय–सा हो रहा था। अचानक बगल से एक मेंढक टर्राया, जैसे मुझे स्वर्गलोक से उतर कर धरती पर आने का आह्वान कर रहा हो। चाँदनी

और चमकीली हो गयी थी। अब उस पार का बगीचा एक धब्बे की तरह दिख रहा था। मैंने फिर गुरुजी की ओर देखा। वे वैसे ही ध्यान–मग्न थे। मुझे मठ लौटने की तीव्र इच्छा हो रही थी। शायद मैं थोड़ा डर गया था या शायद वहाँ की शान्ति मेरी उम्र पर भारी पड़ रही थी। जो भी हो मैं उठ कर मठ के लिए चल पड़ा। मैं क्या जानता था, गुरुजी के सानिध्य में यह मेरी अन्तिम संध्या है और यह भी कि अन्तिम शब्द जोड़ने का श्रेय भी मुझे ही मिलना था।

दूसरे दिन राधिका मुझे बहुत उदास–सी लगी, वह धीरे–धीरे बकरी के साथ चलती हुई आयी। पहले तो मुझे लगा बकरी ही की कोई समस्या है, पर राधिका यहाँ भी आकर चट्टान पर चुपचाप बैठ गयी। तब मुझे थोड़ा आश्चर्य हुआ। मैं गोली लेकर आया तो उसने खेलने से इनकार कर दिया। बैचेन होकर मैं कारण पूछने लगा, बहुत देर बाद वह बोली, "मेरी शादी होने वाली है।"

"यह तो अच्छी बात है, फिर तुम उदास क्यों हो?" मैंने ख़ुश होकर कह तो दिया, पर फिर उदासी की एक बदली मेरे अन्दर भी उतर आयी। उसने पहले मुझे घूरा फिर पनीली आँखें लिए वह दूसरी ओर मुँह फेर कर बैठ गयी। उस दिन शाम बड़ी देर से आयी। पहाड़ों का संगीत भी उदास धुन बजाने लगा। सन्नाटे के उस उदास संगीत में लौटते हुए पंछियों के पंखों की आवाज़ भी मन को नहीं भायी, गायें जाने के लिए रँभाने लगीं तो हम अपने–अपने मवेशियों के साथ जुदा हुए। राधिका जाते–जाते मुड़–मुड़ कर देखती रही। वहाँ से लौटकर मुझे बहुत–सा काम करना पड़ता था। उस दिन भी लौट कर आने के बाद मुझे गायों को खिलाना, दूध दूहना फिर उसे लेकर मठ की रसोई में जाना पड़ा। इस आपाधापी में मैं कुछ देर के लिए सारी बातें भूल गया था, पर जैसे ही अपने पढ़ाने वाले गुरुजी के पास बैठा तो सारी बात याद आने लगी। अब तक मैं लिखना–पढ़ना दोनों सीख चुका था। हिन्दी ही नहीं संस्कृत भी मेरा प्रिय विषय बन गया था। पढ़ने में मेरा मन भी ख़ूब लगता था, पर उस दिन मेरा चित उचटा–उचटा सा रहा। उस दिन मठ में रासलीला की तैयारी चल रही थी, पर मेरा मन कहीं से उत्साहित नहीं हो पा रहा था। वह तो बहुत बाद में मेरी समझ में आया कि समय मुझे मेरे भविष्य का संकेत दे रहा था। मेरा खोयापन देखकर ही शायद गुरुजी ने मुझे असमय छुट्टी दे दी थी।

दो दिन राधिका नहीं आयी, मैं बेचैन पहाड़ों पर घूमता रहा। इच्छा हुई कि मैं उसके घर जाकर पूछूँ कि वह क्यों नहीं आती। फिर डर लगा उन लोगों ने पूछ लिया कि तुम क्यों बेचैन हो, तो मैं क्या बोलूँगा? कहीं उसकी शादी तो नहीं हो गयी? तारीख़ तो उसने बतायी नहीं थी, कहीं शादी करके चली तो नहीं गयी?

तीसरे दिन राधिका धीरे–धीरे चलती हुई दूर से नज़र आयी, मैं ख़ुशी आशंका के मिले–जुले भाव में डूबता–उतराता उसके पहुँचने की राह जोहने लगा। राधिका मेरे पास पहुँचते ही धप से मेरे बगल में बैठ गयी। वह थकी कम, उत्तेजित ज़्यादा लग रही थी। बैठते ही अचानक वह मेरी ओर मुड़ी और मेरी आँखो में देखते हुए पूछा, "तुम मुझसे शादी करोगे।" अचानक आये इस प्रस्ताव से मैं भौंचक्का रह गया। अभी कुछ बोलता उसके पहले वह फिर बोल उठी, "देखो तुम शादी करोगे तो तुम्हें मठ छोड़कर जाना पड़ेगा।" वह कुछ पल के लिए फिर रुकी और पूछा "तुम साधु तो नहीं हो।" मैंने नहीं में सिर हिला दिया और फिर सोचने लगा मैं गुरुजी को छोड़ कर कैसे जाऊँगा? क्यों जाऊँगा? अभी मैं उसके प्रश्न का उत्तर सोच ही रहा था कि वह मेरी ओर देख कर फिर बोलने लगी, "मैं उस खूसट से शादी नहीं कर सकती, भले मेरी जान क्यों न चली जाये। कैसी गिद्ध जैसी आँखों से मुझे देख रहा था, लार टपक रही थी लार। नाश्ता ऐसे कर रहा था जैसे पहली बार खाना मिला हो। मुझे नहीं करनी ऐसी शादी।" वह बुदबुदाने लगी। उस समय मुझे क्या अनुभव हुआ मैं शायद ठीक से कह नहीं सकता। मैं डर तो ज़रूर गया था, पर वह डर भी राधिका की मृत्यु को लेकर था। हालाँकि उस समय तक शरीर के आकर्षण को ठीक से समझ नहीं पाया था, पर उसके वेग का आभास तो होने ही लगा था। उत्तेजना की थकान से हाँफती हुई राधिका कुछ पल के लिए ठहर गयी। फिर मेरी ओर देखकर बोली, "तुम कुछ बोलते क्यों नहीं। अगर तुम शादी नहीं करोगे तो मैं यहाँ से कूद जाऊँगीं।" कुछ पल रुक कर वह हिचकियाँ ले लेकर रोने लगी। उसके आँसू मुझे अनिर्णय की स्थिति से निकालकर निर्णय की स्थिति में ले जाने लगे। अब मेरे सामने यह प्रश्न नहीं था कि मैं शादी करूँगा या नहीं। अब मेरे सामने प्रश्न यह था कि मैं कहाँ जाऊँगा, कैसे जाऊँगा और उससे भी पहले मैं राधिका के आँसुओं के वेग को कैसे रोकूँ। कहीं मेरे हाँ कहने में देरी, उसकी जान न ले ले। मैंने काँपते हुए हाथों से उसके आँसुओं को छुआ।

"मैं तुम्हारे साथ जाऊँगा।" मेरी आवाज़ आवेग से थरथरा रही थी। उसकी रोती हुई आँखें मुस्कराने लगीं। अब मैं सोच रहा था कहाँ जाऊँगा? कैसे जाऊँगा?, यह प्रश्न मुझे विचलित किये हुए था। तभी राधिका बोल पड़ी, "तुम पैसे की मत सोचना मैं काफ़ी पैसे ले आऊँगी"। एक समस्या सुलझ गयी, पर नये शहर में जायेंगे कहाँ? राधिका मुस्कराते हुए विदा हो गयी पर मैं मठ आकर भी उलझा ही रहा। रात होने पर एक ही रास्ता नज़र आया कि मैं छोटे साधु से पुछूँ, छोटे साधु अक़्सर बाहर आते–जाते रहते थे। पहले भी किसी से शिकायत होती थी तो उन्हीं से कह कर जी हलका करता था। गुरुजी तो सुनते नहीं थे। अधिक बोलने पर डाँट भी देते थे, "वह भी तुम्हारी तरह का है, हो गयी होगी कोई छोटी–मोटी ग़लती"।

शाम को छोटे साधु के कमरे में बैठकर उन्हें सारी बात बतायी। आज सोचकर ताज्जुब होता है कि उनसे ज़रा भी संकोच कैसे नहीं हुआ, पर शायद संकोच करने जैसी बात मेरे और राधिका के बीच नहीं उभरी थी। छोटे साधु ने बड़े ध्यान से बातें सुनीं, सुनते समय उनके चेहरे पर करुणा का स्थायी भाव था, छोटे साधु ने ठहरने के लिए पता ही नहीं दिया कुछ पैसे भी दिये।

बस थोड़ी दूर ही चली होगी कि हिमालय की बर्फ़ीली श्रेणियाँ नज़र आने लगीं। बादल अभी तराई में ही सोये पड़े थे। सूर्य की पहले लाल फिर सुनहरी किरणें एक–एक कर हिमालय की ताज़पोशी कर रही थीं। मुझे लगा ईश्वर ज़रूर यहीं कहीं बसता होगा। उस दिन पुरी के समुद्र को देखने पर फिर मुझे ऐसी ही अनुभूति हुई थी। स्टेशन से आते हुए जब मेरा ऑटो एक अर्द्धचक्र मोड़ लेता हुआ समुद्र वाले रास्ते पर आया तो मैं वह दृश्य देख कर स्तब्ध–सा रह गया था। उस दिन भी सवेरा अभी हुआ ही था, सूर्य लालिमा लिए अभी निकला ही था। समुद्र की वह अथाह असीम जलराशि और उसमें से निकलता सूरज, जैसे कि कोई गंगा में डुबकी लगा ऊपर आने की कोशिश कर रहा हो। श्वेत फेनिल लहरों की वह लाल किनारी, एक–दूसरे को धकियाती, उछलती, कूदती, खिलखिलाती, गुनगुनाती लहर बालाओं का वह झुण्ड, जो कभी आसमान छूने की कोशिश करता तो कभी बालू के उस रेतीले तट पर विश्राम करने की, पर ऊर्जा से भरपूर उन लहर बालाओं के जीवन में विश्राम कहाँ, अभी तट पर ठीक से पसर भी नहीं पायीं कि दूसरी सखी आकर फिर

उन्हें खींच ले गयी। होटल पहुँचते पहुँचते लहर बालाओं की साड़ी की किनारी सुनहरी होने लगी थी।

सीज़न न होने के करण होटल सूना पड़ा था। इक्के–दूक्के कमरे ही भरे थे। माहौल में अजब तरह की स्तब्धता व्यापी हुई थी, पर कमरे में जाने के बाद अप्रैल के सूने वातावरण में बसन्त हमारे बीच हिलोरें लेने लगा था। कमरे में एकान्त मिलते ही राधिका मुझसे लिपट गयी। उसकी ख़ुशी उसकी आँखों से ही नहीं, पूरे शरीर से छलक रही थी, इतना सुन्दर कमरा, पलंग, चादर, ड्रेसिंग टेबल सब कुछ इतना नया और सुन्दर, राधिका अपनी ख़ुशी समेट नहीं पा रही थी, पर मेरे अन्दर की ख़ुशी ऐसी थी जैसे ग्रहण लगा सूरज। कहीं कुछ ग़लत था, पर क्या था पता नहीं। धुन्ध छटती ही नहीं थी। ख़ुशी का सूरज उसी से घिरा छटपटा रहा था। छटपटाहट और ख़ुशी, जैसे अंकुरण का दर्द सहता बीज, जैसे खिलने को बेचैन कोई कली।

दूसरे दिन सुबह जब समुद्र के किनारे राधिका के साथ खड़ा था तो सब कुछ बहुत अच्छा लग रहा था। सूर्य का उछल कर जलराशि से बाहर आना और लहरों का जो चन्द्रमा को छू लेने की कोशिश में पूरी रात शोर करते हुए गुज़ारती थीं। सूर्य के अचानक उगते ही शान्त हो धीरे से आकर पाँव पखारने लगना, ये दोनों ऐसे अद्‌भुत अनुभव थे जिन्हें मैं वर्षों नहीं भूल पाया था। राधिका भी लहरों की तरह रह–रह कर मुझसे आकर लिपट जाती थी फिर अगल–बगल देख कर छिटक कर अलग हो जाती थी। यह क्रम तब तक चलता था, जब तक सूर्य अपनी गर्मी से हमें अपने कमरे में जाने को विवश नहीं कर देता था।

शाम को भी हम बालू की उस अथाह राशि पर बैठे, तारों के उगने का इन्तज़ार करते थे। कुछ ही देर में तारों से जब आसमान का आँगन भर जाता था तब चाँद का आगमन होता था। चाँद के आसमान में आने के साथ ही लहरें उत्तेजित होने लगती थीं। चाँद को छू लेने की ख़्वाहिश में लहरें ऊँची उठने लगती थीं और दूर–दूर तक के बालू तट को भिगोने लगती थीं। पता नहीं चाँद के उगने का राधिका पर क्या असर होता था। वह भी कमरे में लौटने के लिए मचलने लगती थी। थोड़े टाल–मटोल के बाद हम वापस कमरे में आ जाते थे, और फिर अगला दिन...।

हफ्ता बीत गया तब जाकर सुध आयी कि पैसे हमारे पास बहुत कम थे, और जो थे भी वे बड़ी रफ़्तार से ख़र्च हो रहे थे। मैं इसी ऊहापोह

में था कि आगे क्या करूँ, तभी उस पत्र की याद आयी जो आते समय छोटे साधु ने दिया था। छोटे साधु ने अपने जीजा के नाम एक पत्र दिया था। पत्र में अपने आउटहाउस में रखने तथा मुझे किसी काम में लगा देने की सिफ़ारिश थी। दोपहर में ही मैं पत्र लेकर घर खोजने निकला, पर खोजते–खोजते जब उनके घर पहुँचा तो शाम होने लगी थी। वे अभी ऑफ़िस से नहीं आये थे। मुझे एक कुर्सी दे दी गयी और इन्तज़ार करने को कहा गया। पाण्डेजी जब आये भी तो वे सीधे घर के अन्दर चले गये। थोड़ी देर बाद चपरासी आया तो मैंने उसे पत्र थमा दिया। कुछ देर बाद चपरासी ने ही आकर सूचना दी कि मैं कल सामान के साथ आ सकता हूँ। अपनी इच्छित प्रतिक्रिया मिलने के बावजूद पता नहीं क्यूँ मैं अन्दर से ख़ुश नहीं हुआ। पूरे वातावरण में उपेक्षा एक अदृश्य धुन्ध बन कर पसरी हुई थी, जो मुझे असहज कर रही थी। पर आना तो था ही इसलिए दूसरे दिन मैं राधिका को लेकर सुबह ही पहुँच गया। उस दिन मधुकर पाण्डे मुझे बाहर ही मिले। शायद ऑफ़िस जाने की तैयारी में थे। मुझे देखने के पहले उनकी नज़र राधिका पर पड़ी। यह मेरा अनुमान था क्योंकि पहले दिन वाली उपेक्षा के भाव का उनमें कहीं नामो–निशान नहीं था। ख़ुद ही आउटहाउस दिखाने गये। कमरे अस्त–व्यस्त और गन्दे पड़े थे। होटल की शान–शौकत देख कर आयी राधिका की आँखों में थोड़ी मायूसी तैरने लगी। पर पाण्डेजी की सक्रियता राधिका के चेहरे को फिर रौशन कर गयी।

"आप लोग बाहर कुर्सी पर बैठिए, नौकर इसे साफ़ किये देता है, महीनों से बन्द जो था", पाण्डेजी की आवाज़ इतनी मधुर थी जैसे वे इस बन्द कमरे की ग़न्दगी के लिए माफ़ी माँग रहे हों। हम बाहर बैठे तो वे हमारे ही बगल में कुर्सी लगा कर बैठ गये, जैसे ऑफ़िस जाने की उन्हें कोई जल्दी ही न हो। हमसे वे सब कुछ पूछने लगे। जो बात उस समय तक केवल दो व्यक्तियों के बीच की दास्तान थी अब जगज़ाहिर हो गयी। राधिका भी न जाने कैसे इतनी जल्दी उनसे खुल गयी। वह हँस–हँस कर सारी बातें बताने लगी और मैं जो चुपचाप बैठा श्रोता की भूमिका निभा रहा था, यह सोचने पर मज़बूर हो गया कि राधिका की हँसी में कुछ ऐसा ज़रूर है जो जादुई असर डालता है। मुझे आश्चर्य भी हुआ कि इतने दिनों के साथ के बावजूद अभी तक मैंने यह महसूस क्यों नहीं

किया था। फिर खुद को समझा भी लिया कि यह श्रोता बनने का असर है। शायद ख़ामोशी, ज़िन्दगी को ज़्यादा पाठ पढ़ा जाती है।

पाण्डेजी ने चपरासी भेज कर अन्दर से पत्नी को बुलाया। पत्नी दुबली–पतली एक सुन्दर–सी महिला थी। उनके चेहरे पर बसन्त की चमक थी, पर मुझे उनकी आँखों में पतझड़ के सूखे पत्ते भी नज़र आये। पता नहीं उनका अपना सत्य क्या था, पतझड़ या बसन्त? राधिका ने उठ कर झट से उनके पैर छुए, पैर तो मैंने भी छुआ, पर पूरे समय मैं यही आश्चर्य करता रहा कि राधिका इतनी समझदार कैसे हो गयी है। पाण्डेजी की पत्नी जिन्हें बाद में मैं 'शशि दी' कहता था तुरन्त वापस चली गयीं। हम लोगों के लिए नाश्ता बनवाने के आदेश देने के लिए ही शायद उन्हें बुलाया गया था या शायद अतिथि से परिचय कराने की विवशता भी शामिल हो सकती है, और अतिथि भी कैसा जो उनके मायके के रिश्ते की डोर पकड़ उनका अतिथि बनने का दुस्साहस कर रहा हो।

दूसरे दिन से एक नयी ज़िन्दगी की शुरुआत हो ही गयी। इस नयी शुरुआत के लिए हमें बहुत–सी चीज़ों की ज़रूरत पड़ी, कुछ तो ख़रीदा, पर अधिकतर चीज़ें पाण्डेजी की कृपा से मुफ़्त में मिल गयीं। इन मुफ़्त की सौगातों को पाकर राधिका की ख़ुशी का ठिकाना नहीं रहता था, पर मैं अभी ख़ुश नहीं हो पा रहा था। वजह थी कि पैसा दिन–प्रतिदिन कम होता जा रहा था और भविष्य की कोई योजना भी अभी नज़र नहीं आ रही थी। पर मेरे अनुमान के विपरीत मेरी इस छटपटाहट का अन्त भी चौथे दिन ही हो गया। पाण्डेजी की कृपा से एक छोटे से मन्दिर में बतौर पुजारी मुझे नियुक्त कर लिया गया, एक बड़े से मकान के बड़े से कम्पाउंड में यह छोटा पर भव्य मन्दिर था। यह सेठ लक्ष्मीचन्द का निजी मन्दिर था, पर कुछ अन्दरूनी कारणों से इसे सार्वजनिक कर दिया गया था। मन्दिर का एक दरवाज़ा अन्दर खुलता था और दूसरा बाहर समुद्र की दिशा में। पहले ही दिन, और पहली ही बार देखने के बाद, स्थान की सुन्दरता ने मुझे अपने मोह में जकड़ लिया था इसलिए मुझे अपनी यह नियुक्ति बहुत भायी थी और मैं तहेदिल से पाण्डेजी का एहसानमन्द हो गया था। अपनी इस जज़्बाती पसन्दगी के कारण ही मैं दूसरे दिन से मन्दिर जाने भी लगा था।

इस तरह एक नयी ज़िन्दगी की शुरुआत हो गयी थी। यह नयी ज़िन्दगी मेरे अनुमान में अच्छी ही चल रही थी। आज अगर कोई मेरे

वैवाहिक जीवन पर प्रश्न पूछे और उसके उत्तर में मैं यह कहूँ कि मैं नहीं डूबा था राधिका के प्रेम में तो यह ग़लत होगा, वाक्य पूरा करने के लिए मुझे साथ में यह भी कहना होगा कि मेरी स्थिति किनारे बैठे दर्शक की भी नहीं थी। दरअसल मैं डूबता–उतराता ज़िन्दगी की लहरों के साथ बहा जा रहा था। राधिका भी कली से फूल बनती जा रही थी। जहाँ राधिका के कली से फूल बनने का मुझे एहसास हो रहा था, वहीं भँवरों के गुँजन से भी मैं बेख़बर नहीं था। इसलिए मेरी कोशिश रहती थी कि राधिका को कम से कम बाज़ार निकलना पड़े। वैसे तो मैं मन्दिर से लौटते हुए सारी चीज़ें लेते आने की कोशिश करता था, पर कुछ चीजें छूट ही जाती थीं। और इसके पहले कि मैं उन चीज़ों को लाने के बारे में फिर से सोचूँ, मैं देखता वे चीज़ें घर में आ गयी हैं। राधिका बस हँस कर कह देती, "तुम्हारे लाने की ज़रूरत नहीं है, शशि दी ने मँगा दिया है, मैं पैसा दे रही थी पर उन्होंने पैसा भी नहीं लिया", पता नहीं क्यूँ पर यह सुन कर मुझे अच्छा नहीं लगता था। इच्छा होती थी पूछूँ कि शशि दी को पता कैसे चलता है, पर अपने स्वभाव के अनुसार अधिकतर चुप ही रह जाता था। पर एक बार पूछ ही दिया था, "उन्हें कैसे पता चलता है"। इस पर राधिका बड़ी गम्भीरता से बोली थी, "तुम्हारे नहीं रहने पर शशि दी आती जो हैं। उन्हें देख कर ही पता चल जाता है क्या है क्या नहीं है।" इस उत्तर के बाद मेरे सवाल भरभरा कर गिर पड़े थे।

राधिका घर सँवारने में बहुत कुशल नहीं थी, पर खाना बहुत अच्छा बनाती थी। जिस दिन कोई सब्ज़ी अच्छी बन जाती थी और मैं तारीफ़ कर देता था, उस दिन कटोरे में सब्ज़ी लेकर वह शशि दी को देने ज़रूर जाती थी। यह बात कहीं से मुझे भी अच्छी लगती थी इसलिए मैं भी उसे उत्साहित ही करता था। राधिका को जब से मैं जानता था तबसे यह भी जानता था कि राधिका बातूनी है, और यहाँ आने के बाद भी उसकी यह आदत बदली नहीं थी। शाम को घर आने के बाद मुझे उस परिवार की चर्चा सुननी ही पड़ती थी। राधिका पूरे विस्तार से बताती थी कि आज उस परिवार में क्या–क्या हुआ, जैसे "आज ऑफ़िस का चपरासी आया था, जीजाजी ने उसे ख़ूब डाँटा।" वह पाण्डेजी को जीजाजी कहती थी।

"आज जानते हो गोपाल क्या हुआ" वह अकेले में मुझे गोपाल ही कहती थी।" आज शशि दी के यहाँ दस बाहरी आदमियों का खाना था। तुम तो खाकर मन्दिर चले गये। उसी समय शशि दी ने बुला लिया।

उस समय से वहीं खाना बनाने में उनकी मदद करती रही। जीजाजी ने कितनी सारी चीज़ों की फ़रमाइश की थी। कहा, उस दिन वाला जैसा खीरे का रायता बनाना, ये लोग पहले खीरे का रायता नहीं बनाते थे, हमने बना कर खिला दिया तो फ़रमाइश कर देते हैं, आज तो पूरी दोपहर वहीं गुज़री, बिलकुल थक गयी हूँ।'' फिर थोड़ा रुक कर बोली। ''आज इतवार था सो चपरासी भी नहीं आया था, बहुत काम करना पड़ा''। मन्दिर से आने के बाद ऐसे ही राधिका बोलती रहती थी। घर का काम करते–करते भी बोलती रहती थी। मैं उसकी बातों को ग़ौर से सुनता, कभी–कभी राधिका पर तरस भी आता। लगता इनके अलावा तो किसी को जानती भी नहीं, फिर किसके बारे में बातें करे। मायका भी तो छूट चुका है आख़िर किसके बारे में बात करे, बेचारी...,पर फिर लगता था, राधिका किसी दृष्टि से बेचारी नहीं है, उसका खिला चेहरा, उसकी ख़ुशी से दमकती आँखें, सब तो उसकी ख़ुशी का इज़हार करती हैं, फिर बेचारी समझने का मेरा क्या औचित्य है। हाँ; इधर कुछ महीनों से मैं राधिका में एक परिवर्तन देख रहा था, न जाने क्यूँ राधिका अपने क़िस्सों में पाण्डेजी का ज़िक्र कम करने लगी थी।

मेरे मन्दिर के अनुभव सुनने की न उसे फुर्सत थी न इच्छा। जब से मैंने उसे देखा तब से यही तो देखा कि वह केवल अपनी बात कहना जानती है और उन दिनों भी वह केवल अपनी ही बात बोलती थी। मैं भी उसकी बातें सुनने का इतना आदी हो गया था कि मुझे इसमें कोई असामान्यता नहीं नज़र आती थी। एक दिन उसने नयी कहानी सुनाई थी, ''आज शशि दी और जीजाजी में लड़ाई हो गयी, वह गुलाबो है न,''

''कौन गुलाबो?'' मैं इस नये नाम से कुछ चौंका था।

''जाओ मैं तुम से कुछ नहीं कहती, फिर तुमसे कुछ कहने से फ़ायदा भी क्या, तुम तो किसी को जानते ही नहीं।''

''मैं सुबह जो मन्दिर जाता हूँ तो शाम को लौटता हूँ। मन्दिर इतवार को तो बन्द होता नहीं जो घर में रहूँ, फिर मैं कैसे जानूँगा कि गुलाबो कौन है।''

''फिर भी जिसे उत्सुकता रहती है, वे जान ही लेते हैं।''

''अच्छा बोलो अभी तो उत्सुकता है'' मैं इस क़िस्से को यहीं ख़त्म कर देना चाह रहा था।

''गुलाबो शशि दी की दाई है। बड़ी फ़ैशन वाली है, हमेशा चहकते ही रहती है, जीजाजी को देखकर और चहकने लगती है। आज इसी बात

पर शशि दी बिगड़ गयी थीं। जीजाजी गुलाबो का पक्ष लेने लगे, जब ज़्यादा गर्मागर्मी हो गयी तो शशि दी वहाँ से हट गयीं, बेचारी कमरे में बड़ी देर तक रोती रहीं।"

सालों बीतने पर भी राधिका के क़िस्से वही के वही रहे, पर मैं देख रहा था कि क़िस्सों की बुनावट कुछ बदलती जा रही है। शशि दी अब राधिका के क़िस्सों की नायिका नहीं रहती थीं। उनकी जगह कोई बिना नाम का व्यक्ति नायकत्व ग्रहण किये जा रहा था, पर ये सब बातें ऐसी थीं जैसे चमकते साफ़ आसमान में कोई बादल का टुकड़ा आ जाये; फिर अनायास ही कोई हवा का झोंका उसे उड़ा भी ले जाये।

उन दिनों मेरे लिए जो असल मायने रखता था वह था मन्दिर, मन्दिर मुझे जीने का सबब ही नहीं देता था, मेरे सपनों को उड़ान भी देता था।

इस मन्दिर की सबसे अच्छी बात यही लगती थी कि सामने अपने विस्तार में असीमितता का बोध देता सागर अक़्सर मुझे धरती से उठाकर कहीं दूर गगन में विचरण करने को बाध्य कर देता था। यह विचरण ही मुझे अपने होने का एहसास भी दिलाता था। उन दिनों खुली आँखों से मैं एक स्वप्न की दुनिया जीने लगा था। स्वप्न में मैं अपने को रेतीले रास्तों से होता हुआ, समुद्र के किनारे–किनारे चलता हुआ, किसी अदृश्य गन्तव्य को जाता हुआ देखता था, चलते–चलते कब मैं उन बर्फ़ीले रास्तों पर पहुँच जाता था पता भी नहीं चलता था। बाद में बहुत बाद में, मैंने जब अपने इस स्वप्न को समझने की कोशिश की तो मुझे लगा कि वह स्वप्न मुझे मेरे भविष्य की झलक दिखा रहा था। स्वप्न के वे बर्फ़ीले रास्ते शायद केदारनाथ जाने का रास्ता दिखा रहे थे। अगर मैं इसे थोड़े शब्दों में कहूँ तो जो मैं भटक गया था नियति मुझे मेरी मंज़िल दिखा रही थी और इससे उलट रेत से होते हुए गुज़रना मेरे आज की हक़ीक़त थी। यह स्वप्न शायद किसी और तरह से भी विश्लेषित किया जा सकता हो पर आगे के जीवन में मैंने इस स्वप्न का यही विश्लेषण किया था। ख़ैर यह तो बाद की बातें हैं, बहुत बाद की। अमूमन मन्दिर में बहुत चहल–पहल नहीं रहती थी। जाड़े के मौसम में सैलानियों का जत्था जब शहर को गुलज़ार करने लगता तो कुछ सैलानी इधर भी आ जाते। कुछ स्थानीय लोग भी ऐसे थे जो रोज़ टहलकर घर लौटते हुए दर्शन करने आ जाते थे। चढ़ावा नाममात्र का आता था, पर सेठजी से मिली तनख़्वाह इतनी ज़रूर थी कि अच्छे भोजन करने के बावजूद कुछ पैसे बच ही जाते थे।

मकान के मामले में पाण्डेजी का व्यवहार ऐसा था जैसे हम ही रह कर वहाँ उन पर अहसान कर रहे हों।

चार साल निकल गये थे, जीवन एक गति से चलने लग रहा था। आम वैवाहिक दम्पति की तरह हमारे जीवन में शरीर की गरमाहट थोड़ी–थोड़ी ठण्डी होने लगी थी। मैं तो शुरू से ही कुछ ठण्डे क़िस्म का आदमी था जिसका एहसास मुझे राधिका के साथ रहने के पहले नहीं हुआ था, पर धीरे–धीरे राधिका की भी आँखों से वह उतावलापन, वह इन्तज़ार, इन्तज़ार की वह ख़ुमारी सब कुछ धीरे–धीरे घटने लगी थी। मुझे राधिका में आया यह बदलाव अच्छा नहीं लगता था, बल्कि किसी हद तक स्वाभाविक भी लगता था। मुझे जीवन से कोई शिकायत नहीं थी। जीवन शायद और कुछ दिन इसी तरह चलता, पर कृष्णा ने अपने आने के संकेतो को भेजना शुरू किया। हालाँकि शुरू में इस सूचना का मेरे जीवन पर कुछ ख़ास असर नहीं हुआ, राधिका ज़रूर बदल गयी, वह कुछ खिन्न कुछ अलसायी–सी रहती। उसी अवस्था में धीरे–धीरे वह अपनी दिनचर्या की ज़िम्मेदारियाँ भी पूरा करती। जैसे–जैसे उसका पेट आकार लेता गया वैसे–वैसे उसकी सुस्ती भी बढ़ती गयी। कभी–कभी ऐसा भी होता कि मन्दिर से आकर मैं खाना बनाता और उसे जगा कर खिलाता। कृष्णा का आना वैसे तो मेरे लिए भी आम बच्चों के आने की तरह हुआ, पर पता नहीं वह कौन–सा पल था, क्या मानसिकता थी, या अतीत का कौन–सा असन्तुष्ट हिस्सा था जिसने मेरे लिए कृष्णा को विशिष्ट बना दिया। उसे दुनिया में आये दो ही दिन हुए थे। अलसायी राधिका के बगल में लेटी हुई वह लगातार रोये जा रही थी। मैंने उसे चुप कराने के इरादे से गोद में उठाया तो वह मेरी गोद में आते ही चुप हो गयी। उसकी इस चुप्पी ने मुझे उसे गौर से देखने के लिए प्रेरित किया। ग़ौर से देखने के क्रम में मुझे उसमें अपनी माँ की झलक दिखने लगी। वही गहरी काली आँखें, चौड़ा ललाट और काले–घुँघराले बाल और पता नहीं क्या–क्या समानता मैंने देखी थी। पता नहीं यह सब समानता थी भी या मेरा भ्रम था। जो भी सत्य हो पर उस क्षण के जादू ने मुझे पूरी तरह बदल दिया और मेरा बैरागी मन, जिस पर मुझे गर्व भी था, एक सांसारिक पिता बन गया।

समय के साथ कृष्णा मेरे जीवन का केन्द्र बनती गयी। जब तक मन्दिर में रहता सागर की लहरों को देखते हुए उनकी भाषा को समझने की कोशिश करता, उनके जीवन दर्शन को समझने की कोशिश करता

ताकि ख़ुद को भी समझ सकूँ, यही मेरी मन्दिर की दिनचर्या थी। पर घर आते मैं बिलकुल बदल जाता, मेरे जीवन की धुरी कृष्णा बन जाती और मैं उसके चारों ओर घूमता रहता। अगर मैं शाम को ज़रा जल्दी मन्दिर से आ जाता तो कृष्णा को लेकर टहलने निकल जाता, राधिका मेरे जीवन से कैसे खिसकती गयी, इसका मुझे एहसास तक नहीं हुआ। हाँ कभी–कभी मैं राधिका के बारे में सोचता, या किसी घटना विशेष पर सोचने की कोशिश करता तो मैं उलझ कर रह जाता, मैं किसी निष्कर्ष तक नहीं पहुँच पाता। चार साल के अन्तराल में बहुत बार ऐसा समय आया जब मुझे राधिका शक़ के घेरे में नज़र आयी, पर हर बार मैंने शक़ करने के लिए ख़ुद को ही दोषी माना।

शायद ज़िन्दगी ऐसे ही अँधेरों–उजालों के बीच चलती है, मेरी भी चल ही जाती। मैं भी कृष्णा के मोह में लिपटा ज़िन्दगी की सीढ़ियाँ चढ़ता चला जाता और मेरा बैरागी मन मेरे ही अन्दर कहीं दफ़न होकर रह जाता; अगर वह घटना नहीं घटी होती। अब जब कभी अकेले में अपने से बातें करता हूँ तो ख़ुद से यह भी पूछता हूँ क्या नियति घटना बन मेरा मार्ग बदलने आयी थी, वरना शक़ तो मुझे पहले भी होता था।

अब जब पूरी घटना को फिर से देखने की कोशिश करता हूँ तो यही लगता है कि मैं किसी निष्कर्ष तक पहुँचना चाहता ही नहीं था। इतनी खुली हुई बातों को मैं इतने वर्षों तक कैसे झुठलाता रहा। कुछ और नहीं तो मैंने शशि दी की आँखों की भाषा ही पढ़ ली होती तो सारी बातें पहले ही समझ में आ जातीं, पर निश्चित से अनिश्चित की ओर कौन जाना चाहता है। कौन एक सुरक्षित घोंसले को छोड़कर आँधियों का रुख़ करना चाहता है, फिर मैं जिसका दुनिया में कोई दूसरा आसरा नहीं था यह सब कैसे करता? पर प्रकृति का तो नियम है आँधियाँ तो आयेंगी ही और जब आँधियाँ आयेंगी तो सुरक्षित से सुरक्षित घोंसला तिनकों में बिखर ही जायेगा, और उस दिन मेरा वह सुन्दर घोंसला, जिसमें मैं वर्षों से छटपटा ही रहा था तिनकों में बिखर गया। उस दिन कृष्णा मन्दिर आते समय ज़िद पर अड़ गयी। वह मुझे जाने ही नहीं दे रही थी। अन्त में इस वादे के साथ वह छोड़ने के लिए तैयार हुई कि लौटते समय मैं मोती की माला लेता आऊँगा। मन्दिर जाते समय मुझे यह सोच कर हँसी भी आ रही थी कि लड़कियों में सजने–सँवरने का गुण शायद जन्मजात होता है। वरना तीन साल की लड़की, जो तीन दिनों से बुखार में तप रही

हो, कुछ खाने की चीज़ न माँग मोती की माला माँगे, पर यह शायद होनी का कमाल था। होनी ने ही शायद उस दिन एक मोती की माला वाले को मन्दिर भी भेज दिया था। अमूमन ये माला वाले समुद्र के किनारे ही अपने ग्राहकों को तलाशते रहते हैं। दूर से आये यात्री जो मानसिक तौर पर कुछ उपहार ख़रीदने की सोचते रहते हैं आसानी से इनके शिकार हो जाते हैं। ऐसे लोग आसानी से उनके शब्दजाल में फँस भी जाते हैं और यह मान बैठते हैं कि इन्हीं लोगों ने अथक परिश्रम कर सीपों से मोती चुना है, जबकि ये मोती किसी छोटी-सी फैक्टरी में अनवरत बन रहे होते हैं। माला वाले के मन्दिर आने के पीछे शायद कोई मज़बूरी थी, शायद उस दिन उसका माल नहीं बिका था, या मेरी तरह वह भी घर में किसी को बीमार छोड़ कर आया था, या यहाँ से गुज़रते हुए उसे ईश दर्शन की तीव्र इच्छा हुई होगी, शायद इनमें से कोई कारण हो। मेरे लिए तो यह आसमान से गिरे फल की तरह था। मन्दिर में बैठ मन्दिर के पुजारी से मोलभाव करने की स्थिति में तो वह था नहीं, उसकी यह स्थिति मेरे पक्ष में थी और मैंने उसका फ़ायदा भी उठाया। कम ही मोल-भाव में माला मेरे हाथ आ गयी। माला मिलते मेरे अन्दर एक सुखद बेचैनी भरने लगी। पाँव से तेज़ मन घर पहुँचने को आतुर हो उठा। आँखों के आगे बेटी का ख़ुशी से चमकता चेहरा नाचने लगा। क़दम और तेज़ हो गये। उस समय तो यही लगा कि तेज़ क़दमों के पीछे बेटी का चेहरा है, पर क्या पता था, नियति का कौन-सा चेहरा सामने आने के लिए आतुर खड़ा है और मैं...

आलिंगनबद्ध जोड़ी को देखकर पहले तो मैं पहचान ही नहीं सका, पर जब उसमें की महिला पात्र भागने के क्रम में रोशनी के घेरे में आयी तो मैं स्तब्ध रह गया। आज मुझे ठीक से याद नहीं कि मेरी पहली प्रतिक्रिया क्या थी, पर यह ज़रूर याद है कि परस्पर विरोधी प्रतिक्रियाओं के झँझावात से घिरा ठगा-सा मैं वहीं का वहीं खड़ा रह गया था, मेरे अन्दर ग़ुस्सा और घृणा की पर्वत श्रेणियाँ जहाँ आकाश छूने को आतुर थीं, वहीं सन्तुष्टि का केंचुआ धीरे-धीरे ऊपर चढ़ने लगा था। आख़िर इतने दिनों की आँखमिचौनी का आज अन्त हो ही गया। शक़ की इस मानसिकता को लेकर मैं कितनी बार अपनी ही नज़रों में गिर चुका था, पर आज...आज सब भेद खुल गया। मेरे उद्वेलित शिखरों के बीच कहीं ठण्डी बयार चलने लगी। मेरे अन्दर कोई चीख़-चीख़ कर कहने लगा, मैं ठीक था, आज से चार साल पहले भी और आज भी। फिर अचानक क्या

हुआ मैं समझ नहीं सका, पर एक शान्त सन्तुष्टि की लहर धीरे–धीरे मेरे पुरे वजूद को अपनी गिरफ़्त में लेने लगी, मैं वहीं सीढ़ियों पर बैठ गया। उस खेल का पुरुष पात्र जब झटकता हुआ मेरे बगल से गुज़रा तब भी मेरे अन्दर कोई प्रतिक्रिया नहीं हुई। सीढ़ी पर बैठे–बैठे मैं इस निष्कर्ष पर पहुँचा कि अब मुझे राधिका को मुक्त कर देना चाहिए।

ज़िन्दगी शायद दो हिस्सों में जी जाती है। ज़िन्दगी का एक हिस्सा तो वो होता है, जब घटनाएँ किसी चलचित्र की भाँति घटती चली जाती हैं, और दूसरे हिस्से में लम्बे–लम्बे अन्तराल आने लगते हैं। और तब आप अपने इतिहास की जुगाली करते हुए उन घटनाओं को अर्थमण्डित करते हैं, अपने बीते हुए जीवन को एक अर्थ देना चाहते हैं, भविष्य के लिए एक राह चुनने की कोशिश करते दिखते हैं, तभी अन्तराल का समय ख़त्म हो जाता है, और फिर आप घटनाओं की बौछार से घबराये हुए, पेड़ से गिरे पत्ते की नियति जीते हुए हवा के रहमोकरम पर उड़ते रहते हैं, ज़मीन से आप उखड़ चुके होते हैं, आसमान बहुत दूर होता है, घबराहट की यह मनःस्थिति आपके अन्दर सुख से अधिक दुख, प्यार से अधिक नफ़रत, सन्तुष्टि से अधिक असन्तुष्टि पैदा करती है, फिर एक ठहराव आ जाता है, और हम बीते कल की विवेचना करने लगते हैं। एक आभासीय भविष्य का सपना बुनने लगते हैं और यूँ ही दोनों टुकड़ों को जोड़कर शायद ज़िन्दगी बन जाती है। तीसरे दिन मन्दिर के दरवाज़े पर खड़ा, जब मैं शान्त होकर सब कुछ दुबारा से सोचने का प्रयत्न कर रहा था तो मुझे अचानक लगा कि यह आँधी बेवजह मेरी ज़िन्दगी में नहीं आयी थी; इस आँधी के आने का एक ख़ास मक़सद था–मुझ जैसे भटके राही को राह दिखाना। मेरा बैरागी मन, जो कभी पूर्णता से राधिका को समर्पित नहीं हुआ, पर वही मन कृष्णा की मासूम आँखों में ऐसा खोया कि उसे अपनी मंज़िल की सुध ही नहीं रही। मोह के मकड़जाल में ऐसा फँसा कि फँसता ही गया। अगर यह हादसा न हुआ होता तो मैं कुछ वर्ष और कृष्णा की मासूम आँखों के ईद–गिर्द ही डोलता रह जाता।

ऋषिकेश के उस पर्वतीय गाँव में मेरी सोच के विपरीत ज़ोरदार स्वागत हुआ। जैसा डर था स्वागत लाठी–डण्डे से भी हो सकता था, आख़िर मैं उनके घर की लड़की लेकर भागा था और अब लौटाने आया था। ख़ैर, दूसरी

बात का पता राधिका को भी नहीं था फिर उन्हें कैसे होता? डरी सहमी–सी राधिका भविष्य की पहेली सुलझाने की उत्सुकता लिए हुए चुप, ख़ामोशी की चादर ओढ़े हुए पूरे रास्ते केवल कृष्णा के प्रश्नों का उत्तर देती चली आयी थी क्योंकि उसे क्या पता था कि चौराहे पर खड़ा उसका भविष्य कौन–सी राह पकड़ेगा। घर में क़दम रखते ही एक ख़ूबसूरत से किशोर ने जब मेरे पैर छुए तो मैं देखता ही रह गया। मेरी प्रश्नाकुल आँखों को देखकर वह लड़का हँसने लगा–"मैं वही हूँ जीजाजी जिसको आपने चलना सिखाया था"। पूरा परिवार उस अलौकिक घटना को भूल नहीं पाया था। उस घटना के परिपेक्ष्य में राधिका को लेकर भागना एक मामूली–सी घटना थी बल्कि यह जान कर आश्चर्य हुआ कि वे लोग ख़ुश थे कि ऐसे देवता स्वरूप आदमी का हाथ राधिका ने थामा है। कृष्णा इस गोद से उस गोद चढ़ती उतरती रही। राधिका सावधानीपूर्वक परिवार के पूछे गये प्रश्नों का उत्तर देती रही। उत्तर देने से पहले वह एक बार कनखियों से मुझे देखना नहीं भूलती, जैसे अपने दिये उत्तर की प्रतिक्रिया जानना चाहती हो।

मैं वहाँ से दूसरे ही दिन चला जाना चाहता था पर जा नहीं सका। इतना आदर, इतना सम्मान देने वाले के साथ मैं क्रूर नहीं हो सकता था। उनके आग्रह पर मैं दो दिन और रुक गया, दोनों दिन मैं कृष्णा से ही खेलता रहा। कृष्णा के प्रति मेरा व्यवहार वैसा ही था, जैसा रेगिस्तान जाने वाले व्यक्ति का पानी के प्रति होता है, पर मन और शरीर में यही तो फ़र्क़ है, मन कभी भरता नहीं ।

चौथे दिन रात को कृष्णा के सो जाने के बाद मैंने अपना निर्णय सुना दिया –"देखो राधिका कल मैं तुम्हें छोड़ हमेशा के लिए चला जाऊँगा, कसूर तुम्हारा ही नहीं, कसूर मेरा भी है, मेरे जैसे बैरागी मन वाले को किसी लड़की का हाथ पकड़ना ही नहीं चाहिए था, पर उस समय मुझे अपने बारे में यह बात पता ही कहाँ थी, इसलिए तुम मुझे माफ़ करना। तुम्हारी जाति में दूसरा ब्याह होता है, अगर तुम दूसरा ब्याह कर लोगी तो मुझे ख़ुशी होगी, अगर तुम पुरी भी लौटना चाहोगी तो मुझे ऐतराज़ नहीं होगा। ख़ैर, मैं ऐतराज़ करना चाहूँगा भी नहीं और ऐतराज़ का मुझे हक़ भी नहीं होगा। कृष्णा की ज़िम्मेदारी से मैं भागना नहीं चाहता, जो मैं कर पाऊँगा ज़रूर करूँगा। हाँ, राधिका तुमसे केवल एक ही प्रार्थना है, तुम मुझे रोकने की कोशिश मत करना, मैं रुकूँगा नहीं, मेरे जाने पर घरवालों से जो ठीक समझो वह बात कह लेना, बस मुझे और कुछ नहीं

कहना। राधिका केवल मुझे देखती रही कुछ बोली नहीं। सुबह सोती हुई कृष्णा को छोड़ते समय मन में एक प्रश्न आया था क्या सिद्धार्थ को अपने नवजात को छोड़ कर जाते समय इतना ही कष्ट हुआ होगा? जाते हुए, मैं कृष्णा को अपलक देखे जा रहा था। वह शायद कोई सपना देख रही थी। भोर के इस सुन्दर सपने में कुछ ऐसा था कि उसका चेहरा ख़ुशी से दमक रहा था। उसका वह दमकता चेहरा मुझे और परेशान करने लगा। सुबह उठने पर जब वह जानेगी तो? इस सोच से मेरी आँखें डबडबा गयीं, मैं झटके से मुड़ा और चल पड़ा।

आज यात्रा का आठवाँ दिन था। जगन्नाथपुरी से हरिद्वार तक ट्रेन से, हरिद्वार से ऋषिकेश तक बस में, और फिर राधिका के गाँव। वहाँ पाँच दिन बिताने के बाद मठ में और फिर हिमालय की ओर, बस से सफ़र करते पूरा दिन निकल गया था; इसलिए जब रात्रि विश्राम के लिए बस का कारवाँ रुका, तो मैं अन्दर से कहीं टूटा महसूस कर रहा था। हालाँकि दिन भर के सफ़र के बाद, ठण्ड की आगोश में लिपटे उस छोटे से विश्राम स्थल में गर्म–गर्म रोटी और शुद्ध घी के तड़के वाली दाल का मिलना बहुत सुखद था। क़ायदे से तो इस सुखद भोज के बाद सारी कड़वाहट को भूल मुझे प्रसन्नचित हो जाना चाहिए था, पर मेरे मन के ऊपर जो बोझ था वह मुझे मायूसी से बाहर नहीं आने दे रहा था। कितनी उम्मीदों के साथ मैं मठ में गया था। चाहता था इतने वर्षों की अपनी संचित व्यथा सुना कर, मैं गुरुजी से केवल माफ़ी ही नहीं मागूँगा, बल्कि माफ़ कर देने की प्रार्थना भी करूँगा, ताकि मैं उस अपराध भाव से मुक्त हो सकूँ, जो मुझे वर्षों से निरन्तर काँटों की तरह चुभ रहा है। यह चुभन जो अमूमन सहनीय स्थिति में रहती थी, पर अकेलेपन में कभी–कभी मुझ पर इतनी हावी हो जाती थी कि मैं छटपटाने लगता था। गुरुजी से मिलने के अलावा, अपने भविष्य की तलाश भी मुझे मठ ले आयी थी। मुझे लगता था कि गुरुजी की शरण में रहते–रहते मैं भविष्य की कोई राह ज़रूर ढूँढ़ लूँगा। पर लक्ष्मण झूला पार करते–करते जब मेरी नज़र मठ के उस पुराने एकमंज़िले भवन पर पड़ी तो ऐसा लगा था जैसे गले में कोई फाँस अटक कर रह गयी हो, पर कोशिश करने पर भी उस समय इसका कोई कारण समझ में नहीं आया, लेकिन मठ जाने के बाद जब मुझे पता चला कि गुरुजी अब इस मठ में नहीं रहते, मेरे जाने के दूसरे ही दिन वे कहीं और चले गये थे तो मैं जड़वत् रह गया था और तब उस फांस का मतलब

भी समझ में आ गया था। गुरुजी के इस मठ में न रहने का दुख ही मेरे टूट जाने के लिए काफ़ी था और उस पर वह स्वप्न। तो क्या वह स्वप्न, स्वप्न नहीं था, साक्षात् गुरुजी मेरे पास आये थे। यहाँ से भाग कर पुरी जाने के दूसरे दिन, सफ़र के बीच ट्रेन में बैठे हुए जब झपकी आ रही थी, उसी समय मुझे लगा कोई मुझे जगा रहा है, मैं अर्द्ध चैतन्य अवस्था में ही था कि मुझे लगा गुरुजी मुझसे कुछ कह रहे हैं।

"तुमने बड़ा अच्छा किया कि मुझे मोह से मुक्ति दिला दी, नहीं तो न जाने कब तक मैं इस मोहपाश में फँसा रहता"। मैं हड़बड़ा कर उठ बैठा। इधर–उधर देखा तो कुछ लोग ऊँघ रहे थे, कुछ लोग गप्पें लगा रहे थे। बगल में सोयी राधिका भी आराम से सो रही थी। राधिका अपनी बन्द पलकों के पीछे शायद कोई सपना बुन रही थी, मेरी नज़र जब उसके भोले चेहरे पर पड़ी तो वहीं अटक कर रह गयीं। गुरुजी का वह सन्देश उस समय मुझे मात्र भ्रम लगा तो क्या वह सच था? गुरुजी स्वयं अपने मठ त्याग का सन्देश देने आये थे और मैं...मैं आसक्ति में डूबा राधिका के चेहरे को देखते हुए सत्य को असत्य समझ उसे भ्रम के खाते में डाल आराम से भूल गया था। सपने की बातें याद कर उस रात मठ के उस बड़े कमरे में मैं फूट–फूट कर रोया। बन्द कमरे में मेरी हिचकियों की आवाज़ बड़ी देर तक गूँजती रही। मेरे शरीर का रेशा–रेशा भावना की इस प्रलयंकारी वर्षा में भींगता रहा। सुबह होते–होते वर्षा तो थम गयी, पर मेरे अन्दर एक अनाम सीलन अपना घर बना गयी। मैं चाह कर भी इस बात को भूल नहीं पा रहा था कि गुरु ने तो मेरे मोह में मठ त्याग दिया और मैंने ऐसे गुरु को त्यागा महज एक लड़की के लिए और लड़की भी कैसी...? वह तो बहुत बाद में, यमुनोत्री के पलास के जंगल में ध्यानस्थ अवस्था में जब मुझे जीवन का ज्ञान हुआ तब मैं इस अपराध बोध की ग्रन्थि से उबरने में सक्षम हो पाया। नहीं तो नासूर बन कर रह जाने वाला मेरा यह जख़्म शायद मृत्युपर्यन्त मुझे सताता ही रहता। ख़ैर उस रात छटपटाते–छटपटाते कब नींद आ गयी थी पता भी नहीं चला। सुबह उठा तो अभी सूर्योदय नहीं हुआ था पर बस अपने पड़ाव पर आ चुकी थी। मेरे पास अभी भविष्य के लिए कोई रूपरेखा तैयार नहीं थी, पर अब मठ में रुके रहने का भी मेरे पास कोई औचित्य नहीं था। मैं कुछ समय तक तो सोचता रहा, पर जब कुछ समझ में नहीं आया तो मैं केदारनाथ जाने वाली बस पर चढ़ गया। बस पर अभी थोड़े से ही लोग थे, इसलिए मैं

आराम से एक कोना चुनकर बैठ गया। यात्रा के शुरू के घण्टों में तो मैं अपने ही में इतना उलझा हुआ था कि बाहर की दृश्यावली मुझे आकृष्ट नहीं कर पा रही थी, पर थोड़ी ही दूर जाते–जाते मैंने यह महसूस किया कि दृश्यावली मुझे अपनी ओर खींचने लगी है। मैं सब कुछ भूल कर पर्व. तों को निहारने लगा। देवप्रयाग से आगे की यात्रा बड़ी मनोरम थी। यहाँ प्रकृति अपने निश्छल स्वरूप में विद्यमान थी। ऊँचे–ऊँचे पहाड़, साँप–सी बलखाती सड़कें, साथ में कुछ तिलस्म। और तिलस्मों को तोड़ती हवा की दीवानगी, पर इस दीवानगी में उच्छृंखलता नहीं थी बल्कि इसके विपरीत एक लयबद्धता थी, एक भाषा थी। जैसे दो वृक्ष आपस में गुफ़्तगू कर रहे हों। पता नहीं यह गुफ़्तगू एक वृक्ष से दूसरे वृक्ष के बीच थी, या फिर वृक्ष का आसमान में छितराये उन भूरे–नीले बादलों के साथ जो आसमान में आँखमिचौनी खेल रहे थे। उस समय मुझे बादलों का खेल देखने में बहुत आनन्द आ रहा था। हालाँकि शाम होने पर जब बाहर का दृश्य देखना सम्भव नहीं रह गया तब मुझ पर फिर से उदासी छाने लगी थी। गुरुजी की याद हवा के झोंके की तरह रह–रह कर आ–जा रही थी, पर यह तो बाद की बात है। रात्रि विश्राम स्थल पहुँचने के समय की। पर अभी तो दोपहर ही हुई थी, सूर्य आसमान में चमक रहा था और मैं दृश्य जगत में इतना रमा हुआ था कि मुझे बस के रुकने का भी अनुभव नहीं हुआ। लेकिन जब बस रुकी और शोरगुल होने लगा तब मुझे इसका एहसास हुआ और मैं बस से उतर पड़ा। भूख ज़ोरों से लगी हुई थी, पर वहाँ केवल चाय पकौड़े की ही दुकानें नज़र आ रही थीं, इसलिए चाय पकौड़ा लेकर मैं वहीं एक पुलिया पर जा बैठा। पर मेरे वहाँ बैठने पर न जाने क्यों उस बस का ड्राइवर भी अपने चाय–पकौड़े के साथ वहीं आ बैठा। वह ड्राइवर न जाने किस भावना से प्रेरित होकर मुझे समझाने लगा।

"साधु बाबा हम लोग यहाँ की सब बातों से परिचित होते हैं। यहाँ के अन्धे मोड़ ही ख़तरनाक नहीं होते–यहाँ का मौसम, पहाड़ों की मिट्टी, यहाँ की हवाएँ, सब ख़तरनाक होती हैं। आप सोच नहीं सकते पर यहाँ की हवाओं की अपनी भाषा होती है। अगर हम उनकी भाषा न जानें तो कब की दुर्घटना हो जाये। साधु बाबा हमें यह सब जानना ही पड़ता है"। घण्टों के सफ़र के बाद बस जहाँ खड़ी हुई वहाँ खाने–पीने की कुछ ही दुकानें थीं। शीशे के ग्लास में अदरक वाली चाय, और फूलगोभी के पकौड़े, क़रीबन हर दुकान पर नाश्ते के नाम पर यही मिल रहा था। ड्राइवर ने

पहले जो बात कही उसे मैंने ध्यान से सुन लिया। फिर मैंने ही उससे बातचीत शुरू की। मेरी जिज्ञासा तो केवल दृश्य जगत तक सीमित थी, पर ड्राइवर जो बहुत अनुभवी लगता था, उसके उत्तर में वर्षों के उसके अनुभव जगत का पिटारा स्वतः खुलता चला गया। ड्राइवर कहने लगा, "साधुजी आपको आश्चर्य हो रहा है न कि मैं हवाओं की भाषा कैसे समझता हूँ, पर यह बहुत आसान है, आपने कभी जानवर पाला है" मेरे स्वीकार में सर हिलाने के बाद वह आगे बोला, "आप तो जानते ही होंगे कैसे न बोलने वाले प्राणी की हर बात हम समझ लेते हैं, उसी तरह हम हवाओं की भाषा समझ लेते हैं। यही तो हमें आने वाले हर ख़तरे से आगाह करती है। वरना आप देख ही रहे हैं न, जीवन–मृत्यु में यहाँ कितना कम फ़ासला है। बस एक इंच, थोड़ा–सा स्टेयरिंग घूमा नहीं कि पाताल को चूमने से गाड़ी को कोई नहीं रोक सकता" ड्राइवर बोले जा रहा था और मैं साधुजी कहे जाने वाले अपने सम्बोधन के औचित्य पर सोचने लगा था। केवल दाढ़ी बढ़ाने से कोई साधु हो सकता है क्या? मेरे जैसे पापी को भी साधु जैसे शब्द से सम्बोधित किया जा रहा है।

"साधुजी, परसों ही एक गाड़ी गिरी है, पूरी भरी हुई थी। 50 लोग तो ज़रूर होंगे, वहीं...अब से पाँच मिनट पहले जो एक टेढ़ा–सा दरख़्त था न वहीं। पता नहीं ड्राइवर का क्या हुआ...? उसके बच्चे..." ड्राइवर अपनी सोच को ज़ोर–ज़ोर से बोलता रहा और मैं उसकी जीवन–मृत्यु की दार्शनिक अभिव्यक्ति को आत्मसात करता रहा। मैं अभी सोच के जाल में फँसा ही था कि खलासी ने आकर आवाज़ दी, "चलिए गाड़ी खुलने का समय हो गया है।" हम दोनों उठ गये। बस के खुलने की गहमागहमी में इतना शोर हुआ कि मैं यह भी भूल गया कि मैं क्या सोच रहा था।

बस बलखाती हुई चल रही थी, सूर्य अब ढलाव पर था। रास्ते में कहीं–कहीं पहाड़ों पर से आते छोटे झरने रास्ते को और मनोरम बना रहे थे। कहीं–कहीं छोटे–मोटे पत्थर के टुकड़े पहाड़ों पर से गिरकर रास्ते में ऐसे पड़े थे जैसे वे रास्ता रोकना चाहते हों। कभी–कभी भेड़ों का झुण्ड भी रास्ते में अवरोध बन कर खड़ा हो जाता था। फिर किस कुशलता से गड़ेरिये भेड़ों को पंक्तिबद्ध कर गाड़ी को जाने का रास्ता देते थे, यह देखने लायक दृश्य होता था। आसमान सुफ़रमई होने लगा तो मेरी बस पड़ाव पर आकर रुक गयी, यह केदारनाथ जाने का अन्तिम पड़ाव था।

प्रकाश

"गोपाल तुम क्या जानना चाहते हो?" मन्दाकिनी के हिमवत पानी से स्नान कर जब मैं बाहर आया तो कपड़ा पहनते–पहनते एक सुखद गरमाहट से मन खिल उठा। गोपाल अभी भी उन दुग्ध धवल पहाड़ों को सम्मोहित–सा देख रहा था। पता नहीं प्रकृति कभी इतनी विस्मयकारी क्यों हो जाती है कि व्यक्ति को अनायास ही किसी और लोक का भ्रम होने लगता है। केदारनाथ का हिमशिखर ऐसा दिखाई देता है मानो स्वर्ग में रहने वाले देवताओं का मृत्युलोक में झाँकने का झरोखा हो।

गोपाल को यहाँ आये अभी कुछ ही दिन हुए थे, इसलिए उस पर इस सुन्दर लोक का जादू कुछ ज़्यादा ही चढ़ा हुआ था। मैं भी जब यहाँ पहली बार आया था तो मेरी दशा भी ऐसी ही हुई थी। बहुत साल पहले कश्मीर के उस बाग में जब मैंने फ़ारसी का वह वाक्य पढ़ा था "अगर कहीं स्वर्ग है तो यहीं है, यहीं है यहीं है" तब मुझे वह वाक्य अतिश्योक्ति पूर्ण लगा था। पर बाद में बाग़ की नैसर्गिक पृष्ठभूमि और मनुष्य की कलात्मक अभिव्यक्ति देख मुझे यही लगा था जैसे शब्दों ने ही अपना मूर्त रूप ले लिया है, और यहाँ केदारनाथ में पहली बार आने के बाद, मन्दिर के प्रांगण में खड़े हुए मुझे दूसरी बार लगा कि अगर कहीं स्वर्ग है तो यहीं है, यहीं है। दुग्ध धवल पर्वत शृंखलाओं की पृष्ठभूमि में मन्दिर के कँगूरों को छूकर अठखेलियाँ करते बादल के वे छोटे–छोटे टुकड़े ऐसा समाँ बाँध रहे थे मानो हमारी कल्पना के स्वर्ग ने अचानक मूर्त रूप ले लिया है। मैं स्तम्भित–सा, सम्मोहित–सा पता नहीं कितनी देर इस दृश्य को देखता रह गया था। जब होश आया था तो मैं अकेला उस मन्दिर के प्रांगण में खड़ा था। ऐसा नहीं है कि मैं एक बार ही इस अनुभव से गुज़रा था। आज भी मैं जब मन्दिर के उस प्रांगण में खड़ा होता हूँ तो इन अनुभवों की पुनरावृत्ति होने लगती है। यह बात अलग है उसमें तीव्रता की मात्रा थोड़ी घट गयी है।

जब मैंने धीरे से गोपाल का कन्धा छुआ तो वह चौंक कर मुझे देखने लगा। वह अभी भी सम्मोहन से बाहर नहीं हो पाया था, पर मेरे चलने के बाद गोपाल धीरे–धीरे पीछे–पीछे आने लगा। गोपाल अपने आसपास से बेख़बर धरती की ओर देखता हुआ धीरे–धीरे चल रहा था। उसकी बेख़बरी देख मुझे डर लग रहा था। यहाँ चलते समय पैरों के नीचे यत्र–तत्र

हिमराशि खिसकती दिखाई पड़ती है। वह इससे भ्रमित न हो जाये, पर मैं ग़लत था। वह पूरी तरह सचेत था। चुपचाप चलते हुए वह उस प्रश्न की तैयारी कर रहा था, जो उसे पूछना था।

"प्रकाशजी क्या आपको मोह से छुटकारा मिल गया है?"

मई का महीना था वैसे तो पूरी घाटी से बर्फ़ पिघल चुकी थी, पर अभी भी बहुत जगह बर्फ़ को काट कर सीढ़ीनुमा बनाना पड़ता था। यह बर्फ़ की सीढ़ी चलते–चलते इतनी चिकनी हो जाती थी कि उसे फिर से खुरदरा बनाना पड़ता था। हम लोग ऐसी ही एक सीढ़ी पर से गुज़र रहे थे कि प्रश्न की नवीनता से जो मैं चौंका तो मेरा पैर फिसलते–फिसलते बचा। गोपाल ने झट से मेरा हाथ थाम लिया।

"देखो तुम्हें तुम्हारा उत्तर मिल गया न, देखा न अभी–अभी तो मैं फिसल गया था।" हमने हँस कर बात की तासीर कम करने की कोशिश की थी।

"पर तुमने ऐसा कैसे सोचा?" मैं ख़ुद प्रश्न की नवीनता से अपने को बचा नहीं पाया।

"वैसे हमारा साथ अभी कुछ दिन का ही है, फिर भी मैंने कभी आपको अतीत के बारे में बात करते नहीं सुना"।

"तुमने दुर्गापाठ किया है?" मैंने गोपाल की ओर घूमते हुए प्रति प्रश्न किया।

"हाँ, नवरात्रि में आश्रम में सभी दुर्गा पाठ करते थे"।

"फिर तो तुम समझ ही सकते हो जब राजा सुरथ और वैश्य समाधि अपने लोगों द्वारा प्रताड़ित होने के बाद भी जंगल में मोहग्रस्त अवस्था में मेधा मुनि के आश्रम पहुँचे थे तो मैं किस खेत की मूली हूँ। वैश्य ने तो तपस्या के बाद मुक्ति माँगी थी, पर राजा सुरथ, उन्होंने तो फिर वही राजपाट का वरदान माँगा। वे कहाँ मुक्त हो पाये, तो तुमने मेरे बारे में ऐसा अनुमान कैसे लगाया"।

"अनुमान तो अनुमान ही होता है", उसने भी हँस कर बात ख़त्म कर दी।

मई का महीना था, मन्दिर के पट खुल चुके थे, सैंकड़ों की संख्या में यात्रियों का आगमन शुरू हो चुका था। पण्डा लोग अपना–अपना पोथा खोल, आने वाले यात्रियों का पारिवारिक लेखा–जोखा मिला रहे थे और मिल जाने पर कुछ इस क़दर जकड़ रहे थे मानो मकड़ी को अपने जाल में कोई मक्खी मिली हो।

मई की शायद 10 तारीख़ थी, मैं उस दिन कुछ सुबह ही उठ गया था, नीम अँधेरे में जब बरामदे में निकला तो बरामदे के एक कोने में मानव आकृति–सा कुछ नज़र आया। बरामदे में इस तरह मानव आकृति का नज़र आना वहाँ के लिए कोई नयी बात नहीं थी। गौरीकुण्ड जो उन दिनों केदारनाथ जाने के लिए बस का अन्तिम पड़ाव था, उससे केदारनाथ का मन्दिर बस छह किलोमीटर के फ़ासले पर था। कभी जब गौरीकुण्ड में अधिक भीड़ हो जाती थी और रहने की व्यवस्था में परेशानी आने लगती थी तो फिर कुछ मुसाफ़िर इधर मेरे मन्दिर की ओर भी आ जाते थे और मन्दिर के बरामदे में सो जाते थे। उस दिन भी इसी घटना की पुनरावृत्ति हुई है यह समझ मैं नित्यकर्म के लिए आगे बढ़ गया। लेकिन जब लौटा तो रोशनी हो चुकी थी और वह व्यक्ति जाग कर ठिठुरा हुआ बरामदे के उसी कोने में बैठा हुआ था। अमूमन सुबह उठने पर यात्री अपने आगे के पड़ाव के लिए बढ़ जाते हैं, पर उस दिन का यात्री आगे बढ़ने के लिए तत्पर नज़र नहीं आ रहा था। हालाँकि मेरी दिनचर्या का बहुत–सा काम अभी बाक़ी था, फिर भी उत्सुकतावश मैं वहीं बैठ गया और मैंने उससे उसका परिचय पूछा। यात्री जिसका नाम गोपाल था, उसने अपना परिचय दिया। परिचय ही के क्रम में वह मुझे यह समझाने में सफल रहा कि यह जीवन उसका वास्तविक जीवन नहीं है। कल्पना और प्रश्नों का वह संसार जो धुन्ध की तरह उसके चारों ओर लिपटा रहता है वही उसका असली जीवन है। उसके ही प्रश्न उसके लिए वास्तविक जीवन–मरण के प्रश्न हैं और इन्हीं प्रश्नों का उत्तर खोजने वह यहाँ आया है।

हालाँकि बातों का आदान–प्रदान अधिक नहीं हुआ, पर मैं गोपाल को अच्छी तरह समझ गया। पता नहीं इस समझ के पीछे मन के धरातल की समानता थी जिसकी तरंगें आसानी से एक–दूसरे के लिए ग्रह्य हो रही थीं या फिर कुछ और। जो भी सत्य हो पर मैंने अचानक ही अपने को उसके आगे प्रस्ताव रखते पाया, "तुम मेरे पास रहकर अपने प्रश्नों का उत्तर खोज सकते हो"।

सुबह के काम से निपट, मैं जल्दी–जल्दी गाँव चला जाना चाहता था। मन्दिर गाँव के सीवाने पर था। कोई पीपल का बिरवा जो बढ़ते–बढ़ते एक बड़े घने दरख़्त में तब्दील हो गया था, उसी के नीचे किसी ने छोटे से शिवलिंग की स्थापना कर दी थी। गाँव के आकार लेने के साथ ही मन्दिर भी आकार लेता गया। आज वहाँ न केवल मन्दिर का गर्भगृह है बल्कि

मन्दिर के छोटे से प्रांगण में दो कमरे उनके सामने छोटा बरामदा, थोड़ा हट कर एक कुँआ, और एक रसोई भी है। मन्दिर की चहारदीवारी बहुत ऊँची नहीं तो बहुत नीची भी नहीं थी। गर्भगृह और उसके आगे के एक छोटे बरामदे और उस पर से उतरने वाली सीढ़ियों तक ही दर्शनार्थियों का आना–जाना सीमित था। बाक़ी की जगह पुजारी के अधीन थी। मन्दिर का पुराना पुजारी मरते समय यह दायित्व मुझे सौंप कर मरा था।

सुबह के अपने नित्यकर्मों से निपटने के बाद मैं मन्दिर में पूजा किया करता था। विधिवत् पूजा के बाद नाश्ता और फिर मैं गाँव के लिए निकल पड़ता था। मैं जानता था, गाँव में कोई न कोई राह जोहता मिलेगा। आसपास के इलाके का अकेला डॉक्टर जो था। उस दिन भी जिस मरीज़ को देखना था उसकी हालत कुछ अच्छी नहीं थी। कोई ज़हरीला काँटा चुभने से उसका पैर काटने की नौबत आ गयी थी, पर, अब वह पहले से कुछ ठीक–सा लगने लगा था। उस दिन जब मैं गाँव जाने के लिए तैयार होकर निकला तो मुझे यह देख कर आश्चर्य हुआ कि गोपाल भी तैयार है और वह भी मेरे साथ गाँव चलना चाहता है। उसकी इस इच्छा का सम्मान करते हुए मैं उसे अपने साथ लेता आया था। मैं तो पहुँचते ही मरहम–पट्टी में लग गया, पर वह खड़ा–खड़ा माँ–बेटे के चेहरे का भाव पढ़ता रहा। लौटते हुए रास्ते में उसने बताया, कैसे बच्चे की आँखों में जहाँ दर्द के आँसू थे वहीं माँ की आँखें कृतज्ञता की तरलता में डूबी हुई थीं। गाँव से लौटने में देरी हो गयी थी इसलिए मैं नहा–धोकर सांध्य आरती में तल्लीन हो गया। आरती के बाद कमरे में जाने पर हमने साथ रोटी खायी और एक ही बिस्तर पर सोने का उपक्रम करने लगे। उस दिन उमस बहुत थी। दिन की थकान के बाद भी मुझे नींद नहीं आ रही थी। गोपाल तो शायद सो चुका था, पर मैं कब छटपटाते–छटपटाते अतीत की डायरी खोल बैठा मुझे पता भी नहीं चला। कब मैं गाँव के उस अँधेरे कमरे से निकल, रानीखेत के स्कूल के हॉस्टल में पहुँच गया, पता ही नहीं चला...सचमुच मन की उड़ान से तेज़ कोई उड़ान नहीं होती।

हॉस्टल के उन ममताविहीन दिनों को मैं कभी भी अपने जीवन के उजले पक्ष की गिनती में नहीं रख पाया। उन दिनों सूने ठण्डे बंक की सीढ़ी चढ़कर जाते–जाते एक अनाम डर घेर लेता था और तब माँ पर इतना ग़ुस्सा आता था कि आँखों में आँसू आ जाते थे। डर यह भी लगता था कि कहीं ठण्ड से बिस्तर गीला न हो जाये और सुबह होने पर

वार्डन...उसे याद करके ही रूह काँप जाती और फिर इतना डर लगता कि मैं आँख मीच लेता, इन मिची आँखों के बीच नींद कब आ जाती, पता भी नहीं चलता। इस डर के अलावा भी बहुत से डर थे जैसे इम्तिहान का डर, मैच हार जाने का डर, दोस्तों से झगड़े का डर आदि इत्यादि, पर यह सब सामूहिक डर थे। इसमें कोई न कोई हमसफ़र मिल ही जाता था। पर रात में सीढ़ियाँ चढ़ ऊपर बिस्तर पर जाते हुए जो डर लगता था उसे मैं कभी भूल नहीं पाया। पर ऐसी जगह को भी दस साल बाद छोड़ना पड़ा था तो मैं फूट–फूट कर रोया था। यह रोना शायद स्कूल से अधिक दोस्तों से बिछुड़ने का था जिनमें कुछ के साथ तो भावनाओं के आदान–प्रदान की आदत–सी पड़ने लगी थी। जिनके साथ बैठ कर सपने देखने की शुरुआत ही हुई थी, घरेलु क़िस्सों से अलग नये तरह के क़िस्से अभी अपना आकार ही ग्रहण कर रहे थे तभी जीवन के इस भाग का पटाक्षेप हो गया। दोस्तों के अलावा भी एक चीज़ थी जिसका अनुभव मुझे उस समय तो नहीं हुआ, पर बाद के दिनों में उसे याद करके बहुत सुकून मिलता था और वह थी वहाँ की दृश्यावली। नन्दादेवी की बर्फ़ीली श्रेणियाँ मानो मेरे स्कूल की पृष्ठभूमि थीं। मेरा स्कूल वैसे भी बहुत सुन्दर था, फूलों की क्यारी से बटे कम्पाउंड में कहीं आर्ट सेक्शन, कहीं स्पोर्ट सेक्शन, एक ओर सारे क्लासेज तो दूसरी ओर पेड़ों की हरियाली से घिरी लाइब्रेरी और सामने हॉस्टल। हॉस्टल रूम की पीछे वाली खिड़की खोलते ही नन्दादेवी के बर्फ़ीले शिखर चमकने लगते थे। हालाँकि जब तक हॉस्टल में था, ये दृश्य मेरे लिए बेमानी थे। एक तरह से उबाऊ, पर बाद के दिनों में यह दृश्य मेरे मन पर जैसे चिपक कर रह गये थे, यहाँ तक कि जब मैं आध्यात्म की तरफ़ मुड़ा तो यही दृश्य मेरे ध्यान का केन्द्र बन गया। ख़ैर यह तो बाद की बात है। हॉस्टल से निकल कर जब मैं दिल्ली आया, तब मुझे इस बात का कोई ज्ञान नहीं था कि मैं एक बिखरे परिवार का हिस्सा हूँ और यह ज्ञान होता भी तो कैसे; जब–जब छुट्टियों में घर जाता था तो मुझे मम्मी–डैडी साथ मिलते थे। मुझे क्या पता था कि मेरे हॉस्टल जाने के बाद से ही बिखराव की प्रक्रिया शुरू हो गयी थी, पर इस बार दोनों ने मिलकर तय किया था कि इस नाटक को ख़त्म किया जाये। मुझे शायद इस क़ाबिल समझ लिया गया था कि मैं यह आघात सह लूँगा। स्टेशन पर अकेले पापा को देख मेरे अन्दर कुछ दरक गया

था। गाड़ी में बैठते ही मैंने पापा से पूछा था, ''मम्मी क्यों नहीं आयीं?'' मेरे बोलने का अन्दाज़ कुछ–कुछ ज़िद्दी बच्चे जैसा था।

''कुछ ज़रूरी काम पड़ गया'' सहज होने की कोशिश में असहज होकर पापा ने समझाने की कोशिश की थी।

''ऐसा कौन–सा काम था'' मैं शायद थोड़ा उग्र हो रहा था।

''चलो घर पर बताता हूँ,'' पापा थोड़े बेचैन से दिखने लगे थे।

''तो वे घर पर भी नहीं हैं'', यह पूछते–पूछते अचानक मुझे लगा कि माँ बीमार तो नहीं हैं, या कुछ...नहीं नहीं..., पर इस उलझन में उलझ कर मैं चुप हो गया।

घर पहुँचने तक ख़ामोशी छायी रही। हाँ, घर पहुँचने पर भोला की ख़ुशी देखकर यह तसल्ली हुई कि माँ ठीक–ठाक ही हैं, फिर स्टेशन क्यों नहीं आयीं? एक नयी उलझन।

''जल्दी तैयार हो जाओ बेटा, अस्पताल जाते हुए तुम्हें नानी के यहाँ छोड़ दूँगा, किरण तुम्हारा इन्तज़ार कर रही है, उसका अभी–अभी फ़ोन आया था''। तो क्या नानी बीमार हैं? पर पूछने की हिम्मत नहीं हुई। शब्द होठों पर चिपक कर रह गये, नाश्ते के समय भी बस भोला की आवाज़ उस बड़े से डाइनिंग रूम में तैरती रही''।

पोहा कैसा है राजा बाबू?''

''मिर्च तो अधिक नहीं है।''

''आपके हॉस्टल में पोहा बनता है।'' भोला शायद वातावरण को सहज बनाना चाहता था, पर मैं सिर हिलाकर हाँ–न कहने के अलावा चुप ही रहा। माँ को लेकर डर या आशंका जो मेरे अन्दर घर कर गयी थी, मुझे बोलने नहीं दे रही थी।

नानी के घर पहुँचने पर, माँ बाहर ही इन्तज़ार करती मिलीं। मुझे देख कर उनकी आँखें छलक आयीं, और मैं गाड़ी से उतर दौड़ कर माँ के गले लग गया। पापा कुछ देर मेरे कुछ कहने का इन्तज़ार करते रहे, फिर मुड़कर चले गये। आज सोचता हूँ तो लगता है कि कैसे कुछ ही घण्टों में मैं बच्चे से बड़ा हो गया। समय की सापेक्षता का ऐसा सुन्दर उदाहरण मेरे जीवन में फिर नहीं मिला। खाना खाने के बाद माँ मुझे अपने कमरे में ले गयीं और सामने बैठकर उन्होंने अपने अतीत को खोलकर रख दिया।'' तुम्हारे पापा और मैं एक ही शहर के थे। मेरे पापा और तुम्हारे दादाजी बहुत गहरे मित्र थे। हम भी एक–दूसरे को पसन्द करते थे, पर

तुम्हारे पापा जब डॉक्टरी पढ़ने दिल्ली चले गये तो हमारे बीच दूरी आ गयी। मैं लखनऊ में ही पढ़ती रही। दिल्ली में पापा की ज़िन्दगी में एक लड़की आ गयी, इसलिए वे शादी से कतराते रहे। इस बीच मेरे पापा की मृत्यु हो गयी, और मेरा परिवार अपने अस्तित्व की लड़ाई लड़ने लगा। मैं भी नौकरी कर उसमें योगदान देने लगी। मेरे भाई को अपने पैरों पर खड़े होने में 10 साल लगे। मुझे आज भी अच्छी तरह याद है वह बैशाख की दोपहर थी। इतवार का दिन था जब तुम्हारे बाबा उस जलती दोपहर में शादी का प्रस्ताव लेकर आये थे। मेरी माँ तो झट से मान गयीं, पर मुझे हाँ कहने में समय लगा। उस लड़की और पापा की उड़ती–पड़ती ख़बर मेरे कानों तक भी पहुँची थी, इसलिए मुझे यह शादी मंजूर नहीं थी, पर माँ के आँसुओं ने मुझे हाँ कहने पर मज़बूर कर दिया। हाँ, तुम्हारे बाबा के आँखों की उस घनीभूत उत्सुकता का भी उसमें योगदान था। मेरे हाँ कहने के बाद तुम्हारे पापा मुझसे मिले और उन्होंने उस लड़की के साथ के अपने सारे रिश्तों को खोल कर रख दिया। वह लड़की तब तक अमेरिका जा चुकी थी और उसका शादी का कोई इरादा नहीं था।

अतीत की क़ब्र पर हमारी नयी ज़िन्दगी शुरू हुई। शादी के दूसरे साल तुम हमारे बीच आ गये। ज़िन्दगी अच्छी ही बीत रही थी। तुम्हारे बाबा तुम्हें पाकर इतने ख़ुश रहते थे कि कुछ मत पूछो। तुम उनकी इकलौती सन्तान की पहली सन्तान थे। बस यह समझ लो वह अपनी मृत्युशैया पर पड़े–पड़े भी तुम्हें देखा करते थे। हमारी यह ख़ूबसूरत ज़िन्दगी 5 वर्षों तक चली। अचानक वह लड़की अमेरिका से वापस आ गयी; वह भी इस धारणा के साथ कि ज़िन्दगी में शादी बच्चा ज़रूरी ही नहीं बल्कि इसके बिना ज़िन्दगी अपूर्ण है।

तुम्हारे पापा दो हिस्सों में बँट कर रह गये। मैं भी धीरे–धीरे अपना सन्तुलन खोने लगी। तब तक तुम 6 साल के हो गये थे और घर की असामान्यता कुछ–कुछ समझने की कोशिश करने लगे थे। तुम पर कुछ असर हो हम दोनों नहीं चाहते थे, इसलिए तुम्हें हॉस्टल में डालने का दुखद निर्णय लेना पड़ा, तुम्हारे जाने के बाद मुझे लगा मैं वहाँ नहीं रह सकती। अचानक मुझे लगा मेरी वहाँ ज़रूरत ही नहीं है और मैं नानी के यहाँ चली आयी। हाँ, मुझे यह भी लगा था कि मैं वहाँ से चली जाऊँगी तो पापा शायद ख़ुश रहेंगे, पर ऐसा हो न सका। तुम जब भी आने को होते हम एक छत के नीचे आ जाते और तुम्हारे जाते ही अपनी पुरानी

नियति जीने लगते। मेरे इन दस सालों का दुख तुम अभी नहीं समझ सकते, इसलिए मैं तुम्हें कुछ समझाने की कोशिश भी नहीं करूँगी। बताने के लिए बस इतना बचा है कि वह लड़की भी विमान दुर्घटना में मर गयी।

"कब?" इतनी देर के बाद मेरे मुँह से यह पहला शब्द फूटा।

"पर साल इसी महीने में" माँ थोड़ी देर चुप रहीं फिर उन्होंने बड़ी धीमी आवाज़ में कहा, "मेरा वहाँ लौटना सम्भव नहीं बेटा, नानी बिस्तर पर पड़ी है, और उन्हें मेरी ज़रूरत है। जीवन भर उन्होंने मुझे सँभाला है। अब उन्हें सँभालने का समय आया तो मैं उन्हें नहीं छोड़ सकती।" अचानक मेरा दिल पापा के लिए भर आया। शाम को पापा के आने पर मैं उनके साथ घर लौट आया। आते समय माँ की आँखों में एक बार फिर नमी तैर गयी थी, पर उन्होंने मुझे रोका नहीं।

वैसे तो ज़िन्दगी की गाड़ी पटरी पर आ गयी थी, पर किशोर अवस्था से युवा अवस्था में क़दम रखना, वह भी मेडिकल छात्र के रूप में, यह अपने आप में आँधी के बीच से गुज़रने जैसा था। कॉलेज जीवन के शुरुआती साल में ही कल्पना के पंख निकलने लगे थे। क्लास की किसी लड़की को छुकर जब हवा मेरे बालों को सहला जाती थी तो उद्वेलित मन कुछ समझ नहीं पाता था, वह अजब विरोधाभासों से भर उठता था। यह सुख है, दुख है, या सुख–दुख से परे अतीत के कोठर से निकला कोई अनजाना स्वप्न? यह नयी–नयी संवेदना धुन्ध बनकर मेरे चारों ओर छा जाती और मैं उस धुन्ध में छटपटाने लगता। मेडिकल कॉलेज में दाख़िले के साथ बातें कुछ साफ़ दिखने लगीं। धुन्ध से निकल कर शरीर विज्ञान समझ में आने लगा। शरीर का अपना एक रसायनशास्त्र होता है इसका अनुभव भी कुछ दिनों से होने लगा था। पर इसका अर्थ तो बाद में समझा। सारी समझ के बाद जब निहारिका जीवन में आयी तो सब कुछ बदल गया। पहली बार लगा कि भावनाओं के दरवाज़े जो शायद बहुत लम्बे अरसे से बन्द पड़े थे अचानक खुल गये। मैं मुक्त हो गया। हाँ, मैं मुक्त हो गया। मुक्ति का यह एहसास बड़ी तीव्रता लिए हुए था जैसे ज्वार की लहरें चन्द्रमा को छू लेना चाहती हों। ज्वार की लहरों पर सवार मेरा मन चन्द्रमा को छूने के लिए मचलने लगा। आज अपने मुक्ति की उस परिभाषा पर हँसी आती है....पर छोड़िये क्या मेरी उम्र मुक्ति समझने की थी। हो सकता है उस उम्र की मुक्ति का वही स्वरूप हो। आख़िर उसमें भी व्यक्ति ख़ुद से अलग होकर ईश्वर में न सही किसी और में समाहित हो ही जाता है तो

वहाँ अगर मुक्ति की क्षणिक अनुभूति होती है तो ग़लत क्या है। ग़लत शायद कुछ भी नहीं, पर आज मुक्ति के उस विशाल स्वरूप की अनुभूति के आगे वह मुक्ति कितनी क्षणिक थी।

गोपाल

मन्दिर का वह छोटा–सा प्रांगण एक ख़ामोश पवित्र सन्नाटे के बीच उगा हुआ एक ऐसा बिरवा था जो अपने दृष्टि जगत का अकेला स्वामी था। उसकी उपस्थिति एक ऐसी मधुर धुन जैसी थी जो हवा की तरंगों पर बहती हुई अचानक रात के सन्नाटे में सुनाई पड़ जाये। मन्दिर के थोड़े से फ़ासले पर बाँस का घना जंगल था। जंगल और मन्दिर की दूरी बस इतनी थी कि शाम के सन्नाटे में जानवरों की आवाज़ें आकर मन्दिर को जंगल के हिस्से में तब्दील कर जाती थीं। अन्धकार से लड़ती लालटेन की वह थोड़ी–सी रोशनी, तूफ़ान के दीये की तरह कोई आश्वासन प्रदान नहीं कर पाती थी। शाम के धूँधलके में जब एक–एक कर सितारे आकाश के आँगन में जमा होने लगते थे तो केदारनाथ मन्दिर के रोशनी के सितारे उनके साथ आकर खड़े हो जाते थे। कुछ घण्टों के लिए शुक्ल पक्ष का वह आकाश अलौकिकता की वर्षा करने लगता था। कृष्णपक्ष में रातें डरावनी तो हो जाती थीं, पर उनमें भी अलौकिकता का पुट रहता ही था।

गौरीकुण्ड में बस से उतरने के बाद जब मुझे ठहरने के लिए कोई जगह नहीं मिली तो मैं जगह की तलाश में भटकते–भटकते यहाँ चला आया था। इसी मन्दिर के बरामदे में ठिठुरते हुए मैंने रात बितायी। और सुबह होने पर यहीं प्रकाशजी से भेंट हुई। प्रकाशजी ने जब पहली ही मुलाक़ात में साथ रहने का निमन्त्रण दिया तो मैं स्तब्ध रह गया। मेरे हाथ उस परमेश्वर को धन्यवाद देने के लिए जुड़ गये, जो सर्वव्यापी हैं। हालाँकि उस समय तक मैंने नहीं सोचा था कि मैं अपनी ज़िन्दगी के दस वर्ष यहीं गुज़ार दूँगा। पर आज मैं सोचता हूँ मैं सोचने वाला कौन था; जिनकी कृपा से मैं यहाँ आया था उनकी ही कृपा मेरे भविष्य का निर्णय करने वाली थी।

शुरू के दिनों में प्रकाशजी जब शयन आरती कर मन्दिर बन्द करने की प्रक्रिया में तल्लीन रहते तो मैं मन्दिर के बरामदे में खड़ा आकाश को निहारता। अलौकिकता के उस उद्गम स्रोत को खोजने का प्रयत्न करता जिसकी कृपा में नहाया मैं एकटक आसमान निहारता रह जाता था। पर कुछ ही दिनों बाद आरती में मेरा भी कण्ठ शामिल होने लगा था। बस

पट बन्द करने की औपचारिकता के समय ही मैं अपने पुराने आकाश का सानिध्य महसूस कर पाता। पट बन्द करने के बाद हम दोनों जब अपने कमरे में जाते तो अँधेरा और सन्नाटा मिलकर पूरे दृश्य जगत को अपनी आगोश में ले चुके होते थे। लालटेन की धीमी रोशनी या फिर झींगुर का विद्रोही स्वर, एक हारी हुई लड़ाई लड़ते हुए अपने वजूद का एहसास दिलाते रहते। कभी–कभी आती शेर की दहाड़ या सियारों का समूहगान रही–सही कसर भी पूरी कर देता।

कमरे में जाकर, हाथ–मुँह धोकर हम अपनी–अपनी रोटियाँ खाने लगते। पहले यह व्यवस्था नहीं थी, मेरे आने से पहले प्रकाशजी ख़ुद खाना बनाते थे। मेरे आने के बाद मैं ख़ुद खाना बनाने लगा। मुझे खाना बनाना अच्छा भी लगता था, पर मेरा खाना बनाना बहुत दिनों तक सम्भव नहीं हो पाया। कुछ ही दिन बीते होंगे, शायद चार या छह महीने कि जया की अम्मा खाना बनाने लगी थीं। 60 या 65 साल की जया की अम्मा के चेहरे पर झुर्रियों का जाल–सा बिछा था, पर चेहरे के विपरीत वे बहुत कर्मठ महिला थीं। जया की माँ को खाना बनाने के लिए रखने के पीछे उनकी सहायता करने की मंशा ही प्रकाशजी के लिए सर्वोपरि थी। पर शायद कहीं मेरा खाना बनाना भी इसके बीच अपनी भूमिका निभा बैठा था। प्रकाशजी हमेशा यह दबाव बनाते थे कि खाना वही बनायेंगे, पर मेरी ज़िद के आगे उन्हें झुकना पड़ता था। इस तरह जया की माँ एक बीच का रास्ता बन हम लोगों के बीच आयी थीं, सुबह आकर वे खाना बना देतीं, हम दोनों तो खाकर गाँव की ओर चले जाते, पर वह खाकर मन्दिर के बरामदे में लेटी रहती। उधर कुछ श्रद्धालुओं की शिकायत आने लगी थी कि हम लोगों के नहीं रहने पर कुत्ते मन्दिर के बरामदे का उपयोग अपने लेटने बैठने के लिए करने लगे हैं। इसी परिप्रेक्ष्य में जया की माँ मन्दिर के बरामदे में लेटी रहतीं। शाम होते जब हम लौटते तो वे खाना बनाकर ढक चुकी होतीं और हमें देखते ही गाँव की ओर चल पड़तीं।

जया की माँ बड़े अनोखे ढ़ंग से हम लोगों के जीवन में आयी थीं। मेरे वे शुरुआती दिन ही थे। मन्दिर में आये शायद कुछ ही महीने हुए थे। मन्दिर के सबसे क़रीबी गाँव रामबाड़ा में हैज़ा फैला हुआ था, ग़रीबी, अशिक्षा, अन्धविश्वास से जकड़े उस गाँव में छोटी–से–छोटी घटना बड़ा रूप ले लेती थी और हैज़ा तो अपने आप में ही बड़ी घटना थी। उसने पूरे गाँव की मानसिकता ही बदल कर रख दी थी। वहाँ व्यक्ति ही नहीं

मर रहे थे, भावना, संवेदना, रिश्ते और भी बहुत–सी कड़ियाँ जो सामाजिक संरचना की मुख्य कड़ियाँ होती हैं, धीरे–धीरे कमज़ोर पड़ती जा रही थीं। भय की उस पृष्ठभूमि में जहाँ पूजा–पाठ, टोटके, जन्तर–मन्तर का बाज़ार गर्म था वहीं काले बादलों में चमकने वाली बिजली की तरह, कुछ दृश्य ऐसे भी देखने को मिल रहे थे जो आत्मा तक को छू रहे थे, जैसे एक 60 साल के बूढ़े के जीवन में दो ही काम बच गये थे। लकड़ी काटना और मरे व्यक्ति का अन्तिम संस्कार करना। जहाँ घर के लोग, घर में लाश छोड़कर भाग रहे थे, वहीं वह खोज–खोज कर लाशों को उनकी अन्तिम मंज़िल तक ले जा रहा था। एक लाश समेटने के उपक्रम में ही मैंने उससे पूछा था, "तुम्हें डर नहीं लगता, तुम्हें भी तो बीमारी पकड़ सकती है।"

"डॉक्टर बाबू, अगर अन्तिम संस्कार नहीं हुआ तो ये आत्माएँ भटकती रहेंगी। पता नहीं ये कब तक इस गाँव पर कहर ढाती रहेंगी। ऐसे में तो केवल हम ही मरेंगे डॉक्टर बाबू, पर वैसे कितने लोग...कितने बरस तक. ..पता नहीं क्या–क्या होगा?" मुझे वहाँ लोग छोटे डॉक्टर बाबू भी कहते थे। ऐसे दो व्यक्ति और मिले जो मरीज़ों की सेवा करते थे और मरने पर दाह–संस्कार भी। मैंने उनसे भी अपना प्रश्न दोहराया तो उनमें से एक बोला, "उल्टा मैं आप से पूछूँ डॉक्टर, कि आप हमारे गाँव क्यों आते हैं, आप भी तो बीमार हो सकते हैं। ख़ैर, आप की बात आप जानें, पर हम इसलिए सेवा करते हैं कि यह ऐसी बीमारी है कि मरना सबको है, जाते–जाते कुछ पुण्य की पोटली ले जायेंगे तब नरक तो नहीं मिलेगा।" यह ऐसा जीवन दर्शन था जिसमें सेवा का यश वे ख़ुद नहीं लेना चाहते थे। ख़ैर यह तो बाद की बातें हैं तब तक हैजे की चपेट में पूरा गाँव आ चुका था। मुख्य मार्ग से कटे इस गाँव में अस्पताल और डॉक्टर की सुविधा नाममात्र की थी। बीमार पड़ने पर लोग मरीज़ को ले जाकर दूसरी जगह दिखाते थे, पर इस बीमारी में न समय मिलता था न कोई सवारी, बस ड्राइवर भी ऐसे मरीज़ों को ले जाने को तैयार नहीं होते थे।

अन्य दिनों की तरह उस दिन भी हम खा–पीकर गाँव पहुँचे तो एक अनोखा दृश्य देखने को मिला। 12 साल के लगभग की एक लड़की मरी पड़ी थी। उसके मुँह पर मक्खियाँ भिनभिना रही थीं और वहीं उसके पास बैठी एक प्रौढ़ा को लोग पीट रहे थे। हमारे पहुँचते उनके हाथ रुक गये। पर प्रौढ़ा ने न कोई फरियाद की, न रोयी जैसे पूरी घटना से उसका कोई सरोकार ही न हो। वह तटस्थ की तरह सर झुकाये बैठी

रही। जब प्रकाशजी ने मारने वाले एक युवक को डाँट कर पूछा, ''तुम इन्हें पीट क्यों रहे थे?''

''डॉक्टर साहब आप नहीं जानते यह डायन है, परसों रमकलिया शहर से आयी तो उसका बेटा ठीक–ठाक था। रमकलिया से ग़लती यह हुई कि उसने इससे दूध माँगा। यह दूध देने उसके घर गयी, कल रात उसका बेटा मर गया, और आज अपनी बेटी को भी खा गयी। आप नहीं जानते डॉक्टर साहब ये डायन लोग अपना बच्चा भी खा जाती हैं और फिर सूप में दिया जला कर नाचती हैं, सबने देखा है डॉक्टर साहब''। वह लड़का बोले ही जा रहा था। बस उसके हाथ अपनी सीमा का अतिक्रमण न करने के कारण कसमसा रहे थे और हम दो स्पन्दनहीन शरीर यह दृश्य देखने को विवश खड़े थे। जया का शरीर धीरे–धीरे अकड़ने लगा था और उसकी माँ धीरे–धीरे पथराने लगी थी। अन्त में प्रकाशजी ने ही मौन तोड़ा, ''अरे यह डायन का नहीं हैज़ा का केस है, इसे जल्दी जलाओ नहीं तो इसके चपेट में सभी आ जायेंगे।'' प्रकाशजी के बोलते ही अचानक वहाँ सन्नाटा छा गया, फिर सभी लोग धीरे–धीरे भागने लगे।

मैं और प्रकाशजी वहाँ किंकर्तव्यविमूढ़ की तरह खड़े रहे। समझ में नहीं आ रहा था कि आगे क्या करें। गाँव का शमशान हमारा देखा हुआ नहीं था और लकड़ी ख़रीदने लायक जेब में पैसे भी नहीं थे, इसलिए आगे का अपना दायित्व समझ में नहीं आ रहा था, अचानक एक आदमी प्रकट हुआ, पहले उसने लाश की ओर देखा, फिर प्रौढ़ा की ओर घूमा, पर जल्दी ही डॉक्टर साहब की तरफ़ मुख़ातिब होकर बोला, ''मैंने पहले ही सुन लिया था, इसलिए चिता का सारा सामान जुटा कर आया हूँ।'' बोलने की शक्ति न प्रकाशजी में थी, न मुझमें, हम जया की अकड़ी देह को समेटने की पूरी प्रक्रिया को मूकदर्शक बने देखते रहे। जया की माँ के पथरीले चेहरे पर उस समय भी कोई भाव नहीं आया। जब वह व्यक्ति जया के मृत शरीर को लेकर जा रहा था। उसके चले जाने के बाद हमें अपने कर्तव्य की रूपरेखा थोड़ी–थोड़ी नज़र आने लगी और हम जया की माँ को अपने यहाँ ले जाने की कोशिश करने लगे। थोड़ा ही प्रयत्न करना पड़ा, क्योंकि उनमें प्रतिरोध की क्षमता बची ही नहीं थी इसलिए जल्दी ही हम उन्हें अपने साथ ले जाने में सफल हो गये। पर बहुत दिनों तक हमें यही लगता रहा कि हम एक व्यक्ति नहीं एक लाश को मन्दिर लेकर आये हैं। जया की माँ एक बर्फ़ीले झील की तरह थीं जिसके ऊपर

की सतह पर मोटी बर्फ़ की चादर बिछी हुई थी, जिसके अन्दर कोई स्पंदन है भी या नहीं यह हमें शोध का विषय लगता था। हमारे पास इन्तज़ार के अलावा और कोई रास्ता भी तो नहीं था। उनके अन्दर की बर्फ़ीली झील को पिघलने में महीनों लग गये थे, महीनों धीरे–धीरे बर्फ़ पिघली थी, उससे भी धीमी गति से उसमें जीवन का स्पन्दन हुआ था। हरियाली का कोई तिनका कभी–कभी उस पिघली झील से सिर उठा कर जीवन का एहसास करा जाता तब हमें लगता हम एक जीवित व्यक्ति की सेवा कर रहे हैं, वरना हमें पत्थर से टकराने का एहसास होता। जया की माँ की आँखों की बर्फ़ पिघलने में वर्षों लग गये। शायद आँखें भावनाओं की सबसे बड़ी क़ब्रगाह होती हैं, वहाँ गड़े भावनाओं के प्रेत को शायद ही मुक्ति मिलती है। ख़ैर जो भी हो हम मन्दिर परिवार के दो सदस्यों को एक नया सदस्य तो मिल ही गया था। यह बात अलग है कि इस सदस्य की सदस्यता केवल दिन के कुछ घण्टों तक सीमित थी, क्योंकि सामान्य होने की प्रक्रिया शुरू होने के पहले चरण में ही उन्होंने प्रस्ताव रख दिया था कि वे रात अपनी झोंपड़ी में बितायेंगी, कारण? कारण वे नहीं बता सकीं, पर उनकी बातों से हम समझ गये कि उन्हें विश्वास है कि जया की आत्मा उन्हें खोजते हुए झोपड़े में ज़रूर आती होगी, इसलिए कहीं और रात बिताना उनके लिए असम्भव था।

मन्दिर परिसर मेरे जीवन में आये कितने संयोगों का गवाह बना। प्रतिदिन का जीवन जीते–जीते अचानक कुछ घटना घट जाती थी, जिसका विश्लेषण तर्क के आधार पर नहीं हो पाता था। दृश्य जगत के नियमों से परे ये संयोग किसी इन्द्रियातीत अनुभव, किसी अज्ञात शक्ति की ओर संकेत करते थे। मुझे लगता था कि सृष्टि का कण–कण मुझे देख रहा है। मुझे यह भी लगता था कि मेरे साथ जो भी हो रहा है वह मात्र संयोग नहीं है, मैं एक निर्धारित योजना का अंग हूँ। मैं धीरे–धीरे अपने पूर्वनिर्धारित रास्ते पर चल रहा हूँ, मैं जानता हूँ मुझे भटकने की छूट है पर मैं भटक नहीं रहा हूँ, भटकने पर जीवन की लयबद्धता ख़त्म हो जाती है। जीवन की भी तो एक लय होती है, जब आत्मा और शरीर एक लय पर चलते हैं तो मधुर स्वर लहरियाँ व्यक्ति को घेरे रहते हैं पर जैसे ही साज और आवाज़ की लयबद्धता ख़त्म हो जाती है, तो हमारा संगीत अरुचिकर हो जाता है।

जीवन थोड़ा ठहरकर सोचने की मोहलत तो दे देता है, पर रास्ते में पड़े किसी पड़ाव की तरह इसकी सीमा निर्धारित होती है। पड़ाव किसी का स्थायी घर तो हो नहीं सकता।

मरीज़ देखने के क्रम में एक दिन फिर हमें एक नयी लड़की मिल गयी। बरसात के शुरुआती दिन थे। गाँव में बच्चे–बच्चियों के शरीर फोड़े फुन्सियों से भरे पड़े थे। एक मरीज़ जिसका फोड़ा काफ़ी बड़ा हो गया था। उसको चीरने के उपक्रम में हम दोनों उस झोपड़े में गये थे। बच्चा चीरा लगाने के नाम से बुरी तरह डरा हुआ था। माँ सहमी हुई कोने में बैठी थी। पिता ज़रूर नक़ली बहादुरी दिखाते हुए बच्चे को पकड़ने को तैयार था। चीरा लगाने के उपक्रम में बच्चा ज़ोर से चीख़ा। पर मरहम–पट्टी के बाद वह आँख बन्द कर लेट गया। जब सब कुछ शान्त हो गया और हम लोग जाने के लिए उठ खड़े हुए तो लड़के की माँ एक 14–15 साल की लड़की को ले आयी। लड़की को देख मुझे खुजली से त्रस्त कुत्ते की याद हो आयी, जो दुबला–पतला बिन रोयें का शरीर खुजलाता कभी किसी सड़क के किनारे मिल जाता है। उस लड़की का भी पूरा शरीर फोड़े–फुन्सियों से भरा हुआ था। फटे कपड़ों से शरीर ढँकने के असफल प्रयास में वह सहमी–सी मेरे सामने खड़ी थी। उसके पूरे शरीर में बस आँखें ऐसी थी जिनमें जीवन्तता अभी भी बची हुई थी। मुझे परिचय में बताया गया कि यह पड़ोस की लड़की रमा है, हैजे में इसके माँ–बाप मर गये। यह दो घर काम कर खा लेती थी, पर इन फोड़े–फुंसियों के कारण इसको काम भी नहीं मिलता। दो रोज़ तो इसे खाये बगैर हो गये हैं। दवा लिखने की औपचारिकता निभा, प्रकाशजी ने उसे मन्दिर ले जाने का प्रस्ताव रखा। थोड़ी ना–नूँ के बाद रमा ने अपनी सहमति दे दी। रमा की सहमति के बाद हम उसे मन्दिर परिसर ले आये। रमा को देख जया की माँ इतनी ख़ुश हुईं जैसे उन्हें जया ही मिल गयी हो। रमा दरअसल जया की घनिष्ठ सहेली थी। अपनी–अपनी आपदा में घिरी हुई, एक गाँव में रहने के बावजूद, दोनों ने एक–दूसरे से मिलने का प्रयास भी नहीं किया था, पर उस रोज़ जब रमा अचानक उनके सामने आ खड़ी हुई तो जया की माँ ख़ुशी के मारे ज़ोर–ज़ोर से रोने लगीं, जैसे इतने दिनों से उन्होंने ये आँसु इसी क्षण के लिए सहेज कर रखे हों। अब रमा को लेकर मन्दिर परिवार में चार सदस्य हो गये। जया की माँ और रमा मन्दिर परिसर में खाती–पीतीं और शाम होने पर खा–पीकर गाँव चली जातीं। अब चार

आदमी का यह परिवार एक सुखद ज़िन्दगी जीने लगा। रमा धीरे–धीरे बड़ी होने लगी। पहले शरीर बढ़ा और वह लम्बी छरहरी होकर बचपन की दहलीज लाँघ गयी, फिर धीरे–धीरे उसका शरीर भरने लगा। ज़िन्दगी में पहली बार मिले अच्छे खाने–कपड़े ने अपना असर दिखाना शुरू कर दिया था। दो साल बीतते–बीतते रमा एक मुरझाई कली से एक खिला हुआ फूल बन गयी और मन्दिर में आने–जाने वालों का ध्यान अपनी ओर खींचने लगी। शुरू के दिनों में तो केवल श्रद्धालुओं की संख्या बढ़ी, पर बाद में ग़ौर करने पर महसूस हुआ उनकी संख्या ही नहीं बढ़ी है उनकी उम्र भी घट गयी है। अब प्रौढ़ों से अधिक संख्या उन युवकों की होने लगी, जिनके आकर्षण का केन्द्र मन्दिर नहीं रमा थी।

साल बीतते–बीतते लोगों की आँखों में ईर्ष्या और होंठो पर फुसफुसाहट उभरने लगी। विगत महीनों से हम सब कुछ समझते हुए जिस बात को नकारने की कोशिश कर रहे थे, अब वह बात विस्फोटक स्थिति में पहुँच गयी थी और हमें निर्णय लेना ही था। दूसरी तरफ़ भावनात्मक रूप से मैं रमा से इस तरह जुड़ गया था कि उससे दूर रहने का फ़ैसला मेरे लिए एक कठिन फ़ैसला था। कृष्णा–सी आँखों वाली यह लड़की कब मेरे अन्दर रमा से कृष्णा बन बैठी, मुझे पता भी नहीं चला। पता भी कैसे चलता प्रेम की गहराई तो जुदाई के तराजू से ही तौली जा सकती है, पर जुदाई का यह फ़ैसला हम जल्दी नहीं ले सके, हम बहाने तलाशते रहे। कभी लगा हमारा खाना कौन बनायेगा, कभी मन्दिर परिसर की देखभाल कौन करेगा? जया की माँ चली गयीं तो हममें से एक को सेवा का काम छोड़ना पड़ेगा, फिर कौन छोड़ेगा सेवा का काम? कौन रहेगा मन्दिर में, ऐसी कितनी उलझनें रुकावट बन रास्ता रोकती रहीं। हम उन रुकावटों को पार करने की मानसिकता बनाते रहे, पर अक़्सर हम असहाय से मज़बूरी का लिबास ओढ़ दर्शक की मानसिकता जीने लगते। कभी–कभी अन्दर से यह आवाज़ आती, समय हर मर्ज़ की दवा बन जाता है। इस उलझन को भी वही सुलझायेगा, कभी अन्दर से यह भी विश्वास उपजता ईश्वर ज़रूर रास्ता दिखायेगा।

और एक दिन ईश्वर का दिखाया रास्ता, हमारे सामने साक्षात आकर खड़ा हो गया। वह व्यक्ति प्रकाशजी की ओर मुख़ातिब होकर बोला, ''डॉक्टर साहब अगर आप इज़ाज़त दे तो हम भी मन्दिर परिसर में रह लें।''

वह सबेरे का समय था, आरती हो चुकी थी और हम गाँव जाने के लिए तैयार हो रहे थे। तपेदिक का एक बूढ़ा, जिसे हम लगातार दो साल से बचाने का प्रयास कर रहे थे आज आसन्न मृत्यु के दरवाज़े पर खड़ा शायद हमारे साक्षी बनने का इन्तज़ार कर रहा था। ''शाम को आना भाई, अभी हम जल्दी में हैं, फिर हम मिलजुल कर कोई निर्णय ले लेंगे।''

वह पूरा दिन अजीब उलझन भरा साबित हुआ। एक तो उस व्यक्ति को देखकर मन में अजीब उदासी–सी पसर गयी और दूसरा मन के अन्दर से यह आवाज़ आने लगी कि अब तो रमा को जाना ही होगा और यह जुदाई केवल रमा से ही नहीं होनी थी, यह जुदाई जया की माँ से भी होनी थी, क्योंकि वे रमा को अकेली तो छोड़ती नहीं। रमा के बारे में निर्णय लेने में जिस सुविधाजनक स्थिति की हम कल्पना भर कर सकते थे और जिसके पूरे होने का तनिक भी विश्वास नहीं था, अचानक पूरा होता नज़र आने लगा था।

उसी उलझन की ऊहापोह में लिपटे हम जब गाँव पहुँचे तो गाँव के शिवाने पर ही तपेदिक के मरीज़ की ख़बर मिलने लगी। कोई बता जाता कि बाल्टी भर ख़ून की उल्टी हुई है, तो कोई कहता उसका शरीर ठण्डा हो रहा है। जब हम वहाँ पहुँचे तो हमें हल्का–सा भ्रम हुआ कि उसकी आँखें इन्तज़ार में खुली हुई हैं, पर जल्दी ही हम समझ गये कि जीवन चुपके से इन आँखों के रास्ते बाहर निकल चुका है। अब हमारे लिए वहाँ कुछ भी नहीं बचा था। गाँव की मान्यता के अनुसार हम मृत्यु वाले घर से निकल दूसरे के घर नहीं जा सकते थे, इसलिए हम सीधे मन्दिर लौट आये।

शाम अभी ठीक से उतरी भी नहीं थी कि वह आ गया, शायद उसे शाम का बड़ी बेसब्री से इन्तज़ार था। हम भी मन्दिर की सीढ़ियों पर बैठे शाम की आरती के समय होने का इन्तज़ार ही कर रहे थे।

मृत्यु के साक्षी होने की उदासी अभी भी हमारे बीच भटक रही थी, जो हमें चुप रहने के लिए विवश कर रही थी, या शायद हम इसलिए भी चुप थे क्योंकि हमें रमा पर बात करनी थी, जो उस समय हमारे लिए अप्रिय विषय था, जो भी सत्य हो, पर जब वह आया तो हम उदासी की चादर ओढ़े चुपचाप बैठे थे।

हम उसका नाम भी नहीं जानते थे। शुरुआत नाम से ही हुई। ''आपका नाम'' मैंने ही पूछा, ''गौरी शंकर जोशी, पर आप शंकर ही कहिएगा, क्योंकि

लोग मुझे शंकर नाम से ही पुकारते हैं, लेकिन नाम में क्या रखा है, अपने ही गाँव में कितने शंकर हैं, असल बात तो बिताये हुए उन दिनों–सालों में है जो एक शंकर से दूसरे शंकर को अलग करते हैं, और मेरा तो'' वह एक क्षण के लिए रुका'' मेरे बारे में कुछ भी निर्णय लेने के पहले मैं सब कुछ बता देना चाहता हूँ।'' हम लोग लम्बी कहानी सुनने की मुद्रा में आ गये। शंकर ने अपनी कहानी शुरू की, ''मैं तीन बहनों पर अकेला भाई था, इसलिए मेरा बचपन बहुत लाड़–प्यार में बीता; मेरे पिता भी दादा–दादी की अकेली सन्तान थे, इसलिए दादा–दादी के भी सपनों का केन्द्र मैं ही था। फल यह हुआ कि मैं स्वार्थी, अक्खड़, बदज़बान और निकम्मा क़िस्म का लड़का बन गया। परिवार चाहता था कि मैं इतना तो पढ़ ही लूँ कि परिवार की परम्परा को क़ायम रख सकूँ। जजमानों के यहाँ पूजा–पाठ करना हमारे परिवार के जीविकोपार्जन का मुख्य साधन था और साधन को बनाये रखने के लिए मेरा संस्कृत पढ़ना ज़रूरी था। परिवार वालों ने बहुत कोशिश की कि मैं पाठशाला जाकर पढ़ूँ, पर बहुत कोशिश के बाद भी मैं चौथी कक्षा से आगे नहीं पढ़ सका। पाठशाला के नाम पर मैं घर से खा–पीकर निकलता फिर कहीं एकान्त में दूसरे लड़कों के साथ गिल्ली–डण्डा या कंचे खेलता। यह सिलसिला काफ़ी दिनों तक चला, अन्त में भेद तो खुलना था वह खुला और मेरा यह पढ़ने वाला नाटक बन्द कर दिया गया, पर तब तक काफ़ी देर हो चुकी थी। मैं इतना उदण्ड हो चुका कि मुझे बन्धन में रखना किसी के बस की बात नहीं थी। ताश खेलते, गाली–गलौज करते मैं बच्चे से जवान हो गया। अब मेरी दिनचर्या में एक नया काम शामिल हो गया, लड़की को छेड़ना, और यही काम आगे चलकर मेरे जीवन में सर्वनाश का कारण भी बना। जिस समय की यह घटना है उस समय मेरी उम्र होगी 15 साल, या उससे दो साल अधिक। गाँव की एक बड़ी सुन्दर–सी लड़की थी–गौरा। वह जितनी सुन्दर थी उतनी ही दबंग भी थी। अक़्सर उसको छेड़ने पर कहा–सुनी हो जाती थी। लड़कियाँ जहाँ मुझे देख, सिर झुकाये कतरा कर निकल जाती थीं। वहाँ गौरा बड़े आत्मविश्वास से मेरे सामने से गुज़रती थी। उसकी यही बात मैं बर्दाश्त नहीं कर पाता था। फल यह हुआ कि एक दिन मैं उसके चेहरे पर तेज़ाब फेंक बैठा। मैं तो तेज़ाब फेंक वहाँ से निकल गया, पर गौरा वहीं छटपटाते हुए बेहोश हो गयी। पता नहीं कौन हमसे भी बड़ा

कमीना था जिसने उसकी इस अवस्था का फ़ायदा उठा उसके साथ बलात्कार किया। जब गाँव वालों में से किसी की नज़र उस पर गयी तो उसके घरवालों को ख़बर दी, पूरे गाँव में इस घटना को लेकर सनसनी दौड़ गयी। मैं पूरे गाँव के लिए ऐसा खलनायक बन गया जिसको देखते ही लोग ज़मीन पर थूक दिया करते थे। परिवार के लिए भी मैं ऐसा काँटा बन गया था जिसको वे निकाल कर फेंक नहीं पाते थे, पर जिसकी चुभन झेलना भी उनके लिए कोई आसान काम नहीं था। अभी यह चल ही रहा था कि गौरा ने नदी में कूद कर अपनी जान दे दी। गौरा के आत्महत्या करते ही गाँव में एक नयी तरह की सनसनी फैल गयी। मेरे खिलाफ़ 'एफ.आई.आर.' हो गया। केस चला तो पूरे गाँव ने मेरे ख़िलाफ़ गवाही दी। मैं ही बलात्कारी घोषित किया गया। फल यह हुआ मुझे दस साल की सजा हो गयी। घरवाले वैसे भी मेरी ओर से उदासीन हो चुके थे, किसी तरह लोअर कोर्ट तक केस लड़े, पर आगे की लड़ाई लड़ने से उन्होंने इनकार कर दिया। उनके पास ब्याहने को तीन बेटियाँ भी थीं, जिनकी शादी मेरे कारण ऐसे ही मुश्किल में पड़ गयी थी। मैं आज भी ठीक से नहीं कह सकता कि मेरे अन्दर बदलाव की प्रक्रिया कैसे शुरू हुई, शायद जेल जाने से पहले ही गाँववालों और घर वालों से मिली नफ़रत इसका कारण बनी। सबकी नफ़रत तो मैं बर्दाशत कर भी लेता, पर माँ की लज्जा से पनीली आँखें मुझसे देखी नहीं जातीं। दादी भी जब मुझे देखतीं तो उनकी आँखों में रेत ही रेत नज़र आता, शायद इस रेत की चुभन को मिटाने के लिए वे बार–बार आँख झपकातीं। कुछ पानी छलक आने के भ्रम को आँचल के कोने से पोंछ कर मिटाना चाहतीं, पर बेकार, रेत के पसरने के एहसास को दादी नहीं मिटा पातीं और वे झट से मेरे सामने से हट जातीं। दूसरा कारण जो मेरी समझ में आता है वह गौरा स्वयं थी। गौरा पर तेज़ाब फेंकने की घटना, मेरे अन्दर की नफ़रत की वह विस्फोटक स्थिति थी जो अपने चरम की परिणति से ख़ुद अनजान थी। यह व्याख्या मैं इसलिए कर पाता हूँ क्योंकि जेल में एक पढ़े–लिखे क़ैदी ने बताया था कि जापान में एटम बम गिराने वाला पायलट बाद में पागल हो गया था। जब उसने ख़बरों के माध्यम से जाना कि वह इतने बड़े विध्वंस का कर्ता बना है तो वह अपने को सन्तुलित नहीं रख पाया। मेरी भी वही स्थिति थी, न चाहते हुए भी गौरा का विकृत चेहरा मेरे आगे

घूम जाता, चेहरा अकेला ही नहीं आता, उस चेहरे के साथ काल्पनिक बलात्कार का दृश्य, उसके नदी में कूदने का दृश्य भी सामने आ जाता। समय के प्रभाव में दृश्य तो ख़त्म हो जाते, पर उसकी सोच आँधी बन मुझे मथती रहती। गौरा मुझे ही बलात्कारी समझती होगी। जेल में रात के सन्नाटे में घरवालों से अधिक गौरा मुझे परेशान करती। कितनी ही रातें मैं छटपटाते हुए बिता देता था। ऐसी ही एक रात मैं जागा हुआ छटपटा रहा था तो मुझे उस सन्नाटे में सिसकने की आवाज़ सुनाई पड़ी। मैं अँधेरे में आवाज़ टटोलता हुआ वहाँ पहुँचा। सिसकने वाले की पीठ पर हाथ फेरते हुए मैं यह समझने में सफल हो गया कि यह कौन है, वह सुन्दर–सा जवान क़ैदी था जो कुछ ही महीनों पहले हत्या के आरोप में सज़ा काटने आया था। उड़ती हुई ख़बरों के अनुसार उसने उस व्यक्ति की हत्या कर दी थी जो बहुत अर्से से उसके साथ बलात्कार कर रहा था, जो भी सत्य हो पर उस रात सन्नाटे में उसके रोने की वजह दूसरी थी। आज ही उसके गाँव का व्यक्ति दूसरे क़ैदी से मिलने आया था, उसी ने बताया था कि तुम्हारी माँ एक महीने पहले मर गयी। माँ की मृत्यु की ख़बर से भी वंचित रहने का आक्रोश हिचकियों के माध्यम से उस रात के सन्नाटे में निकल रहा था।

उसकी व्यथा सुनते–सुनते कब वह मेरी व्यथा हो गयी, मुझे मालूम भी नहीं पड़ा। अपनी जगह पर आकर लेटने के बाद जब आँसू धीरे–धीरे निकल कर बिस्तर भिगोने लगे, तब मुझे एहसास हुआ कि मैं रो रहा हूँ। माँ की मृत्यु के डर ने मुझे बेबस बना दिया था। मैं उसी बेबसी को अपने आँसुओं में डुबो देना चाहता था। मुझे क्या पता था...कि आने वाली बेबसी ऐसी होगी कि आँखों से आँसू भी नहीं निकलेंगे...। टुकड़ों–टुकड़ों में ख़बर आती थी, कोई कह जाता तुम्हारे गाँव में बड़ी भीषण बाढ़ आयी थी, सुना है पूरा गाँव बह गया। मैं जब लेटता तो सोचता कि मेरा घर तो ऊँचाई पर है, वह कैसे बहेगा? फिर कोई और ख़बर आ जाती और फिर मैं उसी उधेड़बुन में लग जाता। मेरी रिहाई में अब छह महीने ही रह गये थे इसलिए इसके अलावा और बातें मुझे ज़्यादा परेशान करतीं। मैं अक़्सर सोच कर परेशान हो जाता कि क्या घरवाले मुझे स्वीकारेंगे या मैं अभी भी उनकी घृणा का पात्र ही बना रहूँगा। इन दस सालों में पिताजी एक बार मिलने आये थे। वह किसी जजमान के काम

से शहर जा रहे थे। उन्होंने बिना एक शब्द बोले, बेसन के लड्डुओं की पोटली थमायी और चले गये इसलिए घरवालों की अभी की मनःस्थिति का मुझे कोई ज्ञान नहीं था। वैसे मैंने सोच लिया था, परिवार से मिलकर मैं कहीं दूर चला जाऊँगा, और वहीं से कमा कर पैसे भेजता रहूँगा, शायद इसी तरह मेरा कुछ पाप कम हो जाये।

जेल से छूटने के बाद, वहाँ से बस में चढ़ने और अपने गाँव के बस स्टॉप पर उतरने तक मैं अपनी ही उलझनों में खोया रहा। रह–रह कर कभी माँ कभी दादी कभी पिताजी का चेहरा नज़र आता रहा। मैं डरा–सा उनके चेहरे पर आयी प्रतिक्रिया पढ़ने की कोशिश करता रहा, पर कुछ पढ़ नहीं पाता। मन था जो रह–रह कर गाँव में भटकने लगता तभी मेरा बस स्टॉप आ गया, मैंने बस वाले को बस रोकने को कहा। बस वाले को बस रोकने के लिए कहने पर ड्राइवर की आँखों में एक विचित्र भाव आया और उसने बस इतना ही कहा, 'यहाँ' और उसने बस रोक दी। बाद में जब मैंने उसकी आँखें याद कीं तो समझ में आया उसकी आँखों में दहशत थी क्योंकि आसपास वाले सभी जानते थे कि टीहरी बाँध टूटने पर, बाँध का पूरा पानी इसी गाँव से होकर गुज़रा है। उस पानी के बहाव ने एक पेड़ को भी नहीं बख़्शा था। घरों की बात कौन करे, पर मैं तो कुछ भी नहीं जानता था। इस हादसे की विभीषिका से बेख़बर, उस समय तक उसे छोटी–मोटी घटना ही मान रहा था, इसलिए बस से उतरने के बाद कुछ समय के लिए मैं जड़वत–सा खड़ा हो गया। फ़िर जब कुछ होश सँभाला और चलने की प्रक्रिया में आया तो सुनसान पड़े रास्तों को अपनी यादों के सहारे मैंने नाम देने की कोशिश की, पर वहाँ कोई भी चीज़ ऐसी नहीं थी जिसे देख मैं ख़ुद के सही–ग़लत होने का फ़ैसला करता। अपने गाँव पहुँच कर, यानी जिस जगह को मैंने अपने गाँव का नाम दिया था वहाँ पहुँचकर जो दृश्य देखने को मिला, वह दृश्य तो कल्पना की सीमा से परे था। दूर–दूर तक पसरे उस भूखण्ड पर केवल बिजली के कुछ खम्भे थे, वे भी शायद नये लगाये गये थे। पक्षी के नाम पर एक खम्भे पर एक गिद्ध बैठा था, जो शायद आदतन यहाँ आ गया था। छह महीने बीत चुके थे, अब उसके भोजन लायक कोई चीज़ बची नहीं थी। गॉव की मिट्टी का रंग भी बदल गया था। पुराना कुछ भी नहीं

बचा था। अब नयी मिट्टी में नये छोटे–छोटे पौधे निकलने लगे थे। मैं कुछ देर यूँ ही खड़ा रहा, दिमाग़ में विचित्र तरह की शून्यता भर गयी थी जो कुछ सोचने नहीं दे रही थी। मैं चाहता था कि कम–से–कम मैं अपने घर की ज़मीन को तो पहचान लूँ, अपने होठों से उसे छूकर अपने किये के लिए माफ़ी माँग लूँ, पर सब बेकार, जगह मेरी पहचान में नहीं आ रही थी और मन की शून्यता पसर कर हाथ–पैरों को शिथिल करने लगी थी। मैं बेहोश होकर गिर न जाऊँ इसके पहले मैं वहाँ से चल पड़ा और बस पकड़ ली। बस मुझे यहाँ कैसे लायी? मैं बस से कैसे उतरा, मैं इसे आज भी याद नहीं कर पाता।

यहाँ रहते हुए ही, टुकड़ों–टुकड़ों में अपने गाँव की बात पता चली। उस रात की बाढ़ का कोई प्रत्यक्षदर्शी तो बचा नहीं था, पर पानी उतरने के बाद जहाँ–तहाँ लाशों के बिखराव का वर्णन मैं कई बार सुन चुका था। आग देने के लिए अधिकतर का तो कोई रिश्तेदार बचा ही नहीं था, इसलिए गिद्धों ने ही उनका उद्धार किया। उस समय एक ख़्याल आया था कि बहनों के यहाँ चलूँ, उनसे पूछूँ शायद उन्हें पता हो, पर जल्द ही मैंने अपना यह विचार बदल दिया। बहनों को उनके ससुराल में एक बार और शर्मिन्दा क्या करूँ, पहले ही कम किया है क्या? और फिर इससे मुझे हासिल क्या होगा। सारी बातें जान क्या मेरी आत्मा शान्त हो जायेगी। आपने उस दिन पूछा था न कि मैं लाशें क्यों जलाता हूँ, तो अब आप समझ ही सकते हैं कि मेरे ऊपर लाश जलाने का कितना बड़ा क़र्ज़ है ''।

शंकर की कहानी सुनने में हम इस क़दर मशगूल हो गये थे कि हमें ठण्ड का पता ही नहीं चला, पर कहानी ख़त्म होते ही हम ठण्ड के एहसास से थरथराने लगे। जल्दी–जल्दी आरती सम्पन्न करने की कोशिश के बाद भी अँधेरा हो ही गया। अब शंकर का गाँव जाना लगभग असम्भव था, इसलिए प्रकाशजी ने उसे यहीं रुकने को कहा, हम लोगों के कहने पर वह रुक भी गया। अब प्रश्न उठा उसके खाने का, खाना तो बस दो ही लोगों का था, पर जल्द ही शंकर ने ख़ुद ही इस प्रश्न का उत्तर ढूँढ़ लिया। कमरे में आकर जब शंकर ने अपना खाना बनाने के लिए चूल्हा जलाया तो चूल्हे की गर्मी से हम धीरे–धीरे सामान्य हुए। खाना खाने के बाद चूल्हे के पास कम्बल बिछा कर वह सो भी गया। सुबह उठकर शंकर ने ज़रूर पूछा, ''अब!''

"अरे अब क्या भगवान की सेवा करो। जब तुम्हें गाँव जाने की ज़रूरत महसूस हो तो चले जाना।" यह प्रकाशजी से मिला हुआ आश्वासन था, क्योंकि मैं तो ख़ुद अतिथि था, मैं किस अधिकार से आश्वासन देता।

जया की माँ और रमा का फ़ैसला ख़ुद–ब–ख़ुद हो गया। मन्दिर परिसर में अब उनकी कोई व्यावहारिक ज़रूरत तो रह नहीं गयी थी। रमा भी अकेले रह नहीं सकती थी इसलिए जया की माँ का भी उसके साथ जाना तय था। रही बात उनकी ज़रूरतों की तो प्रकाशजी ने वादा किया कि वे दोनों की ज़रूरतें पूरी करने की कोशिश करेंगे। रमा की शादी की भी वे कोशिश करेंगे, और रमा की शादी के बाद जया की माँ को मन्दिर में बुला लेंगे। पर यह सम्भव नहीं हो पाया, रमा की शादी के बाद भी जया की माँ गाँव में ही रहीं। जया की माँ की अनिच्छा के कारण ही यह नहीं हो पाया था।

शंकर के आने के बाद वैसे तो कोई आधारभूत परिवर्तन नहीं हुआ, पर अन्दर से कुछ बदल ज़रूर गया, कुछ बिखर गया कुछ टूट गया, रमा का जाना मेरे लिए कृष्णा के दूसरी बार जाने जैसा था, वैसे तो सब कुछ पहले ही जैसा चल रहा था मैं प्रकाशजी के साथ रोज़ गाँव जाता मरीज़ों से मिलता, उनकी सेवा भी करता, पर अन्दर से कहीं टूटा–सा महसूस करता। ऐसे ही दिन कट रहे थे तभी एक दिन वहाँ के मुखिया के घर जाना हुआ। मुखिया की माँ जो 70–75 के लगभग की वृद्धा होंगी, काफ़ी अरसे से बीमार चल रही थीं। अब तो उन्होंने बिस्तर से उठना भी छोड़ दिया था। मुखिया ने प्रकाशजी को बुलावा भेजा था, मैं भी उनके साथ था। प्रकाशजी ने देखते ही समझ लिया था कि ये शारीरिक नहीं मानसिक रोग के लक्षण हैं। उन्होंने कुछ दवाएँ लिखीं और हम लौट आये, पर न जाने मेरे साथ क्या हुआ, मैं दूसरे रोज़ भी वहाँ पहुँच गया। घर की बहू ने रास्ता दिखा कर मुझे उनके कमरे में पहुँचा दिया, वह एक साफ़–सुथरा छोटा–सा कमरा था, ऊपर स्लेट के टुकड़ों का छप्पर था जैसा अमूमन पहाड़ के घरों का होता है। कमरे में एक बड़ी–सी खिड़की थी, खिड़की से पेड़ों का एक बड़ा समूह दिख रहा था, शायद चीड़ या बाँस के पेड़ थे। औरिकुला की मादक गन्ध भी कमरे में तिर रही थी मैं जब वहाँ पहुँचा था तो ख़ूब खिली हुई धूप थी। पहाड़ों की उस निखरी हुई धूप में पेड़ों

की पत्तियाँ पन्ने की तरह चमक रही थीं। खिड़की से धूप आकर बिस्तर पर पसरी हुई थी, पर मरीज़ इस ख़ूबसूरती से बेख़बर लगातार छत की ओर देखे जा रही थी।

''प्रणाम माँजी'' अभिवादन करके मैं कुर्सी खींचकर बैठ गया। मेरे बोलने की मरीज़ पर कोई प्रतिक्रिया नहीं हुई, फिर मैं धीरे–धीरे उनका पैर सहलाने लगा। सहलाते हुए शायद दस मिनट गुज़रे होंगे कि मैंने महसूस किया कि उनके अन्दर कुछ संवेदना अंकुरित हो रही है।'' आज रास्ते में आपके भाई से मुलाक़ात हुई थी,'' उन्हें बुलवाने के गरज़ से मैंने झूठ का सहारा लिया।

''उसे तो मरे भी 10 साल हो गये'' उन्होंने पूर्ववत् छत की ओर देखते हुए कहा।

''तो शायद भतीजा होगा, शक्ल बिलकुल आप जैसी थी, पर वह आप जैसा गोरा नहीं था।'' मैं ख़ुशी में बोले जा रहा था। मुझे ख़ुशी इस बात की थी कि मरीज़ के दिमाग़ पर अवसाद का असर उस समय तक नहीं हुआ था वह बातों को सही ढंग से याद करने में सक्षम थीं। इसके बाद मैं लगातार बोलता गया, पर फिर उन्होंने मेरी बातों का जबाब नहीं दिया। उसके उलट उनका मुँह जो थोड़ा खुला था उसे भी बन्द कर लिया। मैं समझ गया कि यह मेरे विदा हो जाने का इशारा है। मैं चुपचाप उठा और चला आया। उस समय तक प्रकाशजी लौटे नहीं थे, मैं वहीं मन्दिर की सीढ़ियों पर बैठ उनकी राह देखने लगा।

उसके बाद अम्मा जी को देखने मैं रोज़ जाने लगा। वहाँ जाता, उनसे बातें करता, उनको समझाने की कोशिश करता। मैंने उनसे बातें करते हुए समझा कि वे अपने को उपेक्षित महसूस करती थीं। बेटा मुखियागिरी की उलझनों में उलझा रहता था, माँ के लिए समय निकाल नहीं पाता था। चार बच्चों की माँ मुखिया की पत्नी, अपने बच्चों और घर–गृहस्थी से समय नहीं निकाल पाती थी और माँ अपने अकेलेपन को सँभाल नहीं पायी। और वे मन ही मन मृत्यु की कामना करने लगी। शायद इसी कामना का परिणाम था, उनकी आसन्न मृत्यु का पदचाप। मैं रोज़ जाता तो उनकी बातें सुनता, उनको समझाता, उनके व्यस्त दिनों की याद दिलाता, उनके व्यस्त दिनों में उनके अपने सास के साथ किये व्यवहारों की याद दिलाता।

धीरे–धीरे उनके अन्दर से उपेक्षा का भाव कम होने लगा। वे बेटे और बहू की मज़बूरियों को भी समझने लगी। उनके प्रति बढ़ी उनकी अपेक्षाएँ भी घटने लगीं। धीरे–धीरे उनके जीवन में कुछ व्यस्तता भी आने लगी। और साल होते–होते न केवल वे स्वस्थ हो गयीं बल्कि गाँव के सामाजिक कामों में भी जुट गयीं। पर यह बहुत बाद की बात है।

गाँववालों के लिए यह घटना किसी चमत्कार से कम न थी। मुझे लोगों ने सिद्ध महात्मा की श्रेणी में रख दिया। मुझमें भी एक बड़ा परिवर्तन आया था, जहाँ यह घटना गाँववालों की सोच अन्धविश्वास की डोर से बँधी थी वहीं मैं सकारात्मक सोच की ऊर्जा देख चमत्कृत हो गया था। क्या सकारात्मक ऊर्जा का जीवन में इतना महत्त्व है? मुखिया की माँ का अवसाद क्या इसका जीता–जागता उदाहरण नहीं है? उनकी बदली हुई सोच उन्हें मौत के मुँह से खींच लायी। सेवा के लिए तो मैं पहले भी समर्पित था, पर वस्तुतः मैं प्रकाशजी का सहयेागी था। मुझे वहाँ भी सेवा करने में आनन्द आता था, पर मुखिया की माँ की सेवा मेरे अपने अन्दर की ज़िद थी। पता नहीं इसके पीछे भी मेरी माँ थीं, या फिर अवचेतन में गड़ी हुई कोई और अनुभूति या फिर गुरुजी के सानिध्य में गुज़ारी अन्तिम सन्ध्या में गुरुजी द्वारा ही बताया हुआ उनके अनुभव का निचोड़। इसमें से कुछ भी सम्भव था। इस सेवा के दौर में मुझे यह भी ज्ञान हुआ कि मानसिक बीमारी शारीरिक बीमारी से ज़्यादा ख़तरनाक है। मानसिक बीमार स्वस्थ शरीर के बावजूद तिल–तिल कर मरते हैं इसके उलट स्वस्थ मानसिकता वाले लोग बीमारी से लड़ने में सक्षम होते हैं। इस सोच ने मेरी दिशा ही बदल दी थी। मैं रोज़ प्रकाशजी के साथ ही निकलता, पर मरीज़ो को चुनने में मैं उनसे अपने को अलग पाता। मानसिक बीमारी मेरी पहली प्राथमिकता होने लगी थी।

दिन भर घूमने के बाद, शाम को जब मन्दिर आता, तो शाम की आरती का समय होता, प्रकाशजी नहा कर आते और शाम की आरती में मग्न हो जाते। मैं मन्दिर की घण्टियाँ बजाता, घण्टियों की आवाज़ कुछ ऐसा वातावरण बना देती कि मैं अस्तित्वहीन बन आवाज़ का ही एक रेशा बन जाता फिर हवा की तरह तिरता हुआ मन्दिर के हर कोने में या फिर कहीं भी नहीं वाली स्थिति का हिस्सा बन जाता। अस्तित्वहीनता

की यह स्थिति कभी परम शक्ति तक फैल जाती और कभी मात्र हवा का बुलबुला बन कर रह जाती। अस्तित्व से अस्तित्वहीन होने तक की अपनी इस यात्रा को कभी मैं शब्दों का जामा नहीं पहना पाया। यह अनुभूति मेरे लिए शब्दातीत ही बनी रही। हाँ, घण्टी की आवाज़ बन्द होने पर जब मन सब कुछ समेटने लगता तो यह लौटने की स्थिति बड़ी स्पष्ट होती। आरती बड़ी देर तक गूँजती रहती मैं चुपचाप आकर सीढ़ियों पर बैठ जाता, प्रकाशजी भी मेरे पास आकर बैठ जाते। अधिकतर हम चुपचाप बैठे रहते, शायद हम अपनी–अपनी अन्तर्यात्रा करते रहते या फिर आकाश में पसरे तारों को निहारते रहते। तारों को देख प्रकाशजी क्या सोचते यह वे ही जाने, पर मैं यह सोचने को मज़बूर हो जाता कि तारों से मिलने वाली यह दिव्य अनुभूति ही हमारे पूर्वजों को सोचने पर मज़बूर करती होगी कि स्वर्ग यहीं है। कभी–कभी सोचता कि बचपन में जब किसी की मृत्यु होती थी तो लोग कहते कि वह तारा बन गया। पिता के मरने के बाद मुझे भी कितनी बार समझाया गया था। तो क्या तारे हमें इसलिए इतने प्रिय लगते हैं कि हम उनमें अपने प्रियजनों की छवि देखते हैं। जो भी बात हो, पर हम दोनों मन्त्रबिद्ध की भाँति घण्टों वैसे ही बैठे रहते।

कभी–कभी ऐसा भी होता कि मैं तारों को न निहार कर प्रकाशजी से कुछ प्रश्न पूछता और वे विस्तार में जाकर उसका उत्तर देते। ऐसी ही एक शाम को मैंने प्रकाशजी से एक प्रश्न पूछा था, वह गर्मियों की शाम थी, बाहर ठण्डी–ठण्डी हवा बह रही थी। हम लोग गाँव से जल्दी आ गये थे। मन्दिर की सीढ़ियों पर बैठ हम शाम के घनीभूत होने का इन्तज़ार कर रहे थे। अचानक मेरे मन में कुछ प्रश्न कुलबुलाने लगे, वैसे यह पहली बार नहीं हुआ था पहले भी कितने तरह के प्रश्न मैं प्रकाशजी से पूछा करता था और वे भी बड़ी गम्भीरता से उन प्रश्नों के उत्तर दिया करते थे। कभी–कभी उत्तर न देकर वे किसी ख़ास किताब को पढ़ लेने की सलाह दे दिया करते थे। उनके पास बहुत किताबें तो नहीं थीं, पर वे चुनी हुई किताबें रखते थे, मन्दिर के संस्थापक गिरीश जी के घर का एक कमरा, किताबों से भरा हुआ था। शुरुआती दिनों में जब प्रकाशजी को मन्दिर में अकेलापन सताता था तो वे वहीं से किताबें लाकर पढ़ा करते थे। बाद के दिनों में उन्हें किताबें पढ़ने की ऐसी लत लगी कि

ख़ुद भी किताबें ख़रीदने लगे, चूँकि मन्दिर परिसर में किताबें रखने की गुंजाइश नहीं थी, इसलिए वे किताबें वहीं रखते, मुझे भी वहीं से किताब लाकर पढ़ने की सलाह देते, मैं वहाँ से किताबें लाकर पढ़ता भी था, पर उस दिन का प्रश्न उनसे पूछा गया मेरा निजी धरातल का प्रश्न था। जी हाँ, तो मैंने पूछा था कि,"आप की समझ से इस जीवन का प्रयोजन क्या है? दूसरे शब्दों में इसका लक्ष्य क्या होना चाहिए? क्या जन्म से लेकर मरने तक का सफ़र अपनी नियति के अनुसार जीना ही जीवन है, इसके अलावा इसका कोई और मक़सद नहीं है क्या? मैं नहीं जानता मैंने यह प्रश्न क्यों किया, शायद रमा के जाने की उदासी से निकला था यह प्रश्न।

प्रकाशजी थोड़ी देर मुस्कराते रहे, फिर हँस कर बोले, "तुमने एक कठिन प्रश्न किया है, मैं भी इस प्रश्न से बहुत दिनों तक उलझा रहा हूँ। आज भी मैं कितना सही हूँ कह नहीं सकता। फिर भी मैंने कोशिश की है कि ख़ुद को जीवन का एक मक़सद दे सकूँ, तुम समझ ही सकते हो। बचपन में तो मक़सद की तलाश नहीं रहती, बचपन बीतने पर यह समस्या कभी–कभी अपनी झलक ज़रूर दिखाती है, पर वह भी उम्र की भावनाओं की आँधी में गृहस्थी तक सिमट कर रह जाती है। पर जब हम भावनाओं के भूचाल से बाहर निकल जाते हैं तब हम जीवन को एक अर्थ देने की कोशिश करने लगते हैं और तभी यह समस्या उग्र रूप से हमारे सामने आती है, इस समस्या का एक ही समाधान हो कोई ज़रूरी भी नहीं। जैसे जहाँ तक मेरा मानना है जीवन का निर्माण, और जितना भी सम्भव हो उतना जीवन की रक्षा, हमारे जीवन का मूल लक्ष्य होना चाहिए। मैं ख़ुद तो कोई बच्चा पैदा नहीं कर सका, पर मैंने सैकड़ों वृक्ष लगाये, हज़ारों लोगों को मरने से बचाया, यह समझ लो यही मेरे जीवन का लक्ष्य है।" प्रकाशजी के उत्तर से मेरे अन्दर ख़ुशी की एक लहर–सी दौड़ गयी। मैं अन्दर ही अन्दर बुदबुदाया, "जीवन का निर्माण और रक्षा"। और फिर मेरे अन्दर प्रकाशजी के इन शब्दों की जैसे एक गाँठ बन गयी। अब शाम और गाढ़ी हो गयी थी। जंगल की ओर से आवाज़ें भी आने लगी थीं। हम उठ खड़े हुए, शायद भूख भी उठ खड़े होने के पीछे का एक कारण थी। हम उठ कर सीधे कमरे में चले गये थे। उस रात सोते–सोते भी बड़ी देर तक प्रकाशजी के वे शब्द मेरे अन्दर गूँजते रहे। इसी तरह की एक और

घटना याद आती है, वे गर्मियों के शुरुआती दिन थे, हमें एक बच्चे के घर जाना था। बच्चा खेलते हुए गिर गया था, शायद उसके हाथ की हड्डी में चोट आयी थी। हम जब वहाँ पहुँचे तो बच्चा सुबकते हुए एक कोने में बैठा हुआ था। प्रकाशजी पर नज़र पड़ते ही वह ज़ोर–ज़ोर से रोने लगा। प्रकाशजी ने रोते हुए बच्चे के हाथ की हड्डी सीधी की और मुझे पट्टी बाँधने को कहा, पर मैंने साफ़ इनकार कर दिया। शायद मैं बच्चे के रोने से बहुत डरा हुआ था या पट्टी बाँधने का वह मेरा पहला दिन था और मुझे लगा था मुझसे कुछ गड़बड़ हो ही जायेगी। यह गड़बड़ हो जाने का डर ही मेरे न कहने के पीछे का असली कारण है यह प्रकाशजी तुरन्त समझ गये थे। प्रकाशजी ने वहाँ मुझसे कुछ नहीं कहा, किसी तरह बच्चे के हाथ पर पट्टी बाँध दी, पर जब हम मन्दिर लौटने के रास्ते में थे तो उन्होंने समझाया, "गोपाल तुम पट्टी बाँध सकते थे, पर तुमने अपने को इसके योग्य नहीं समझा और पट्टी नहीं बाँधी। गोपाल ज़िन्दगी तो तुम्हारे मनोभावों को समझती है पर परेशानी तब शुरू होती है जब लोग भी तुम्हें कमतर आँकने लगते हैं, इसलिए कभी भी तुम ख़ुद को कम मत आँको"।

इसी तरह एक बार और प्रकाशजी के शब्दों की रोशनी में मैं अपने अन्दर के अँधेरे से लड़ने में सक्षम हो पाया था। उस दिन कुछ ज़्यादा ही काम था, गाँव से लौटने में ही शाम हो गयी थी। वो जाड़ों के दिन थे और जाड़ों में रात पहाड़ों पर जल्दी उतर आती है। जिस मरीज़ के घर से हम निकले थे उसके घर से मन्दिर जाने के रास्ते में शमशान भी पड़ता था। थोड़ा–थोड़ा अँधेरा होने लगा था, चारों ओर सन्नाटा छाया हुआ था, पहली बार मैंने महसूस किया कि सन्नाटे की भी अपनी एक आवाज़ होती है और जल्दी ही मैंने यह भी महसूस किया कि यह आवाज़ मुझे अपनी गिरफ़्त में लेती जा रही है। पता नहीं मैं ठण्डी हवा की छुअन से कँपकँपाये जा रहा था या फिर सन्नाटे की वह आवाज़ मुझे काँपने के लिए विवश कर रही थी या शायद गंगिया ही मेरे अन्दर अभी तक जीवित था, जो भी सत्य हो, पर प्रकाशजी ने मुझे काँपते देख लिया। मुझे इस तरह काँपते देख वे थोड़े गम्भीर हो गये, पर वे रुके नहीं, बस चलते–चलते मुझे समझाने लगे, "इस तरह काँपो नहीं, सन्नाटा भी अब तुम्हारे भय को भाँप चुका है, तुम ख़ुद को सँभालो वरना वह तुम्हें तरह–

तरह के रूप दिखा डरायेगा, ऐसा होने पर तुम अपने को सँभाल भी नहीं पाओगे'' उनके शब्दों ने जब कुछ सहारा दिया तो मैं अपने को सँभालने की कोशिश करने लगा, पर जहाँ तक मुझे याद है इस काम में मैं बहुत सफल नहीं हो पाया था। उस दिन तो मैं गिरते–पड़ते मन्दिर पहुँच गया था, पर अगले ही दिन से मैं प्रकाशजी की कही बातों को अपने अन्दर उतारने लगा। कुछ ही दिनों में मैंने अपने को साध लिया और फिर तो मैं शमशान के ही रास्ते मन्दिर आने जाने लगा। प्रकाशजी की यह सीख भविष्य में भी मेरे बहुत काम आयी। ख़ासकर जब मैं यमुनोत्री के जंगल में अपने दिन बिता रहा था।

प्रकाशजी सही मायने में मेरे पथ–प्रदर्शक थे। वे समय–समय पर ऐसी कुछ बातें बोलते, जो मेरे अन्तस को ऐसे छू जातीं, मैं कभी उन्हें भूल नहीं पाया।

एक दिन इसी तरह आरती के बाद हम यूँ ही सीढ़ियों पर बैठे हुए थे। वह पूर्णिमा की रात थी। धुली हुई चाँदनी जंगल की सुगन्ध से सराबोर हो रही थी। मैं आत्मविभोर होकर प्रकृति की प्रशंसा किये जा रहा था। प्रकाशजी मेरी बातों को बड़े ध्यान से सुन रहे थे और अचानक वे हँस पड़े, फिर बोले, ''मैं भी तुम्हारी तरह जब सुबह की लालिमा, शाम के धुँधलके या तारों से जगमगाते आसमान की तारीफ़ करता हूँ तो जानते हो क्या होता है, उस क्षण मेरी आत्मा ईश्वर के अनुग्रह को महसूस करने लगती है। मुझे लगता है जैसे प्रकृति रूपी रस्सी पकड़ मैं अपने सृष्टिकर्ता को छूने निकल पड़ा हूँ। ऐसे में मेरी आत्मा एक तरह का फैलाव–सा महसूस करती है। उस समय मुझे यही महसूस होता है कि सारी सृष्टि मेरे अन्दर समाहित हो रही है।'' प्रकाशजी बोलते–बोलते चुप हो गये, मैं पहले ही काफ़ी बोल चुका था शायद इसीलिए मैं बोलने की स्थिति में नहीं था। प्रकृति का वशीकरण मन्त्र हम दोनों को अपनी गिरफ़्त में ले चुका था। पता नहीं हम कितनी देर मदहोश से प्रकृति को निहारते रहे। वह तो जंगल से आती सियार की आवाज़ और फिर उसके समर्थकों का समूहगान हमें खींच कर धरती पर ले आया। पहले मैं ही सचेत हुआ। ''प्रकाशजी चलिए देर हो रही है'', मैं बोलते बोलते उठ खड़ा हुआ।

उस रात कमरे में आकर, खाना खाने के बाद भी हम सोये नहीं। उस समय तक हमारे रास्ते अलग–अलग होने लगे थे। हम अलग–अलग

मन्दिर से लौटने लगे थे, इसलिए हमारे पास एक–दूसरे से कहने–सुनने के लिए बहुत–सी बातें हुआ करती थीं। दिन भर के अनुभव हम उसी समय एक–दूसरे से साझा किया करते थे। उस समय कुछ ऐसी भी बातें हुआ करती थीं जो मेरे या प्रकाशजी के जीवन के बदलाव में विशिष्ट भूमिका निभा चुकी थीं। हम उन्हें याद भी करते थे और नये सिरे से उन्हें विश्लेषित भी करते थे। उस रात वे मुझे समझाने लगे कि कैसे वर्तमान में जीना ही असली जीना है। प्रकाशजी बोले, ''बीता कल तो ऐसा कल है जिसे याद करने के सिवाय हम कुछ नहीं कर सकते, सिवाय इसके कि हम अपने वर्तमान के लिए उससे कुछ शिक्षा ले सकें, आने वाला कल भी वैसे तो किसी काम का नहीं सिवा इसके कि अपनी वर्तमान शिक्षा को सम्मान के साथ वहाँ तक पहुँचा दें'', बोलते हुए अचानक प्रकाशजी कुछ भावुक हो गये। वे कुछ क्षणों के लिए चुप हो गये फिर बोले, ''किन्तु आने वाले कल के लिए हमारे पास कुछ लक्ष्य या सपने ज़रूर होने चाहिए, भविष्य को भी एक तरह की तैयारी समझना चाहिए और उसका अभ्यास मानसिक धरातल पर करते रहना चाहिए, वरना प्यास लगने पर कुआँ खोदने वाली बात हो जायेगी और तब हम असहाय हो मूकदर्शक की भूमिका निभाने को विवश हो जायेंगे।'' प्रकाशजी की बातें सुन इच्छा हुई थी कि पूछूँ कि किस तरह की तैयारी, पर रात अधिक हो रही थी। इसलिए मैंने चुप रहना ही श्रेयस्कर समझा। "फिर कभी पूछ लेंगे", वाली मानसिकता लिए हुए उस रात मैं सो गया था। इस घटना के कुछ ही दिन पहले, पर रमा के चले जाने के बाद, जब मैं मायूसी से उबर नहीं पा रहा था तब भी प्रकाशजी ने इसी तरह मुझे समझाने की कोशिश की थी। उस रात भी प्रकाशजी ने लेटे–लेटे ही मुझे समझाया था। आरती हो चुकी थी, हम कमरे में आकर अपनी–अपनी खाट पर लेट चुके थे, शंकर अभी रोटियाँ ही सेंक रहा था और मैं ख़ामोशी में लेटा हुआ छत को देखे जा रहा था, तभी प्रकाशजी ने मुझे समझाते हुए कहा, ''गोपाल जब तक तुममें ये छोटी–छोटी अभिलाषाएँ बनी रहेगी तुम जीवन में कोई बड़ी खोज नहीं कर सकते। कुछ बड़ा करने के लिए तुम्हें मोह से ऊपर उठना होगा।'' उस रात तो मैं केवल प्रकाशजी को सुनता रहा और गुनता रहा। पर आगे के मेरे जीवन में जब–जब अँधेरा आया या दूसरे शब्दों में

कहें कि भटकाव आया, प्रकाशजी के ये शब्द रोशनी बनकर मुझे रास्ता दिखाते रहे। बहुत बाद में ऋषिकेश लौटने के बाद, गुरुजी ने भी सपने में आकर यही तो कहा था। उन्होंने कहा था कि जब तक तुम अतीत से मुक्त नहीं होगे तब तक तुम्हें मुक्ति नहीं मिलेगी और हुआ भी यही। यमुनोत्री के जंगल में बैठा जब ध्यान करने की कोशिश कर रहा होता तो प्रकाशजी के ये शब्द मुझे अँधेरे में जुगनुओं से चमकते प्रतीत होते।

हम अक्सर आरती के बाद मन्दिर की सीढ़ियों पर बैठ आसमान निहारा करते थे, अचानक जब किसी को भूख का एहसास होता तब वह उठ खड़ा होता और दूसरा चुपचाप उसके पीछे चलता हुआ कमरे में आ जाता, शकंर खाना बना इन्तज़ार करता मिलता। कमरे में पहुँच हम बातचीत में मशगूल हो जाते, पता नहीं यह बदलाव कमरे की गर्मी के कारण हममें आता या फिर शंकर के व्यवहार की गरमाहट हमें बोलने पर मज़बूर कर देती। कभी मैं या कभी प्रकाशजी दिन भर की घटनाओं का ब्योरा देते नज़र आते। हमारी बात सुनने के बाद, शंकर मन्दिर में घटने वाली घटनाओं का विस्तार से वर्णन करता। यह रोज़ का सिलसिला बन गया था। उस दिन भी जब शाम ढलने लगी थी घरों में चूल्हे जलने लगे थे और चुल्हों से निकला धुआँ इठलाता बलखाता आसमान को छूने निकल पड़ा था। जंगल में लकड़ी की प्रचुरता के कारण, लकड़ी सस्ती मिल जाती थी, इसलिए अधिकतर लोग उसी पर खाना पकाते थे। कुछ धनवानों की पहुँच पत्थर के कोयले तक ज़रूर थी, पर शाम में कोहरा जब सफ़ेद चादर बन दृश्य जगत को ढँकने लगता था तो धुएँ की यह भिन्नता भी उसी में समाहित हो जाती थी। उस दिन मैं जल्दी ही आ गया था। प्रकाश कुछ देरी से आये थे और आते ही आरती की तैयारी करने लगे थे। शाम ढल चुकी थी, अँधेरा गाढ़ा होने लगा था, मुझे उत्सुकता थी कि मैं आज का अनुभव उनसे बाँटू, पर प्रकाशजी का चेहरा देख मैंने अपनी इच्छा स्थगित कर दी। प्रकाशजी का चेहरा उलझा नज़र आ रहा था, शायद आज के कामों के बीच कोई परेशानी आयी थी या आरती में देर होने की ग्लानि उन्हें सता रही थी। उलझन भरी जिज्ञासा लिए, आरती के बाद, मैं भी प्रकाशजी के साथ कमरे के लिए चल पड़ा, वहाँ शंकर खाना बना हमारा इन्तज़ार कर रहा था। उस दिन उसका इन्तज़ार

भी हमें खाना खिलाने तक सीमित नहीं था बल्कि उसके पास सुनाने के लिए बड़ी सनसनीखेज ख़बर थी। एक औरत ने एक ऐसे बच्चे को जन्म दिया जिसकी तीन आँखें हैं। लोग उसे शंकर भगवान का अवतार कहते हैं। शंकर उत्साह में बताये जा रहा था कि कैसे लोग गिरधर के घर के आगे भीड़ लगाये खड़े हैं, कैसे फल–फूल का चढ़ावा चढ़ाया जा रहा है। शंकर की आवाज़ में जो उत्साह था वह ज़ाहिर कर रहा था कि उसका विश्वास भी उन लोगों के ही साथ है। शंकर बहुत देर तक भगवान के अवतरित होने की सम्भावना पर बोलता रहा। हम और प्रकाशजी मात्र श्रोता बने उसकी बात सुनते रहे। प्रकाशजी ने तो एक बार प्रयत्न भी किया कि डॉक्टर के नज़रिये से ये समझायें कि ऐसे बच्चे कैसे पैदा हो जाते हैं। पर शंकर का उत्साह देखकर उनको अपना समझाना बेकार और बेवजह लगने लगा, इसलिए थोड़ा बोल कर वे चुप हो गये। पर मैं पूरे क़िस्से को ऐसे सुनता रहा जैसे बचपन में बच्चे नानी–दादी के क़िस्से सुनते हैं और सुनते–सुनते नींद की गोद में चले जाते हैं।

इस घटना के दूसरे दिन मैं सीधे मुखिया जी के घर गया था। सांकल खटखटाने पर बहू ने दरवाज़ा खोला, और थोड़ा पीछे हट कर खड़ी हो गयी। रास्ता मेरा देखा हुआ था मैं सीधे माँजी के कमरे में चला गया। आज कमरा कुछ ज़्यादा ही साफ़–सुथरा था। बिस्तर पर भी सफ़ेद धुली चादर बिछी हुई थी, मरीज़ के भी कपड़े ताजे बदले हुए थे। पूरे माहौल को जैसे किसी के आने का इन्तज़ार था। माँजी का चेहरा भी अब पहले जैसा पथरीला नहीं था जैसा मैंने पहले दिन देखा था। उनके चेहरे पर कहीं–कहीं जागरूकता के रेशे नज़र आने लगे थे। मैं सोच कर ही गया था कि पहले तलवे सहलाऊँगा फिर तीन आँख वाले बच्चे का क़िस्सा सुना उनकी प्रतिक्रिया भाँपने की कोशिश करूँगा और यही मैंने किया भी। पैर सहलाते हुए मुझे उनका चेहरा ज़्यादा संवेदनशील लगा। मैंने जब तीन आँख वाले बच्चे की कहानी शुरू की तो मुझे उनकी आँखों में थोड़ी उत्सुकता भी नज़र आयी मैं क़िस्सा कहता गया। "माँजी आप गिरिधर को जानती हैं न? उसके घर एक ऐसा बच्चा पैदा हुआ है जिसको तीन आँख हैं, शंकर भगवान की तरह उसके माथे पर भी आँख है। लोग कह रहे हैं कि शंकर भगवान ने जन्म लिया है। उसके घर के आगे बड़ी भीड़

है। लोग बेलपत्र और धतूरा का चढ़ावा चढ़ा रहे हैं।'' माँजी का खुला हुआ मुँह पहले बन्द हुआ, फिर उन्होंने मेरी तरफ़ करवट ली, वे बोलीं तो कुछ नहीं, पर उनकी आँखों में उत्सुकता साफ़ नज़र आ रही थी। मैं भी तरह–तरह की कहानियाँ गढ़ता लगातार बोलता रहा। वे कभी मुझे ग़ौर से देखती, कभी आँखें बन्द कर लेतीं, कभी उनका मुँह खुल जाता कभी सोचती–सी लगतीं। मैं एक घण्टे तक उनके पास बैठा रहा, फिर मुझे लगा कि वे सो रही हैं, तो मैं धीरे से उठ कर चल दिया।

उस दिन मुझे एक बच्चे के घर भी जाना था, जिसके पैर में निकले फोड़े को कल ही प्रकाशजी ने चीरा लगाया था। उसके पट्टी बदलने का काम मेरा था। अक़्सर ऐसा होता था कि फोड़े–फुन्सियों में चीरा वे लगाते थे और उनकी मरहम–पट्टी मैं करता था या बीमार मरीज़ों के घर का चक्कर काटते हुए, यह देखते हुए मन्दिर लौटता था कि किस मरीज़ का क्या हाल है। तीन–चार गाँवों के बीच प्रकाशजी अकेले डॉक्टर थे, चूँकि वे ज़्यादा व्यस्त रहते थे, इसलिए उनके सहायक का काम मुझे ही करना पड़ता था।

मुखिया के घर से निकला तो धूप खिली हुई थी। मुखिया के घर और बच्चे के घर के बीच 10 पेड़ों का एक छोटा–सा बगीचा था, जब मैं उस बगीचे से गुज़र रहा था तो वहाँ परछाइयों का खेल चल रहा था। बगीचे से गुज़रते हुए मैं उन परछाइयों के खेल में थोड़ी देर के लिए उलझ भी गया था। परछाइयाँ जो धूप और पत्तियों के आँखमिचौनी खेलने से ज़मीन पर तरह–तरह की शक्लें अख़्तियार कर ले रहीं थी, मेरी कल्पना भी इन्हें तरह–तरह की चीज़ों का नाम देकर ख़ुश हो रही थी। बड़ी देर तक मैं इस आँखमिचौनी से खेलता रहा, यहाँ तक कि मैं उसी मे उलझा–उलझा बच्चे के घर तक पहुँच गया। बच्चा मुझे देखकर सहम गया। जैसे बच्चे और जानवर डॉक्टर को देख सहम जाया करते हैं। उसके डर की उपेक्षा करता हुआ मैं पट्टी बदलने लगा, बच्चा रोता रहा, उसकी माँ उसके बालों को सहलाती रही। फोड़े की स्थिति अच्छी थी, पर बगल में एक नया फोड़ा निकल रहा था। बच्चे की परेशानी देख मेरा मन भी थोड़ा दुखी हो गया। पट्टी बदलने के बाद लड़के की माँ हाथ धोने के लिए साबुन और पानी ले आयी, मैं अभी हाथ धो ही रहा था कि लड़के की माँ ने एक

विचित्र प्रश्न पूछ लिया, "आप ठीक–ठीक बताइये डॉक्टर बाबू, आप ने तो वह बच्चा देखा होगा, वह शंकर भगवान है क्या?" इस अचानक पूछे प्रश्न का मैं अभी जवाब सोच ही रहा था, तब तक कहीं से उसका पति अचानक प्रकट हो गया, और आते ही बोलने लगा, "हाँ, हाँ बता दीजिए डॉक्टर साहब, यह शहर की है न, हम लोगों की किसी बात पर विश्वास ही नहीं करती है। इसको लगता है हम देहाती हैं, मूर्ख हैं, अब आप कहेंगे तो इसको विश्वास हो जायेगा। अरे कितने साल से भगवान नाराज़ थे। कभी पानी नहीं बरसता तो कभी सूखा पड़ जाता। अभी तीन साल पहले ही हैज़ा फैला था। आधा गाँव तो साफ़ हो गया था। अब जाकर भगवान ख़ुश हुए हैं, उन्होंने हमारे गाँव में जन्म लिया है। आप ही समझा दीजिए डॉक्टर साहब, नहीं तो यह औरत पूछ–पूछ कर भगवान को नाराज़ कर देगी, मूर्ख लोग जल्दी समझते भी तो नहीं",

मैं कभी बंशी तो कभी उसकी पत्नी का चेहरा देख रहा था। मैं नहीं समझ पा रहा था कि क्या जबाब दूँ। बड़ी मुश्किल से मैं इतना ही कहने में सफल हुआ कि "मैंने देखा नहीं है, जब देख लूँगा तो जवाब दूँगा।"

"तो चलिए न डॉक्टर साहब अभी भीड़ भी कम है," यह बंशी का सुझाव था।

मैं बंशी और उसकी पत्नी के साथ चल पड़ा। गाँव छोटा ही था हमें पहुँचने में देर नहीं लगी। दूर से ही भीड़ देखकर मकान का अन्दाज़ा तो हो ही गया था, पर पास आने पर फूल और तुलसी के ढेर ने मेरे अनुमान को सुनिश्चित कर दिया। भीड़ ने मुझे देखते ही रास्ता दे दिया। मैं अन्दर गया तो एक पुराने सजे हुए पालने में वह बच्चा लेटा हुआ मिला। दुबला–पतला वह बच्चा कमरे की भीड़ के बीच बहुत बीमार लग रहा था। वह आँखें बन्द किये हुए था और तीसरी आँख जिसके कारण वह भगवान शंकर समझा जा रहा था वह बस एक आभास मात्र था। लोगों की भीड़ से भरे उस कमरे में बच्चा बहुत असहाय–सा लग रहा था। उसकी साँसें भी कमज़ोर–सी चल रही थीं, पर उस पर ध्यान देने वाला कोई नहीं था, मैं थोड़ी देर दुविधा की स्थिति में खड़ा रहा। मेरी समझ में यह नहीं आ रहा था मैं लोगों को कमरे से बाहर जाने के लिए कैसे समझाऊँ, प्रफुल्लित खड़े माँ–बाप को बच्चे की हालत से कैसे अवगत कराऊँ या

फिर सब कुछ ईश्वर पर छोड़ कर कमरे से बाहर चला जाऊँ। अन्त में मैंने समझाने का फ़ैसला किया। मैंने लोगों को कमरे में ऑक्सीजन कम होने की बात कहकर समझाया। जब कमरा खाली हुआ तो मैंने बच्चे के माँ–बाप को बच्चे की बिगड़ती स्थिति से अवगत कराया। प्रकाशजी को भेजने की बात कह मैं तेज़ी से निकल पड़ा। जाते–जाते बंशी ने अपना सवाल दोहराया, "यह भगवान हैं न?"

"नहीं, यह आदमी का बच्चा है, इसकी हालत बहुत ख़राब है, मुझे जल्दी जाने दो।" ,

प्रकाश जी मुझे मन्दिर में मिले, मैंने उन्हें सारी बात समझायी। वहाँ ऑक्सीजन सिलिण्डर तो सम्भव था नहीं, पर जो भी सम्भव था उसे लेकर हम तेज़ी से गाँव की ओर चले, पर दो घण्टे बाद ही लौट आये क्योंकि हमारे पहुँचने से पहले सब कुछ समाप्त हो गया था।

इस घटना को घटे कुछ ही रोज़ हुए थे क्योंकि अभी मैं सारी बातों को ठीक से समझ भी नहीं पाया था। तीन आँख वाले बच्चे को भगवान मानने की इस मानसिकता को समझने की कोशिश ही कर रहा था यानी मैं मानसिक तौर पर अपने को बहुत उलझा हुआ महसूस कर रहा था और अपने को सुलझाने की कोशिश में लगा था। दूसरी ओर प्रकाशजी इन दिनों कुछ उखड़े–उखड़े से लगने लगे थे। गाँव में घटी किसी घटना के बारे में पूछते और मैं बताने लगता तो पता नहीं क्यों उनके चेहरे पर अविश्वास की छाया मँडराने लगती थी। गाँव के लोगों के व्यवहार में भी कुछ विचित्रता आने लगी थी। वे मेरे कामों को कुछ ऐसी दृष्टि से देखते थे जैसे मुझमें कोई दिव्य शक्ति आ गयी हो और मेरे छू लेने मात्र से या देख लेने मात्र से सब कुछ ठीक हो जायेगा। जब भी मैं अकेले बैठता तो सोचता इस बदलाव के पीछे क्या कारण हो सकते हैं,। प्रकाशजी की समस्या को मैं कुछ–कुछ समझने लगा था। प्रकाशजी गाँव में हुई किसी घटना का ज़िक्र सुन कर आते और मेरी भूमिका को लेकर गाँव वालों द्वारा जो बातें कही जातीं, वे बातें कहीं उन्हें उलझा देती। अपनी उस उलझन को सुलझाने के गरज से जब वे मुझसे बातें करते तो वे और उलझ जाते हैं। उन्हें लगता कहीं मैं कुछ छिपा रहा हूँ। मेरे देवत्व के क़िस्से को न वे स्वीकार कर पा रहे थे न खुलेआम इनकार कर पा रहे

थे, इसलिए प्रकाशजी की खीज तो कुछ–कुछ समझ में आती थी, पर गाँववालों की उपासना के इस भाव को मैंने समझने की बहुतेरी कोशिश की, पर कभी समझ नहीं पाया।

उस दिन भी यही सोचता हुआ मैं मन्दिर की तरफ़ लौट रहा था। शाम होने को थी, तभी मेरी नज़र एक भेड़ के बच्चे पर पड़ी। सुनसान रास्ते में वह बच्चा अकेला खड़ा था, शायद वह अपने झुण्ड से बिछुड़ गया था या उसकी माँ किसी हादसे की शिकार हो गयी थी। शाम तेज़ी से ढल रही थी, बगल के जंगल का ख़्याल कर मैं उसे उठा कर मन्दिर में ले आया। मेरा अनुमान था कि दिन के उजाले में मैं उस झुण्ड को खोज, उन्हें यह बच्चा सौंप दूँगा, पर ऐसा हो नहीं पाया। मैं बच्चे की मासूम नज़रों में इस तरह खोया कि सुध ही नहीं रही। उसकी आँखों में ऐसा मासूम सम्मोहन था कि मैं सम्मोहित होकर रह जाता था। यह सम्मोहन का सिलसिला कितने दिनों तक चला यह तो याद नहीं, पर यह याद है कि रोज़ मैं अपने को तसल्ली देता कि कल ज़रूर ढूँढ़ लूँगा, पर वह कल कभी आता नहीं दिख रहा था। भेड़ का बच्चा भी धीरे–धीरे अपनी माँ को भूल मुझसे ही जुड़ा महसूस करने लगा था।

उस दिन भी गाँव में कुछ विशेष काम नहीं था। मैंने पहले से ही सुन रखा था कि रमा ससुराल से आयी है, उसकी गोद में एक बच्ची भी है। शायद इसीलिए मेरे पाँव अपने आप उसके घर की ओर मुड़ गये। अब तो जया की माँ का घर ही उसका मायका था, इसलिए मैंने जया की माँ के घर का रास्ता पकड़ा। पर मेरी उम्मीद से उलट रमा अपने घर के सामने रोती हुई मिली। मुझे देखते ही और ज़ोर–ज़ोर से रोने लगी।

''देखिए न डॉक्टर चाचा, चाची को क्या हो गया है अभी–अभी तो ठीक थीं। ''रमा फूट–फूट कर रोने लगी। मैं जब कमरे में गया तो जया की माँ सीने पर हाथ रखे छटपटा रही थीं। मेरे देखते–देखते वे शान्त होने लगी थीं, उनका झुर्रीदार चेहरा सपाट होने लगा था। मैं लपक कर उनके पास गया और एक ओर मैं अपने मुँह से उन्हें साँस देने लगा दूसरी ओर उनके सीने को ज़ोर–ज़ोर से सहलाने लगा। इस पूरी प्रक्रिया में 20 मिनट लगे होंगे या उससे कुछ ज़्यादा ही, क्योंकि जब जया की माँ की साँस नियमित चलने लगी और मैं बैठने के लिए घूमा तो मैंने देखा कमरा

लोगों से पूरा भरा हुआ है। जया की माँ को वैसी ही शान्त अवस्था में छोड़ मैं बाहर आ गया, क्योंकि अगर मैं बाहर नहीं आता तो सभी लोग उन्हें घेरे खड़े रहते, और उस समय जया की माँ को ऑक्सीजन की सख़्त ज़रूरत थी। वहाँ से निकल कर मैं सीधे मन्दिर चला आया।

मैं जब मन्दिर पहुँचा तो शाम हो चुकी थी। मन्दिर के प्रांगण में शंकर घबराया हुआ मिला, ''मिम्मो पता नहीं कहाँ चली गयी, मैं पिछले दो घण्टे से ढूँढ़ रहा हूँ।'' मिम्मो यानी भेड़ का बच्चा, उसको यह नाम मैंने ही दिया था। मेरी नानी मेरी माँ को इसी नाम से पुकारती थीं। मैंने पहले ही दिन मिम्मो की आँखों में अपनी माँ की छवि देखी थी, उसी तरह की निरीह कातर आँखें। ऐसा लगता था जैसे अभी उसमें से कुछ टपक पड़ेगा। यह ख़बर सुन पहले तो मैं जड़वत खड़ा हो गया, पर शंकर के घबराये अपराधबोध से ग्रसित चेहरे पर जैसे ही मेरी नज़र पड़ी; मैंने अपने को सँभाल लिया। ''चिन्ता मत करो शंकर यही मेरे भाग्य में लिखा था तुम क्या कर सकते थे, फिर किसी के छोड़ कर चले जाने का भी एक समय होता है। हो सकता है मिम्मो का भी समय आ गया हो। यह कह कर मैं मन्दिर के बरामदे में चला गया।

उदासी से उपर उठने की कोशिश में, मन्दिर की सीढ़ियों पर बैठा आसमान निहारते हुए मैं प्रकाशजी का इन्तज़ार करता रहा। मैं अब चाहता था कि प्रकाशजी जल्दी आयें, आरती हो और मैं कमरे में जाकर सो जाऊँ। प्रकाशजी थोड़ा लेट आये। आते ही नहा–धोकर आरती करने लगे, मैं भी घण्टियाँ बजाता स्वरलहरियों में अपने को उलझाने की कोशिश करने लगा। आरती होने के बाद जब हम कमरे में गये तो प्रकाशजी मेरी ओर मुख़ातिब होकर बोले, ''सुना गोपाल तुमने जया की माँ को कुछ मन्त्र पढ़ कर जिला दिया।'' वह तो मर ही चुकी थीं।'' शंकर खाना लगा रहा था, वह वहीं से चहक कर बोला, ''हाँ हमने भी सुना है।'' प्रकाशजी के बोलने का स्वर मुझे अच्छा नहीं लगा फिर भी मैंने हँस कर कहा, ''आपका ही तो सिखाया हुआ मन्त्र है, मैंने एक बार आपको किसी दिल के दौरे के मरीज़ को इस तरह करते देखा था, मैंने भी वही किया।''

''पर मैं कहाँ बचा पाया था,'' प्रकाशजी के शब्दों में अविश्वास जैसा कुछ था।

"जया की माँ को बचना था इसलिए बच गयीं," मैंने बात को यहीं ख़त्म कर दिया।

खाना खाने के बाद शंकर ने लालटेन को एक कोने में रख दिया। सभी सोने की कोशिश करने लगे या हो सकता है सो भी गये हों। मैं भी शायद सो ही गया था, शायद नहीं निश्चित ही मैं सो गया था। अचानक मुझे लगा कि मिम्मो मुझे जगा रही है। मैंने सपने में ही करवट बदली और बोला, "मैं जागा हुआ हूँ बोल क्या बोल रही है।"

"मेरी तरह अब तुम्हें भी चले जाना चाहिए," मिम्मो आदमी की आवाज़ में बोल रही थी।

"कहाँ?" मैंने मज़ाकिया लहजे से पूछा।

"यह तो मुझे पता नहीं,"वह बहुत उदास होकर बोली। मैं हड़बड़ा कर उठ बैठा, लालटेन की धीमी रोशनी में मैं चारों ओर देखने लगा। यह समझने में भी मुझे थोड़ा समय लगा कि मैं सपना देख रहा था। पूर्ण चेतना आने पर मैं अपने सपने के विश्लेषण में उलझ गया। सपने में मिम्मो आयी, यह बात तो समझ में आती थी क्योंकि मिम्मो से बिछुड़ने का दर्द ताज़ा था, पर मेरे जाने की बात? यह ईश्वरीय संकेत है या फिर मेरे अन्दर की आवाज़? मैं सोचता रहा पर बात कुछ समझ में नहीं आयी, मैं उलझ कर रह गया। उसके बाद मैंने लाख कोशिश की पर न बात समझ में आयी न मैं सो सका। रात भर मैं छटपटाता रहा और उसी छटपटाहट के बीच मेरे अन्दर निर्णय लेने की प्रक्रिया भी चलती रही। सुबह होने तक न केवल मैं इस निश्चय तक पहुँच चुका था कि मुझे चले जाना चाहिए बल्कि कहाँ जाना चाहिए यह भी मैं निश्चित् कर चुका था।

गौरीकुण्ड से खुलने वाली बस बहुत सवेरे खुल जाती थी, क्योंकि उसे सूर्यास्त के पहले एक लम्बा सफ़र जो तय करना होता था। पहले उतार फिर चढ़ाव। इस घटना के दूसरे रोज़ मैं भी यमुनोत्री जाने वाली बस पर जाकर बैठ गया। ड्राइवर ने कुछ आश्चर्य से मेरी ओर देखा, जैसे पूछना चाहता हो। छोटे डॉक्टर आप कहाँ जा रहे हैं, पर भगवान का शुक्र उसने पूछा नहीं। अगर उसने पूछा होता तो मैं शायद उसे यह नहीं समझा पाता कि नियति का चक्र जहाँ व्यक्ति के लिए जगह तय करता है, वहाँ समय भी तय कर देता है और शायद जीवन

का नया परिच्छेद निर्धारित करने में भी उसी की महत्त्वपूर्ण भूमिका रहती है, ख़ैर इसकी तो नौबत ही नहीं आयी।

उतार–चढ़ाव झेलते–झेलते मैं काफ़ी थक गया था, शायद इसीलिए मैं बस से उतरते हुए गिर गया। मुझे गिरते देख ड्राइवर दौड़ा आया और मेरा हाथ पकड़ वहाँ की धर्मशाला में ले गया। चूँकि उसकी बस का यह रात्रि पड़ाव था इसलिए उसे जल्दी नहीं थी। "छोटे डॉक्टर बाबू यहाँ भी एक डॉक्टर बाबू हैं, आप यहीं बैठिए। मैं उन्हें बुलाकर लाता हूँ।" मैंने उसको रोकने की बहुत कोशिश की, पर वह चला ही गया। थोड़ी देर में वह डॉक्टर को लेकर आ भी गया।

"आपको क्या तकलीफ़ है?" डॉक्टर की आवाज़ बड़ी मीठी–सी थी।

"कुछ ख़ास नहीं, ड्राइवर ने आपको ख़ामख़्वाह तकलीफ़ दी।"

"फिर भी"

"बस से उतरते समय ज़रा–सा जी मिचलाया, थोड़ा चक्कर आया तो पाँव लड़खड़ा गये।"

"कुछ ख़ास नहीं है, बहुत लोगों को पहाड़ों की चढ़ाई के कारण हो जाता है, लक्ष्मण तुम जा सकते हो, मैं दवा दे देता हूँ ये जल्दी ठीक हो जायेंगे," फिर मेरी ओर मुख़ातिब होकर बोले, "आपको मेरे घर चलने में कोई एतराज़ तो नहीं होगा?"

"नहीं" मैंने अपना सिर हिला दिया। उनका घर धर्मशाला के बहुत पास नहीं तो ज़्यादा दूर भी नहीं था। बहुत सुन्दर छोटा–सा मकान था। वैसे तो उसकी बनावट पुराने मकानों जैसी ही थी, पर शायद सामयिक रंगाई–पुताई के कारण दूर से वह बहुत सुन्दर लग रहा था। नज़दीक जाने पर वह और भी सुन्दर लगा। मकान में आगे एक छोटा–सा बगीचा था फिर एक बरामदा और बरामदे के पीछे दो कमरे। एक कमरा शायद उनके सोने के काम आता होगा, क्योंकि उसमें एक बिस्तर बिछा हुआ था और एक चौकी थी। दूसरा उनके मरीज़ देखने के काम आता होगा, क्योंकि दूसरे कमरे में दवा की काफ़ी शीशियाँ थीं कुछ पत्रिका जैसी चीज़ भी थी। मुझे अपने सोने वाले कमरे में आग के पास बिठा कर वह दवा लेने चले गये, और जल्दी एक केतली, गिलास और दवा लेकर लौटे। उन्होंने केतली आग पर रख दी। जब पानी थोड़ा गुनगुना हो गया तो गिलास में डाल कर देते हुए दवा खाने का इशारा किया।

''आपको मेरे यहाँ खाना खाने में कोई एतराज़ तो नहीं होगा,'' मेरे दवा पीते ही उनकी ओर से प्रस्ताव आया था।

''एतराज़ कैसा, पर आप कष्ट मत कीजिए, मेरा पेट भरा हुआ है।''

''आप आ कहाँ से रहे हैं?''

''मैं गौरीकुण्ड से आ रहा हूँ।''

''आप पहाड़ी तो नहीं लगते। समझ गया, वहाँ से यहाँ आने में रास्ते में कोई पेट भरने लायक चीज़ तो मिलती नहीं, आपको मेरे साथ खाना ही होगा''। वही दाल–रोटी–सब्ज़ी जो उनकी दाई बना कर चली गयी थी, उसी में आधा–आधा करके हमने खाना खाया। मुझे अनायास ही प्रकाशजी याद आये और उनकी याद के साथ याद आया वह पहला दिन जब इसी तरह प्रकाशजी ने अपने खाने को दो हिस्सों में बाँटा था और मैंने बिना किसी प्रतिवाद के वह खाना खा लिया था। आज फिर उसी घटना की पुनरावृत्ति हुई है, ख़ैर यहाँ उस कमरे में एक बिस्तर लगी चौकी भी थी, जो शायद मेहमानों के लिए लगी थी। मुझे लगा अब अधिक औपचारिकता की गुंजाइश नहीं। मैंने डॉक्टर साहब को धन्यवाद दिया और सोने चला गया। सोते–सोते ख़्याल आया कि मुझे ईश्वर को भी धन्यवाद देना चाहिए, जिसने इतना घुमा–फिरा कर मेरी सुविधाओं को जुटाया। मैंने सोते–सोते ईश्वर को भी धन्यवाद दिया और सो गया।

मैं हफ्ते भर डॉक्टर साहब के यहाँ रहा। सुबह यमुनोत्री के ठण्डे जल में स्नान, तप्तकुण्ड का पकाया चावल और आलू के भूरते का खाना, फिर आसपास के जंगलों में घूमना, यही मेरी दिनचर्या बन गयी थी, डॉक्टर इस बीच यमुनोत्री आये तीर्थयात्रियों की खोज–ख़बर लेते और दवाएँ बाँटते। दोपहर के बाद पास के ही गाँवों में मरीज़ देखने चले जाते थे। डॉक्टर यहाँ आये तो अपने कारणों से थे, पर यहाँ के यमुनोत्री ट्रस्ट ने उन्हें अपने यहाँ रख लिया था। यहाँ आये यात्रियों में हर वर्ष एक–दो यात्री या तो दस्त होते–होते मर जाते थे या ऑक्सीजन की कमी से बेहोश हो जाते थे। मन्दिर ट्रस्ट ने अपने ही भविष्य का ख़्याल करके डॉक्टर से अनुरोध किया था कि वे उनके डॉक्टर बन जायें। डॉक्टर जिनका आना रायबरेली से हुआ था, ख़ुद ही यमुनोत्री में रुकने की बात कह चुके थे। संयोग ने दोनों की आवश्यकताओं को मिला दिया था और डॉक्टर यानी डॉक्टर नीलकमल वहीं रहने लगे थे।

मेरे आने के चौथे ही दिन, नीलकमल जी ने अपनी कहानी सुनाई थी। शायद लम्बे समय से घर से दूर रहने पर, यह बेचैनी स्वाभाविक हो जाती होगी कि किसी को अपना हमराज़ बनाया जाये वरना मुझे आये तो बस चार रोज़ हुए थे। शायद अजनबी के आगे ख़ुद को खोलने में कोई हिचक भी नहीं होती वरना यात्राओं के बीच अन्तर्यात्राएँ इतनी स्वाभाविक नहीं होतीं। ख़ैर इसके पीछे उनकी जो भी मानसिकता हो, पर उनकी व्यथा सुन मैं हिल गया था।

उनकी कहानी उन्हीं के शब्दों में, ''मैंने अपनी एम.बी.बी.एस. की डिग्री लखनऊ से ली और वहीं एक डॉक्टर के साथ उसके क्लीनिक में काम करने लगा। माँ–बाप का मैं इकलौता लड़का था तो उन्होंने बड़ी धूमधाम से मेरी शादी की थी, पत्नी भी पढ़ी–लिखी, सुन्दर और सुशील मिली थी। मैं उसे बेइन्तहाँ प्यार करता था, गड़बड़ी एक ही थी कि माँ उसे लखनऊ नहीं आने देना चाहती थीं, मैं हर हफ़्ते बरेली जाता।

शायद मेरी माँ की किरण को रोकने के पीछे मंशा भी यही थी। उनको शायद डर था कि किरण चली जायेगी तो मैं जल्दी–जल्दी घर नहीं आऊँगा। जो भी सत्य हो पर ज़िन्दगी अच्छी तरह से गुज़र रही थी। ज़िन्दगी का यह सुखद सिलसिला तीन वर्षों तक चलता रहा। मेरी तो ज़िन्दगी से कोई शिकायत नहीं थी, पर माँ के अन्दर पोते की ख़्वाहिश अंकुरने लगी थी। वे कभी–कभी अपनी ख़्वाहिश किरण के पास ज़ाहिर भी करने लगी थीं। यह सिलसिला चल ही रहा था कि अचानक सब कुछ उलट–पलट गया, एक ट्रेन हादसे में माँ–बाप मारे गये। माँ–बाप की मृत्यु की उदासी अभी वैसे ही मुझे घेरे हुए थी, तभी किरण को साँप ने काट लिया। जिस समय यह हादसा हुआ उस समय किरण घर समेट लखनऊ जाने की तैयारी कर रही थी। इन दोनों हादसों का असर ऐसा हुआ कि मैं बुरी तरह टूट गया। मैं इतना बिखर गया था कि मैं अपने को समेट ही नहीं पा रहा था, तभी एक दिन पौराणिक कथा पढ़ते–पढ़ते ख़्याल आया कि हमारे ऋषि–मुनि शान्ति की तलाश में हिमालय पर जाते थे। यह विचार आते ही मैं शान्ति की तलाश में पर्वतों के शिखर छानने लगा। नश्वरता जैसे मेरे जीवन का एकमात्र सत्य बन गयी थी। घूमता–घूमता जब मैं यमुनोत्री पहुँचा तो मुझे यहाँ बहुत अच्छा लगा, न

जाने क्यों मुझे एहसास होने लगा कि इसी जगह को नियति ने मेरे लिए चुना है, और मैं भला अपनी नियति को कैसे नकार सकता था इसलिए यहीं रह गया।'' डॉक्टर अपनी कहानी कहते–कहते अतीत में कहीं खो से गये। मैं बड़ी देर तक उनके फिर से बोलने का इन्तज़ार करता रहा, पर जब बड़ी देर तक वे कुछ नहीं बोले तो मैंने सोने का निश्चय किया, और इसके अलावा मैं कर भी क्या सकता था। मैं उदासी की चादर ओढ़ वैसे ही जाकर सो गया ।

भविष्य की रहस्यमयता मुझे हमेशा लुभाती थी, जीवन को समझने की ललक मुझे हमेशा आगे बढ़ने को प्रेरित करती थी; जैसे कोई सुगन्ध का पीछा करते–करते उस फूल तक पहुँचना चाहे जहाँ से ख़ुशबू आ रही है। शायद वैसे ही मैं ईश्वर को खोजना चाहता था, इतनी जगहों पर भटकते–भटकते इतना तो मैं जान ही गया था कि आराम और सुख–सुविधा सम्पन्न जीवन जीते हुए सुगन्ध की मेरी वह तलाश व्यर्थ है। आध्यात्मिकता के सफ़र में ऐसे उद्देश्यहीन, लक्ष्यहीन भटकनों का कोई स्थान नहीं है, कोई गुरु या कोई पुस्तक मुझे मेरे लक्ष्य तक पहुँचा नहीं सकती। अपने लक्ष्य तक पहुँचने की ज़िम्मेदारी मुझे ही लेनी होगी। अगर हम बाह्य अनुष्ठानों में अटक कर रह जायेंगे तो हम अपने आन्तरिक अनुष्ठानों तक कभी नहीं पहुँच सकते।

सात दिन आतिथ्य सुख भोगने के बाद मैं चुपचाप यमुनोत्री के जंगलों की ओर निकल पड़ा। जंगलों में घूमने के दरम्यान, मैंने एक जगह पहले से देख रखी थी, जहाँ एक पतला–सा झरना बहता था। उसी पहाड़ पर कुछ ऊँचा चढ़ने पर एक गुफा–सी थी। गुफा न बहुत छोटी थी न बहुत बड़ी। उसमें आराम से सूखे पत्तों का बिस्तर लगाने के बाद भी, गुफा में इतनी जगह बचती थी कि खाना बनाने के लिए आग जलाई जा सके। वहाँ मैं आराम से जंगल से लकड़ी लाकर खाना बना सकता था, पर वहाँ फलों के भी बहुत से पेड़ थे, इसलिए खाना बनाने की परेशानी बेकार थी। पर ठण्ड और जानवरों से बचने के लिए रात को आग जलाना तो ज़रूरी था।

मैंने कहीं पढ़ा था किसी के घर में घुसने से पहले उससे इजाज़त माँगना केवल औपचारिकता ही नहीं एक उपयोगी परम्परा भी है। जंगल

में घुसने से पहले जब मैंने जंगल से इजाज़त माँगी तो सारा परिदृश्य ही बदल गया। अब जंगल मेरे लिए पेड़ों का समूह मात्र नहीं था, वह एक जीता–जागता समाज था, जहाँ विभिन्नताएँ थीं, समानताएँ थीं और साथ ही साथ संवेदनाएँ भी थीं ।

मैंने पहले ही दिन गुफा में पत्तों का बिस्तर तैयार कर लिया और गुफा के मुँह पर जलाने के लिए थोड़ी लकड़ी भी इकट्ठी कर ली, फिर रात होते ही मैं लकड़ी जला कर सो गया। थकान के कारण मुझे बड़ी अच्छी नींद आयी। मुझे अच्छी तरह याद है कि मेरा पहला दिन कितनी विविधता लिए हुए था। जहाँ एक ओर उस नग्न प्रकृति के बीच बैठना इतना सुखकर था कि मेरी आँखें छलक–छलक पड़ती थीं वहीं दूसरी ओर इन्सानों से दूर अपने वातावरण, अपनी सुविधाओं से दूर, नितान्त अकेलापन मेरे अन्दर एक तरह के भय का सृजन कर रहा था। बार–बार एक ही विचार मन में आ रहा था कि इस जंगल में मुझे कुछ हो गया तो? मैं मृत्यु से भयभीत नहीं था, पर अकाल मृत्यु! ख़ैर सामान्य मृत्यु हो या अकाल मृत्यु फ़र्क़ ही क्या पड़ता है, मृत्यु तो मृत्यु है बस। मृत्यु के इस भय से मुक्त होने में मुझे कुछ दिन लग गये थे। शुरू के दिनों में मैं उठता तो नित्य क्रिया से निपटकर झरने पर जाकर स्नान करता। एक अंगोछा पहन सारे कपड़े धोकर सूखने डाल देता, फिर पास के पत्थर पर बैठ ध्यान लगाने की कोशिश करने लगता। पहाड़ों पर शाम बड़ी जल्दी उतर आती थी इसलिए शाम ढलने से पहले ही कुछ फल तोड़ता, चुनता फिर लकड़ी इकट्ठी करता हुआ गुफा में आ जाता। फल खाने के बाद आग जलाता, दिन भर की थकान में जब गर्माहट का इज़ाफ़ा होता, तो मैं गहरी नींद में सो जाता। सुबह पक्षियों के चहचहाने से ही मेरी नींद खुलती। जंगल में जानवरों से अक़्सर मुठभेड़ होती ही रहती। सियार तो अक़्सर ताक–झाँक करते नज़र आ जाता। बन्दर पेड़ों पर धमाचौकड़ी करते रहते, मुझ पर नज़र पड़ती, पल भर के लिए रुक कर मुझे ऐसे देखने लगते जैसे मुझ जैसा जानवर उन्होंने पहले कभी न देखा हो। एक बार एक बन्दरिया के क़रीब चला गया जो अपने बच्चे की जुएँ निकाल रही थी, वह मुझे देख ऐसे दाँत किटकिटाने लगी जैसे मुझे मार ही डालेगी। मैं समझ गया वह अपने बच्चे की सुरक्षा में इतनी आक्रामक हो रही थी। हम मानव भी तो केवल ख़तरे के अन्देशे से दूसरे पर आक्रमण कर देते हैं। मेरे साथ एक

बार ऐसा भी हुआ कि पौ फटने के पहले मेरी आँख खुल गयी तो मैंने एक शेर को आग के क़रीब से जाते हुए देखा, वह भी एक विचित्र अनुभव था। डर, उत्सुकता, जुगुप्सा का मिला–जुला भाव मुझ पर इतना हावी हो गया था कि शेर के जाने के बाद जब मैं सामान्य हुआ तो मुझे अनुभव हुआ कि मैं ज़ोरों से काँप रहा था। यह मेरे लिए नया अनुभव था इसके पहले मैं इस क़दर कभी नहीं डरा था जबकि गुफा साँप, नेवले, बिच्छुओं का तो घर ही था। उन्हें अपने घर आने से कौन रोक सकता था, पर वे आते तो अपने–अपने घरों में घुस जाते।

मुझे इस तरह की ज़िन्दगी जीते लगभग एक साल हो गया था। मुझे लगने लगा था कि मेरा काफ़ी समय अपनी दिनचर्या में ही निकल जाता है और मैं ध्यान से अधिक अपनी दिनचर्या में उलझा रहता हूँ। मैं अपनी इस नयी सोच में उलझा हुआ अपने अन्दर ही मन्थन करने लगा, पर सारे मन्थन के बाद भी मैं किसी निष्कर्ष पर नहीं पहुँच पाया।

उस दिन मैं बहुत ही उदास था, कोई काम करने की इच्छा नहीं हो रही थी। मैं झरने के पास एक पत्थर पर बैठा धूप का आनन्द लेने की कोशिश कर रहा था तभी एक गिलहरी आयी और फल को हाथों में ले दाँतों से कुतरने लगी। वह फल कुतर रही थी और मुझे देख भी रही थी। न जाने क्यों मुझे लगा कि वह मुझसे कुछ कहना चाहती है। शायद वह कहना चाहती है जैसे कि अगर फल कुतरते रहोगे तो मुझ सा ही बने रहोगे।

इस विचार ने मुझे झकझोर कर रख दिया। क्या मैं फल खाना भी छोड़ दूँ? फल खाता रहूँगा तो दिनचर्या मेरी मज़बूरी होगी, पर फल न खा कर केवल हवा पर, ये तो बड़े सिद्ध योगियों के लिए सम्भव है; मैं क्या मैं कर सकूँगा? इस सोच के प्रतिउत्तर में मेरे ही अन्दर से एक प्रश्न उछला–क्या मैंने सपने में भी सोचा था कि मैं केवल फल खाकर रहूँगा। गुफा में साँप बिच्छुओं के साथ जीवन–यापन करूँगा, नहीं न? पर यह तो सम्भव हो गया, मैं लगभग एक वर्ष से ऐसे ही जी रहा हूँ, तीनों मौसम आकर जा चुके हैं और मैं आज भी ज़िन्दा हूँ।

मैंने कभी किसी गुरु से नियमपूर्वक दीक्षा नहीं ली थी। शुरू से प्रकृति ही मेरी गुरु रही। मुझे कहीं से एक अनोखा विश्वास था कि मैं प्रकृति की भाषा समझता हूँ और प्रकृति मेरी, मेरा बचपन अमराई में गायों

को चराते हुए, पोखर में तैरते हुए गुज़रा था, गाय भैंसों से मैंने सीखा कि कुछ लिया जाता है तो कुछ दिया भी जाता है। अगर चारा और सुरक्षा ली जाती है तो बदले में दूध भी दिया जाता है। अमराई में खेलते हुए यह जाना कि वृक्ष ख़ुद–ब–ख़ुद भी फल बाँटते हैं और अपने पर चक्के मारने वाले की भी झोली फल से भर देते हैं। सहनशीलता और समदर्शिता की सीख मुझे वहीं से मिली। गर्मी के दिनों में पोखर में पानी कम हो जाने पर छटपटाती मछलियों को देख, पानी का महत्त्व समझ में आया। पानी तो पानी कीचड़ में लिपटी उन भैंसों का चेहरा मुझे अभी तक याद है; कितनी ख़ुशी होती थी उनके चेहरे पर। घर से भाग कर ऋषिकेश आने पर, उन गगन में फैली हिम चोटियों को देखकर सहसा यह समझ में आया था कि महत्त्वाकाक्षाएँ कितनी ऊँची हो सकती हैं, और अगर उनको पाने की लगन है तो बस चढ़ते ही जाना है चढ़ते ही जाना है। पुरी का समुद्र ज्वार–भाटा की परिणति समझा गया। मैं समझ गया कि ज़िन्दगी में ज्वार आयेगा तो भाटा को आना ही आना है। जीवन में पूर्णिमा का चाँद हमेशा नहीं रहता। पूर्णिमा के साथ अमावस्या का अस्तित्व गूँथा हुआ है, इसलिए गिलहरी की बात मेरे अन्दर तक उतर गयी और मैं इसकी तैयारी में जुट भी गया।

तीन–चार दिन तो शौच जाना पड़ा और इसलिए नहाना भी पड़ा, पर पाँचवें दिन से इस झंझट से भी छुट्टी मिल गयी। शुरू के पाँच दिन बड़े कष्ट से गुज़रे। मैं भूख से छटपटाता रहता था, ध्यान लगाना तो बड़ी बात मैं ईश्वर को याद भी नहीं कर पाता था। पाँचवें दिन से थोड़ी–थोड़ी राहत मिलने लगी थी। यह सिलसिला चल ही रहा था और ध्यान की अवधी धीरे–धीरे बढ़ ही रही थी कि वह घटना घटी। बीस दिन बीते होंगे या हो सकता है इससे कुछ अधिक क्योंकि उस समय मुझे समय का ज्ञान तो था नहीं, सम्भव है कुछ दिन अधिक हुए हों। उस समय मैं ध्यान में पूर्णतः केन्द्रित था, तभी मुझे लगा मेरे कपड़े पकड़ कर कोई मुझे खींच रहा है। थोड़ी देर तो मैंने इसे भ्रम का नाम दिया, पर जब फिर पुनरावृत्ति हुई तो मुझे लगा आँख खोलकर देख ही लेना चाहिए। ध्यान तो टूट ही चुका था इसलिए आँख खोलने में कोई नुकसान तो था नहीं। आँख खोलने पर मैंने देखा एक गाय मेरे पास खड़ी है, शायद वही मेरे कपड़े खाकर क्षुधा शान्त करना चाहती है, पर इतनी हरियाली रहते कपड़ा

क्यों? अभी यह प्रश्न मेरे ज़ेहन में आया ही था कि मैंने गाय की आँखों का अनुसरण करना शुरू किया। मैंने देखा थोड़ी दूर पर गाय का नया जन्मा बच्चा पड़ा है, गाय उसकी सहायता के लिए ही मुझे जगा रही थी। गायों के बीच मेरा बचपन गुज़रा था इसलिए मैं तुरन्त समझ गया कि मुझे क्या करना है। मैं दौड़ कर गया। बच्चे को उठा उसे उलटा लटका उसकी पीठ थपथपाने लगा। गाय बिना प्रतिवाद किये मुझे देखती रही जैसे वर्षों से मुझे जानती हो और यह भी जानती हो कि मैं उसके बच्चे को नुक़सान नहीं पहुँचा सकता।

धीरे–धीरे बच्चे का रंग बदलने लगा, पहले उसके मुँह से लाल–लाल कुछ गिरने लगा। शायद पैदा होते समय माँ का कुछ बेकार हिस्सा उसके साँस की नली में फँस गया था। उसकी पीठ थपथपाने से अब बच्चा इस क़ाबिल हो गया था कि वह साँस ले सके। साँस लेने के कुछ ही देर बाद वह रँभाया। उसके रँभाते ही मैंने सहारा देकर उसको उसके पैरों पर खड़ा कर दिया। उसको खड़ा होते देख उसकी माँ दौड़ कर उसके पास आयी और उसे चाटने लगी। अभी तक वह दूर खड़ी अपने बच्चे को निहार रही थी।

जब लड़खड़ाता बच्चा अपनी माँ का दूध पीने की कोशिश करने लगा, तो मैं अपनी उस चट्टान पर लौट आया जहाँ मैं ज्ञान की तलाश में बैठा था। उस दिन गाय के बच्चे की तीमारदारी करते दिन ढल गया था। पूर्णिमा का चाँद क्षितिज से ऊपर उठ चुका था। वह एक अद्भुत चाँदनी रात थी। मैं रात की इस रुपहली छटा को देख मुग्ध हो गया था, शायद वह मेरी ज़िन्दगी का अपनी तरह का पहला अनुभव था। पेड़ चाँदनी में नहाये हुए थे। पेड़ों के पत्तों ने जैसे चाँदनी ओढ़ ली थी। पेड़ों से चिपके लता–बेल ख़ुशबुओं से लबरेज अदभुत दिख रहे थे। ऐसा लग रहा था पूरी शाम ख़ुशबूओं की सौगात लेकर आयी है। मैंने गहरी साँस ली और स्वच्छ हवाओं के झोंकों को ऐसे पी गया जैसे कोई अमृत का घूँट पी रहा हो। झरने के पानी से टकराकर चाँदनी कुछ धुन्ध–सा बिखेर रही थी और धुन्ध चाँदी–सी चमक रही थी। ऐसा लग रहा था यह अद्भुत रात सीधे स्वर्ग से उतर कर धरती पर आयी हो। इस दृश्य ने मेरे अन्दर एक प्रश्न अंकुरित किया कि क्या इतनी सुन्दरता बेवजह है। यह चाँदनी, यह ख़ुशबुओं से बोझिल हवा, इन सबकी रचना क्या बेवजह की गयी है। नहीं, बिलकुल नहीं, ईश्वर की हर रचना का हर कण एक अर्थ लिए

रहता है, बस हम उसे अपनी मनःस्थिति के अनुसार स्वीकारते या नकारते हैं। आज की रात शायद मुझे ईश्वर के अस्तित्व का रूप समझाने आयी है, जैसे उस दिन गिलहरी मुझे समझाने में सफल हो गयी कि ध्यान ही वह सीढ़ी है जिस पर चढ़ते हुए मुझे ईश्वर की प्राप्ति होगी, वैसे ही या उससे ज़ोरदार ढंग से गाय यह समझा गयी कि सेवा ही जीवन है, उसके कारण ही मैं अपने अन्दर की उस अथाह शक्ति को पहचानने में सफल हुआ कि ''मैं किसी का जीवन लौटाने में भी सक्षम हूँ।'' मेरे अन्दर जैसे किसी ने ज़ोरों से हुंकार भरी, शक्ति के उस बाहुल्य से घबरा कर मैंने आँखें बन्द कर ली थीं। जब आँख खोली तो चाँदनी कुछ और रूपहली हो गयी थी। मैं विभोर होकर चाँदनी का रसास्वादन कर रहा था, तभी यह ख़्याल आया कि आज की रात मेरे लिए ज़रूर कुछ विशेष सौग़ात लेकर आयी है। अचानक मुझे लगा...आज की रात मुझे ईश्वर के अनुपम रूप की झलक दिखाने आयी है।

गाय वाली घटना के बाद जब मैं ध्यान लगाने की कोशिश कर रहा था, तो मुझे एहसास हुआ कि आज मैं बहुत ख़ुश हूँ। मुझे लग रहा था कि वर्षों बाद मुझे ऐसी ख़ुशी मिली है, तो क्या मेरा आनन्द प्रकृति के बीच छुपा है। मैं प्रकृति के बीच हमेशा से अपने को बहुत सहज महसूस करता आया था, वह चाहे जानवर हो, पेड़–पौधे हों, पर्वत या समुद्र मुझे इन्हीं के बीच आनन्द मिलता था। अभी मैं सोच ही रहा था कि अचानक मेरे ही अन्दर से किसी ने प्रश्न किया, 'क्या ध्यान समाधि सब बेकार है? इसके पहले मैं कुछ और सोचता मेरे ही अन्दर से इसका खण्डन भी आया।' "नहीं, ध्यान समाधि बेकार नहीं है, पर कुछ ही लोगों के लिए है, ईश्वर को अधिक लोगों की ज़रूरत तो सेवा के लिए है, ईश्वर के इतने बड़े साम्राज्य में अगर सेवक न हो तो, उनका साम्राज्य कैसे चलेगा, साम्राज्य चलाने के लिए तरह–तरह के काम करने वालों की ज़रूरत पड़ती है। मैंने एक जगह पढ़ा था कि ज़िन्दगी का भी एक अर्थ है। हमारे जन्म का भी एक अर्थ है, हमारे जन्म का अर्थ यह है कि हममें से प्रत्येक के द्वारा ईश्वर अपने कुछ गुण उजागर करता है, जैसे–प्रेम, दया, ज्ञान, ख़ुशी और पवित्रता। ये गुण जो ईश्वर से जुड़े गुण हैं। उनको अर्थ देने का माध्यम हम ही तो बनते हैं। ईश्वर हमारे दिमाग़ में ज्ञान बनकर, दिल में प्यार

बनकर, ज़िन्दगी के आवेगों में शक्ति बनकर और शरीर में सुन्दरता बनकर विराजता है। कुछ गुण किसी में, कुछ गुण किसी दूसरे में, यही गुण आगे जाकर हमारी नियति के पैमाने बनते हैं, जितनी जल्दी व्यक्ति अपनी नियति को पहचानने लगता है यानी जितनी जल्दी वह ख़ुद को समझ लेता है, नियति उतनी ही उसके सुन्दर जीवन जीने का सबब बनती है।"

उस दिन गुफा में पहुँचते–पहुँचते काफ़ी रात हो गयी थी। जंगली जानवरों की आवाज़ें आने लगी थीं। मैंने लकड़ी जलायी और आज की घटना पर सोचते–सोचते सो गया। दूसरे दिन मैं लौट जाने की मानसिकता लिए हुए ही जागा था। लग रहा था कि मैं रात भर नींद में यही सोचता रहा, जो भी हो जब सुबह उठा तो मेरे मन में कोई द्वन्द नहीं था। ऋषिकेश लौटने की मेरी इच्छा बड़ी स्पष्ट थी, पर एक दूसरी समस्या सामने आ गयी थी, क्या इन कपड़ों में जंगल से बाहर जाया जा सकता है? मुझे लोक लाज के अलावा पागल समझे जाने का ख़तरा भी महसूस हो रहा था। सोचते–सोचते मैंने शाम होने का इन्तज़ार करना ही श्रेयस्कर समझा। शाम का इन्तज़ार करते हुए मैं हर चीज़ को छू–छू कर विदा लेने लगा, वह मेरा पूरा दिन हर चीज़ को छूने, उसके अव्यक्त प्यार को महसूस करने, फिर उन्हें उनके प्यार के लिए धन्यवाद देने में बीता, इसलिए शाम होते जुदाई का गमगीन रेशा मेरी ख़ुशियों पर भारी भी पड़ने लगा था। शाम होते ही उदासी की सौगात लिए–दिये मैं चल पड़ा था। जब मैं डॉ. नीलकमल जी के घर पहुँचा, थोड़ी रात हो चली थी। पहले तो डॉक्टर मुझे देख कर बहुत डर गये, पर जब मैंने सारी बात बतायी और उनसे सहायता माँगी तो वे तुरन्त तैयार हो गये।

उस रात खाना खाकर हम दोनों लेट गये। डॉक्टर तो शायद सो गये, पर मुझे बड़ी देर से नींद आयी। नींद न आने का कारण था वह आरामदेह बिस्तर, ऐसे बिस्तर पर सोने की आदत छूट जो गयी थी। देर से सोने के कारण दूसरे दिन नींद भी ज़रा देर से खुली। जब मेरी नींद खुली उस समय तक डॉक्टर जा चुके थे, पर मेरा नाश्ता टेबल पर रखा हुआ था। मैंने देखा एक व्यक्ति सामने बरामदे में बैठा हुआ है। मैं उसे रोगी समझ उससे बात करने गया, पर वह तो नाई था, मेरे उठने का इन्तज़ार कर रहा था। मैंने पहले बाल कटवाये, फिर ख़ूब नहाया, नहा

कर डॉक्टर साहब का ही पैंट–कमीज़ पहनकर जब नाश्ता करने बैठा, तो मैं पुराना गोपाल लग रहा था। डॉक्टर शाम को मुझे देख बेतहाशा हँसने लगे। जब उनका हँसना कम हुआ तब उन्होंने बताया कि कल वे किस क़दर डर गये थे। गाँववालों से भूत की कहानी तो कितनी बार सुनी थीं, पर कल तो लगा कि साक्षात भूत आ ही गया है और आज...।

जिस समय मैंने जंगल से लौटने का निर्णय लिया था, तो वह तेज़ लहरों में छलाँग लगाने जैसा था। लहरें मुझे कहाँ ले जायेंगी, इसका ज़रा–सा भी अनुमान मैं नहीं लगा पाया था, पर सुबह जब मैं ऋषिकेश को जाने वाली बस में बैठा तो मेरे पास डॉक्टर के दिये पर्याप्त पैसे भी थे और कपड़े भी थे। उस समय मैं इतना सामान्य हो चुका था कि ड्राइवर मुझे देखते ही पहचान गया और पूछ बैठा, "आप इतने दिन कहाँ रहे डॉक्टर बाबू?"

"कहीं नहीं मैं यमुनोत्री के आसपास घूमता रहा", मेरे पास लक्ष्मण को बताने लायक कोई बात नहीं थी।

मेरे बगल में एक साधू बैठा था। वह अपने शिष्य से लगातार बातें किये जा रहा था। बस में अभी भी लोग ऊँघ रहे थे। गाड़ी की आवाज़ के अलावा सब ओर सन्नाटा था। कहीं दूर से कोई किरण जंगल के वृक्षों को चीरती हुई बस की छत को छू रही थी। मैं बड़े ध्यान से देख रहा था कि एक किरण कैसे अँधेरा भगाने में सक्षम हो जाती है। किरण की तरह आदमी क्या यह नहीं कर सकता?

अभी प्रश्न मेरे अन्दर उमड़–घुमड़ ही रहा था कि मैंने साधुजी को बोलते सुना, "सुनो मैं जो सुना रहा हूँ ध्यान से सुनना तुम इस चक्कर में मत पड़ना कि यह सच है या झूठ है, महाभारत में नेवले की एक कहानी है। एक गाँव में ग़रीब पति–पत्नी रहते थे, वे भिक्षा माँग कर अपना पेट भरते थे, एक बार गाँव में ऐसा अकाल पड़ा कि भिक्षा मिलने में भी कठिनाई होने लगी, ऐसे में पति–पत्नी खाना बचा–बचा कर रखते थे और जब उन्हें लगता था कि बिना खाये वे मर जायेंगे तभी खाते थे। ऐसे में ही एक बार उन्हें खाये तीन दिन हो गये थे। वे अपना अन्तिम भोजन खाने जा ही रहे थे कि एक अतिथि आ पहुँचा। उसने बताया कि वह चार दिनों से भूखा है और मरने जा रहा है। भिखारी दम्पत्ति ने अपना खाना उसे खिला दिया। अतिथि तो खाना खा कर चला गया, पर वे दोनों भूख

से मर गये। उनकी झोपड़ी के पास ही झाड़ी में एक नेवला रहता था। वह वहीं से गुज़र रहा था, ज़मीन पर गिरे रोटी के टुकड़ों को देख वह ख़ुशी से लोटने लगा। उसका लोटना ख़त्म हुआ तो उसने देखा उसका आधा शरीर सोने का हो गया है। वह बहुत ख़ुश हुआ, पर अब नेवले की समस्या यह थी कि वह अपना पूरा शरीर सोने का कैसे करे। सोचते–सोचते वह किसी बड़ी घटना का इन्तज़ार करने लगा। जब महाराज युधिष्ठिर ने यज्ञ किया, तो राजाओं के जाने के बाद जो जूठन महल के पीछे फेंका गया था, उस पर जाकर नेवला खूब लोटा, पर हाय रे भाग्य नेवला ज्यों का त्यों रह गया। बेचारा नेवला बहुत मायूस हुआ और मायूस होकर घर वापस आ गया। कहानी ख़त्म कर साधुजी ने शिष्य से प्रश्न किया, ''बात तुम्हारी समझ में आयी कि ऐसा क्यों हुआ'' फिर ख़ुद ही उत्तर दिया, ''समझो कोई घटना अपने आप में बड़ी या छोटी नहीं होती। घटना के पीछे का भाव ही उसे बड़ा या छोटा बनाता है।''

कहानी ख़त्म होते ही बस में सन्नाटा छा गया। शायद साधुजी भी अपने को उस कहानी के प्रभाव से बचा नहीं पाये थे। मैं तो उस छोटी–सी लोककथा के गूढ अर्थों में उलझ कर अपने को विश्लेषित करने लग गया था। अभी मैं उस कहानी के प्रभाव से उबर भी नहीं पाया था तभी बस में ड्राइवर की आवाज़ गूँजी–''देवप्रयाग किसी को उतरना है।'' ड्राइवर की आवाज़ ख़त्म ही हुई थी कि मैं उतरने के लिए तत्पर होकर खड़ा हो गया। लेकिन मुझे तो ऋषिकेश जाना है यहाँ क्यों? इस क्यों का जवाब ख़ुद को देता इसके पहले मैं बस के नीचे खड़ा था। वह साधु–शिष्य का जोड़ा भी मेरे साथ उतरा, साधु को देखकर अचानक अपने देवप्रयाग उतरने का अर्थ मेरी समझ में आया। कितने वर्षों पहले जब मैं मठ में गाय चराया करता था तो गुफा वाले साधु ने कहा था हम देवप्रयाग में मिलेंगे। आज मेरे बेवजह यहाँ उतरने का भी शायद यही कारण था। मैंने साधुजी की ओर मुख़ातिब होकर पूछा, ''आप यहीं के रहने वाले हैं''

''हाँ, हम दोनों यहीं के रहने वाले हैं।''

''आप यहाँ के किसी साधु को जानते हैं।''

''यहाँ तो कई कन्दराएँ हैं, उनमें कई साधु रहते हैं, आप किसके बारे में जानना चाहते हैं।''

''नाम तो नहीं जानता पर वे 80–85 के होंगे, वे लम्बे हैं और उनकी आँखें बड़ी–बड़ी हैं।''

''आप शायद स्वामी राधानन्द जी के बारे में पूछ रहे हैं क्यों रामानन्द?'' उन्होंने अपने शिष्य से घूम कर पूछा, उनके शिष्य ने भी सिर हिलाकर हामी भरी।

''चलिए मैं रास्ता दिखाता हूँ।''

साधु जी मुझे एक ऐसी जगह ले गये जहाँ पास के पहाड़ पर एक छोटी–सी गुफा थी। पहाड़ पर चढ़ कर मैं गुफा में पहुँचा। मैं गुफा में अभी थोड़ी ही दूर गया था कि मुझे वही चिर–परिचित आवाज़ सुनाई पड़ी,'' आइए योगीराज आइए, मैं आपका ही इन्तज़ार कर रहा था।''

इस बार चौंकने की बारी उस साधुजी की थी जो अभी तक मेरे पथ–प्रदर्शक बने हुए थे। उन्होंने पहले चौंक कर मुझे ध्यान से देखा। योगीराज कहे जाने वाले इस पैंट कमीज़धारी व्यक्ति पर जैसे उन्हें विश्वास ही नहीं हो रहा हो, थोड़ी देर रुक कर वे मुझे देखते रहे, फिर कुछ डरी और कुछ उलझी अवस्था में वे कन्दरा से बाहर चले गये। गुफा के बाहर ही उनका शिष्य खड़ा था।

''मैं तो आपका ही इन्तज़ार कर रहा था, मेरा समय तो अब पूरा हो चला है, मुझे डर लग रहा था कि कहीं पिछले जन्म की तरह इस बार भी, किसी चूक के कारण हम आप से मिल न पावें।''

मैं लगातार स्वामी राधानन्द जी को देखे जा रहा था। उनकी बातें न मुझे चौंका रही थी, न डरा रही थीं। बातें तो समझ में आ रही थी, पर पृष्ठभूमि स्पष्ट नहीं होने के कारण मैं उनका सन्देश नहीं समझ पा रहा था। कुछ न समझने की अवस्था में मैंने उनके जुड़े हुए हाथों को अपने हाथ में ले लिया, पर यह क्या? उनकी उँगलियों के स्पर्श मात्र से एक नयी और अज़ब तरह की अनुभूति से मैं घिर गया। सहज होने में मुझे थोड़ा समय लगा, फिर मैं बोला, ''यह तो आपकी कृपा है वरना मैं तो आगे बढ़ जाता''।

''नहीं, यह सम्भव नहीं था, मेरी चाहत तो आपको यहाँ तक खींच कर लाती ही, बस मैं इन्तज़ार से बच गया यह लाभ हुआ, अब मैं ऊपर जाकर आराम से आपका इन्तज़ार करूँगा।''

''स्वामी जी मेरी भी तो उम्र हो रही है, आप आगे चलिए मैं जल्दी ही पीछे से आता हूँ'' मेरी इस बात से स्वामी जी के चेहरे पर मुस्कराहट

फैल गयी, फिर आहिस्ते से बोले, ''योगीराज अभी तक तो आप जीवन की औपचारिकता से ही जी रहे थे। पर आपका जन्म इन औपचारिकताओं के लिए नहीं हुआ है, असली कर्म जीवन तो आप अब जियेंगे, ख़ैर इस बार मैं आपका इन्तज़ार करूँगा।''

स्वामी जी ने अपनी आँखें बन्द कर ली और मैं अपने आने वाले जीवन की रूपरेखा पर विचार करता कन्दरा से बाहर आ गया।

उस दिन कलकल करती भागीरथी के जल से ख़ूब स्नान किया। नहा कर निकला तो रोशनी से नहायी एक चट्टान पर लेट कर, आकाश में मँडराते चील कौवों को देखने लगा जैसे अमूमन मैं बचपन में देखा करता था। कब नींद आयी पता भी नहीं चला। शाम होने पर जब नींद खुली तो ज़ोरों की भूख लगी थी। खोजने पर बगल में ही एक ढाबा भी मिल गया, फिर उसी ढाबे में खाना खाया और एक आश्रम तलाश कर उसमें जाकर सो गया।

दूसरे दिन मेरी यात्रा ऋषिकेश के लिए शुरू हुई। यहाँ से नीचे का रास्ता और सुरम्य हो गया था। बाँस, चीड़ और देवदार की गन्ध से सराबोर ताज़ी हवा मुझे सारे रास्ते ख़ुशबुओं से भरती गयी थी। जैसे–जैसे बस नीचे की ओर जा रही थी वैसे–वैसे हवा में गरमाहट का रेशा भी शामिल होता जा रहा था। अब दूर से हिमालय की तलहटी नज़र आने लगी थी। तलहटी घने जंगलों से ढकी हुई थी, शायद जंगल उतने घने न हों, पर ऊपर से वे बहुत घने नज़र आ रहे थे। रास्ते के किनारों का हर वृक्ष जैसे शान्ति बिखेर रहा था। थोड़ी–थोड़ी दूर पर मिलने वाले पहाड़ी झरनों के बीच से जब हम गुज़रते थे तो लगता था कि वे अपने हल्के–हल्के छींटों से हमारा स्वागत कर रहे हैं। जैसे–जैसे तलहटी नज़दीक आती गयी हरियाली बढ़ती गयी। शाम होने लगी थी, धीरे–धीरे अँधेरा पूरी हरियाली को अपने आगोश में समेटने लगा था। जब मैं बस स्टैण्ड पर उतरा तो रात हो गयी थी। सड़कों पर रोशनी जलने लगी थी। हालाँकि रास्तों पर अभी भी चहल–पहल थी। मैं लोगों से रास्ता पूछते हुए आश्रम जा पहुँचा।

प्रकाश

उस दिन सोते समय गोपाल ने पूछा था कि मैंने संन्यास क्यों लिया? गोपाल का यह प्रश्न मुझे बहुत उद्वेलित कर गया था, क्या मैं सन्यासी

हूँ? मैंने यह प्रश्न ख़ुद से पूछा और ख़ुद ही इस निष्कर्ष पर आ गया कि मैं संन्यासी नहीं हूँ। आज से वर्षों पहले कुछ समय के लिए मेरा मन ज़रूर विरक्त हो गया था, पर आज तो मैं पूर्ण गृहस्थ हूँ। मन्दिर मेरा घर, और मन्दिर से जुड़े लोग मेरा परिवार। सच पूछिए तो पूरा गाँव ही मेरा परिवार है। गाँव का सुख–दुख मेरा सुख–दुख है, अगर ऐसी बात नहीं होती तो समय–असमय मैं गाँव क्यों दौड़ा जाता, यहाँ तक कि अपना पैसा भी क्यों ख़र्च करता? हाँ, मैं संन्यासी नहीं हूँ। थोड़े समय के लिए ज़रूर अवसाद से घिर गया था और उन दिनों ज़रूर मैं संन्यास के बारे में सोचने लगा था...।

निहारिका मेरे जीवन में आँधी की तरह आयी थी। जैसे आँधी बड़े–बड़े वृक्षों को जड़ से उखाड़ कर फेंक देती है वैसे ही निहारिका ने मेरे जीवन के सारे छोटे–बड़े रिश्तों को उखाड़ कर फेंक दिया था। शादी के तुरन्त बाद ही हम दोनों एक अलग फ्लैट लेकर रहने लगे थे। निहारिका को हमारे घर की पुरानी व्यवस्था बिलकुल पसन्द नहीं आयी थी। इतना बड़ा घर छोड़ फ्लैट में रहने के मेरे निर्णय से पापा सहमत नहीं हो पा रहे थे, पर कुछ न बोल पाने की मज़बूरी में उनकी आँखें छलक आयी थीं। उनके आँसुओं के प्रतिउत्तर में मेरी आँखों में कोई तिनका–सा अटका था पर थोड़ी ही देर में सब कुछ सामान्य हो गया था। माँ को विशेष फ़र्क़ नहीं पड़ा, क्योंकि उनसे मैं तो पहले से ही दूर रहता था। पापा को लेकर थोड़ी दुखी हुई, पर यह जानने के बाद की मैं पत्नी की भावना का क़द्र करने के कारण यह क़दम उठा रहा हूँ, उन्हें अच्छा ही लगा। पापा का अकेलापन उन्हें ज़रूर खटक रहा था, पर नानी अभी ज़िन्दा थीं इसलिए पापा के साथ न रहना उनकी मज़बूरी थी।

फ़्लैट में नये साजो–सामान के साथ हमने एक नयी ज़िन्दगी शुरू की, पर जल्दी ही मुझे यह बात समझ में आने लगी कि यह नयी ज़िन्दगी मुझे रास नहीं आयेगी। हम दोनों की सोच अलग–अलग तरह की है, यह बात जल्दी ही मेरी समझ में आ गयी थी। प्यार की ख़ुमारी अब धीरे–धीरे उतरने लगी थी तो वास्तविकता के आईने में सारी बातें बड़ी स्पष्ट ढ़ंग से दिखने लगी थीं। अस्पताल से लौटने पर निहारिका जहाँ क्लबों और पार्टियों में जाना चाहती थी, वहीं मैं शाम अपनी किताबों और अपने संगीत

के साथ गुज़ारना चाहता था। शादी के कुछ सालों तक तो मैं उसका साथ देता रहा, पर जैसे–जैसे समय गुज़रता गया अपनी इच्छा के विरुद्ध काम करना मेरे लिए कठिन होता गया। आगे चलकर यही विपरीतता हमारे बीच दीवार बनने लगी। मैं बच्चा चाहता था, मैं चाहता था कि मेरे बच्चे को देख कर एक बार पापा ख़ुश तो हो लें। जैसे बाबा मुझे देख कर ख़ुश हुआ करते थे। पर निहारिका किसी हालत में माँ बनना नहीं चाहती थी। उसके लिए माँ बनना एक ऐसा बन्धन था जो उसकी ज़िन्दगी को नरक बना देता। वैसे भी उसे घर–गृहस्थी में कोई आनन्द नहीं आता था।

धीरे–धीरे विपरीतता की यह दीवार नफ़रत की दीवार में बदलने लगी और इसके पहले मैं कुछ निर्णय लेता, निहारिका ही मुझे छोड़ कर चली गयी। एक टूटे–बिखरे हुए इन्सान के रूप में मैं अपने पापा के घर लौट गया। मुझे उम्मीद थी कि पापा मुझे अपने पास देखकर ख़ुश होंगे। पर इसके उलट पापा ने इस घटना की सारी ज़िम्मेदारी अपने कन्धे पर ले ली और कहा, "जैसा बीज बोते हैं, वैसी ही फ़सल होती है न? जैसा बचपन हमने तुम्हें दिया, तुमने तो वही सीखा, इसमें तुम्हारा क्या क़सूर?"

यह घटना माँ का भी दिल तोड़ गयी। पापा तो यह दुख झेलने के लिए बहुत दिन रहे ही नहीं। इस घटना के कुछ ही महीने बाद वे चल बसे। पापा के जाने के बाद माँ बहुत रोईं, पता नहीं उनके इतना अधिक रोने के पीछे बिछुड़ने का दर्द था या अपराध–बोध, ख़ैर जो भी हो वे कर क्या सकती थीं, शायद भगवान ने उनकी सुन ली, पापा के जाने के दो महीने बाद नानी और उसके चार महीने बाद माँ चल बसीं। स्नेहविहीन मैदान में एक ठूँठ वृक्ष के सदृश्य खड़ा मैं एक ऐसी आँधी का इन्तज़ार करने लगा था जो आये और मुझे जड़ से उखाड़ कर फेंक दे। ऐसी आँधी धरती से मेरा नामोनिशान भी मिटा दे। उन दिनों की तुलना मैं उदासी के कफ़न में लिपटे उस आदमी से कर सकता हूँ, जो जिये भी नहीं और मरे भी नहीं। जीवन के बचे लम्हों को मृत्यु की अनन्तता में खोजे, पर उस अनन्तता का कोई अन्त ही न हो। लेकिन इस लम्बी चली उदासी को संन्यास नाम तो नहीं दिया जा सकता?

जैसे पूर्णिमा के बाद चाँद धीरे–धीरे घटते हुए विलीन हो जाता है और फिर वही चाँद धीरे–धीरे बढ़ने भी लगता है मेरी मनःस्थिति भी वैसे

ही पहले से बेहतर हो गयी थी। मैं पूर्ण सहज नहीं था तो असहज भी नहीं था। अब मुझे जीवन धीरे–धीरे रास आने लगा था, तभी वह घटना घटी थी। दिन या महीना तो याद नहीं आता, पर वह 1984 का वर्ष था, इन्दिरा गाँधी की हत्या उन्हीं के बॉडीगार्ड ने कर दी थी। पूरा देश स्तब्ध, परेशान, उत्तेजित, पर पूरे शहर में सन्नाटा पसरा हुआ, सभी लोग टी.वी. से चिपके हुए, पहली बार ऐसा कुछ दिखाया जा रहा था, जो अभी तक किसी ने नहीं देखा था। इन्दिरा गाँधी का शव एक ऊँचे स्टेज पर रखा हुआ था, उनका चेहरा खुला हुआ था, श्रद्धांजलि देने वालों की कतार धीरे–धीरे बढ़ रही थी। रह–रह कर इन्दिरा गाँधी का चेहरा स्क्रीन पर आ–जा रहा था। इन्दिरा गाँधी का शान्त चेहरा बार–बार मुझे अन्दर से उद्वेलित कर रहा था। अभी यह सब देख ही रहा था, तभी यह ख़बर आयी कि शहर में दंगा फैल गया है। सिख मारे जा रहे हैं। मन का सारा करुण रस विभत्स रस में परिवर्तित हो गया। सिख मारे जा रहे हैं। एक व्यक्ति के ग़लती की सज़ा पूरे समाज को दी जा रही है। अभी मैं यही सोच ही रहा था कि ख़बर में लूट भी शामिल हो गयी। सिखों की दुकानें लूटी जा रही थीं और वह भी देश की राजधानी में। मन में बहुत तरह की भावनाओं का मन्थन होने लगा, और तभी किसी ने दरवाज़ा खटखटाया। मैं कुछ डरा कुछ सहमा–सा भोला को दरवाज़ा खोलने के लिए आवाज़ देने लगा। भोला, पापा के मरने के बाद मेरे साथ ही रहने लगा था। दो–तीन आवाज़ देने के बाद जब भोला कुछ नहीं बोला तो मैं समझ गया कि भोला कहीं बाहर गया हुआ है। दरवाज़ा खोलने जाते समय एक चिन्ता यह भी थी कि कहीं वह किसी मुसीबत में तो नहीं फँस गया है, पर दरवाज़ा खोलते ही एक दूसरी तरह की मुसीबत का सामना करना पड़ा। दरवाज़े के सामने एक 20–22 साल का सिख युवक ख़ून से नहाया मेरे सामने खड़ा था। अभी तक उसने अपने को सँभाल रखा था, पर मुझे देखते ही वह बेहोश होने लगा। मैं बड़ी मुश्किल से, बल्कि घसीटते हुए उसे अपने बिस्तर तक लाने में सफल हुआ। उसकी बाँह में गोली लगी थी, शायद उस युवक ने डॉक्टर का बोर्ड देखकर ही मेरा दरवाज़ा खटखटाया था। पहले मैंने ख़ून रुकने का इंजेक्शन दिया। फिर गोली निकाली और फिर पूरे शरीर से खून पोंछा। ये सब करते–करते

भोला आ गया। भोला उसका चेहरा देख चिल्लाया, "रिंकू बाबू",। चार मकान बाद में ही रहने वाला लड़का था वह। मैं कभी यहाँ ठीक से रहा नहीं था, इसलिए उसे नहीं पहचानता था। मेरे पास कुछ और करने का विकल्प भी नहीं था। सारी दुकानें बन्द हो गयी थीं। हालाँकि उसे ख़ून की बहुत सख़्त ज़रूरत थी। मज़बूरी और हताशा के अँधरे में मैंने भगवान का नाम लेना शुरू किया, पर भगवान का नाम लेते–लेते बैठी ही अवस्था में कब मैं झपक गया, मुझे पता भी नहीं चला। सुबह आँख खुलने पर, जब घबरा कर मैंने उसे देखा तो वह ज़िन्दा था। ज़िन्दगी में पहली बार भगवान से मेरा सीधा–सा बका पड़ा था। प्रार्थना की शक्ति का प्रभाव भी मैंने पहली बार ही जाना था। डॉक्टर की हैसियत से मैं जानता था कि इतना ख़ून निकलने के बाद, बिना ख़ून चढ़ाये मरीज़ बच ही नहीं सकता, पर रिंकू ज़िन्दा था।

इस घटना को लेकर मैं ज़िन्दगी के चौराहे पर बहुत दिनों तक खड़ा रहा। मेरी समझ में यह नहीं आ रहा था कि मैं इसे संयोग मानूँ या लड़के की जिजीविषा या किसी पारा शक्ति का कमाल या फिर साक्षात भगवत कृपा। बहुत सोचने–समझने के बाद मैंने अन्तिम विकल्प को चुनने का फ़ैसला किया।

यह मेरी ज़िन्दगी का सबसे बड़ा बदलाव था। मैं रातोंरात नास्तिक से आस्तिक हो गया था, पर मुझे अपने आस्तिक मन को समझने में कुछ समय लगा था। उन दिनों कितनी बार संन्यास का भी ख़्याल आया, पर मेरा मन संन्यास की तरफ़ आकृष्ट नहीं हुआ, बस सांसारिक कामों के प्रति थोड़ी उदासीनता ज़रूर आ गयी थी। रिंकू जब ज़रा अच्छा हुआ तो मैंने मन की शान्ति के लिए तीर्थाटन करने की सोची। रिंकू के माँ–बाप मारे जा चुके थे इसलिए वह उस घर में जाने से घबराता था। अब वह हमारे साथ ही रहने लगा था। वह यहीं से दुकान जाता और फिर लौट कर यहीं आ जाता। भोला तो था ही वे एक–दूसरे के पूरक बनते जा रहे थे। मेरे अन्दर यात्रा की जो इच्छा पनपी थी वह मुख्यतः तीर्थाटन की थी। मेरा ख़्याल था कि हिमालय के बीच जाने से मेरी नयी पनपी इस आस्तिकता को एक अर्थ मिलेगा और शायद वह अर्थ ही मेरे आगे के जीवन की राह निर्धारित कर दे। मेरी यही सोच मेरी यात्रा के पीछे

का कारण बनी। यात्रा के सिलसिले में मैंने सबसे पहले केदारनाथ जाने का फ़ैसला लिया था। केदारनाथ जाने के रास्ते में जब बस गौरीकुण्ड रुकी तो मैं वहीं उतर गया और पास के गाँव के एक पन्डा के यहाँ रुक गया। इरादा यही था कि कुछ दिन यहाँ रुक कर फिर केदारनाथ का दर्शन करने जाऊँगा, पर नियति को तो कुछ और ही मंजूर था। दूसरे दिन सुबह उठ कर टहलने के सिलसिले में ही मुझे वह मन्दिर दिखा था। पता नहीं क्यों, पर मन्दिर ने मुझे अपनी ओर बहुत आकृष्ट किया। सुनसान जगह में खड़े उस मन्दिर में अजब सा आकर्षण था। लगता था वहाँ पसरे सन्नाटे का वही प्रहरी है या फिर अपनी घण्टियों से सन्नाटे को तोड़ने वाला कोई वीर योद्धा। मन्दिर में जो साधु रहते थे वे पास के गाँव के ही थे, पर सुबह की आरती से लेकर शाम की आरती तक वे मन्दिर में ही रहते थे। पता नहीं उनके व्यक्तित्व में क्या आकर्षण था कि पहली बार मिलने के बाद मैं रोज़ उनसे मिलने लगा था। वे पढ़े–लिखे व्यक्ति थे। सरकारी महकमे में ऊँचे पद पर काम करते थे, पर ईमानदार होने के कारण अक़्सर परेशानी में फँस जाते थे। एक बार उन्हें जेल तक जाना पड़ गया था। केस ख़त्म होने पर 'स्वेच्छिक अवकाश' लेकर वह अपने गाँव चले आये। गाँव के पास के जंगल में, एक पीपल के पेड़ के नीचे किसी ने एक पत्थर बिठा कर पूजा शुरू की थी। गिरीश जी, यह उनका नाम था, ने अपनी मेहनत और पैसे से उसे एक मन्दिर के रूप में स्थापित कर दिया था। पीपल जैसे–जैसे बड़ा होता गया, मन्दिर भी वैसे–वैसे बड़ा होता गया और मन्दिर जैसे–जैसे बड़ा होता गया, गाँववालों की श्रद्धा का केन्द्र भी होता गया। मैं जब उनसे मिला वे थकने से लगे थे और एक ऐसे व्यक्ति की तलाश कर रहे थे जो ईमानदारी से उनकी ज़िम्मेदारियों को ग्रहण कर सके। मुझसे मिलने के बाद, मुझमें उन्हें वे सारे गुण नज़र आये जो वे अपने उत्तराधिकारी में देखना चाहते थे।

पर उन्हें हाँ कहने में मुझे एक महीना और लग गया था। मैं वापस दिल्ली आया और रिंकू से बात करके मैंने उसे अपनी ज़िम्मेदारियाँ लेने के लिए मानसिक रूप से तैयार किया, फिर उसको वे सारे अधिकार सौंपे जो मेरी अनुपस्थिति में रिंकू के लिए आवश्यक थे। जिनसे वह बिना किसी परेशानी के मेरे किरायेदारों से पैसा लेकर प्रतिमाह मुझे भेजता रहे ताकि मैं उन सज्जन पर भार न बनूँ। हालाँकि वे उसके लिए भी तैयार थे।

दिल्ली से लौट कर आने के बाद मैंने उन्हे हाँ कह दी और मन्दिर में रहने लगा। उन्होंने अपने घर में रहने के लिए बहुत दबाव डाला पर मैं तैयार नहीं हुआ, कुछ रोज़ तो मज़बूरन मुझे उनके यहाँ खाना पड़ा फिर मैं अपना खाना बनाने लगा।

रिंकू हर माह पहले ही हफ्ते किराया भेज दिया करता था। कुछ महीने बाद तो उसने उस मकान में रहते हुए उसका भी किराया भेजना शुरू कर दिया था। कुछ ना–नुकुर कर मैंने किराया लेना स्वीकार भी कर लिया था, क्योंकि यहाँ बहुत ग़रीबी थी और अधिकतर मरीज़ों को दवा मँगा कर ही देनी पड़ती थी। मैं रोज़ जाने वाली बस के ड्राइवर को दवा का नाम और पैसा दे देता, दूसरे दिन मुझे दवा मिल जाती। इस तरह लोगों की सेवा का विशाल अवसर मुझे उपलब्ध हुआ, यही तो मैं ज़िन्दगी से चाहता था।

गोपाल

जिस आश्रम में मैं उस रात पहुँचा, वह स्वामी अभयानन्द जी का आश्रम था। अभयानन्द जी तो बहुत पहले मर चुके थे, पर बड़े और बहुत सुन्दर से उस आश्रम में उनके क़रीबन 100 शिष्य रहा करते थे। वे शिष्य ही उस आश्रम की देख–रेख करते थे। भोजन बनाने का काम भी उन्हीं में से कुछ शिष्य करते थे। उन्हीं में से पाँच पुराने शिष्य आमदनी और ख़र्च का हिसाब रखते थे। आश्रम की एक कमरे से शुरू हुई इमारत अब 50 कमरों की हो गयी थी। इमारत बनाने और बनवाने का भी काम शिष्य मण्डली ही किया करती थी। मैं भी उस आश्रम में एक शिष्य के ही परिचय की डोर पकड़ कर गया था। इरादा तो बस एक रात सोने का था। पर उस आश्रम में मैं केवल उस रात ही नहीं सोया, बल्कि भविष्य के आने वाले दिनों में, बहुत दिनों के लिए, वह मेरा पहला आश्रय बना।

नयी जगह थी इसलिए बहुत देर तक नींद नहीं आयी। दूसरे दिन सवेरे कुछ देर से ही उठा, उस समय तक सुनहरी किरणें गंगा की लहरों पर मचलने लगी थीं। आश्रम थोड़ी ऊँची जगह पर था इसलिए गंगा वहाँ से बहुत स्पष्ट दिखाई दे रही थी। गंगा के उस किनारे वेद पाठ करते छात्रों की लयबद्ध सम्मोहक ध्वनि भी सुनाई पड़ रही थी। मैं उठा और गंगा किनारे चला गया। गंगा में डुबकी मारी और नहा–धोकर उस पार

चला गया। पुरानी स्मृति के सहारे खोजते–खोजते मैंने 'चोटी वाले' की दुकान खोज ली, वहाँ बैठ भरपेट नाश्ता किया और फिर आश्रम लौट आया। नाश्ता करने के बाद मेरे अन्दर एक तीव्र इच्छा हुई थी कि मैं अपने पुराने मठ में भी आज ही चला जाऊ, पर मैं जा न सका। मठ में जाने को लेकर मेरे अन्दर विचित्र विरोधाभास था। एक ओर मैं मठ जाना चाहता था, क्योंकि वर्षों की स्मृतियों की धरोहर वहीं तो छुपी हुई थी। दूसरी ओर एक अनाम–सा डर लगता था। पता नहीं वहाँ जाने से कोई ऐसी घटना हो जाये, जिससे मेरे स्मृति चित्र खण्डित हो जायें। इसी ऊहापोह में उलझ कर मैं उस दिन न जा सका। शाम को गंगा किनारे खड़ा जब मैं मठ में बिताये अपने उन वर्षों के बारे में सोचने लगा, तो लगा उस उम्र के वर्ष कितने ख़ास होते हैं? वे अपने आप में कितनी घटनाएँ समेटे रहते हैं और वही घटनाएँ तो आगे चलकर ज़िन्दगी की आधारशिला बनती हैं; जैसे मुझे उतने अच्छे गुरु न मिलते तो क्या मैं आध्यात्म की तरफ़ उन्मुख हो पाता। माना मेरे पूर्व संस्कार ऐसे थे कि देर–सबेर मैं आध्यात्म की तरफ़ मुड़ता ही, पर मैं भटक भी तो सकता था। आज जब सोचता हूँ तो हँसी आती है, कैसे मैं अपने भटकने से बेख़बर अनजाने में धीरे–धीरे भटक रहा था। इसलिए अपने भटकने को लेकर मैं केवल राधिका को कसूरवार नहीं ठहरा सकता, भटका तो मैं ही था। अगर मैं मानता हूँ कि मेरे कर्म मुझे आध्यात्म की तरफ़ ले गये थे, तो मुझे यह भी मानना चाहिए कि मेरे ही कर्म मुझे भटका रहे थे इसलिए मैं राधिका को दोषी नहीं ठहरा सकता।

मुझे ताज्जुब हुआ। मैंने इतनी उम्र तक कभी राधिका को याद नहीं किया, पर उस दिन न जाने क्यूँ बाल सखी राधिका मुझे याद आने लगी थी। वह उसका खिलखिला कर हँसना, वह मोर की नक़ल कर नाचना,न जाने यह सब क्यूँ मुझे याद आने लगा था। क्या जीवन अपने चक्र से कभी मुक्त नहीं होता, घूम–घूम कर वे क्षण ज़िन्दगी में आ ही जाते हैं, या कम–से–कम फिर से अपनो झलक दिखा ही जाते हैं, पर नहीं मैं समझते–बूझते इस चक्र में नहीं फसूँगा। यह भी तो एक तरह का मोह ही है। सभी जानते हैं जीवन केवल वर्तमान होता है। वर्तमान में जीना असल जीना होता है, इसलिए कोशिश तो यही होनी चाहिए कि केवल वर्तमान में जियें।

सामने गंगा चाँदनी में नहायी धीरे–धीरे बही चली जा रही थी। अब कुहासा भी छाने लगा था, गंगा का दूसरा किनारा मुश्किल से दिखाई

पड़ रहा था। इसके पहले धुन्ध इधर भी छा जाये और रास्ता भी दिखना कठिन हो जाये मैं आश्रम लौट आया था।

अगले दिन मैं मठ चला गया, पर मठ में जाने पर मेरे साथ न कुछ प्रिय हुआ न कुछ अप्रिय। गुरुजी तो वहाँ से चले ही गये थे, पता नहीं वे हिमालय की कन्दराओं में अभी तक जीवित हैं या नहीं। इसलिए उनके मिलने का तो प्रश्न ही नहीं था। छोटे साधु भी कहीं और चले गये थे, कुछ पुराने चेहरे थे पर उन्हें देख कर न मेरे अन्दर कोई भाव उभरा और न वे भावुक हुए। अपनी और गुरुजी की कोठरी देख मन ज़रूर कुछ कसमसाया, आँखें कुछ नम हुईं, बस, फिर मैं एक अनाम उदासी की चादर ओढ़े लौट आया।

मठ से लौटते हुए मेरे अन्दर कुछ ऐसा अनोखा परिवर्तन हुआ था जिसे शब्द देना मेरे लिए आसान नहीं था। जहाँ मैं मठ में भावनाओं की धरोहर के स्मृति चिन्ह की तलाश में गया था वहाँ मुझे ऐसा कुछ भी नहीं मिला। ऊपर से मेरे अन्दर ऐसी शून्यता भर आयी थी जो मेरे लिए बिलकुल नयी और अनोखी थी। मुझे ऐसा लगने लगा मैं यहाँ अपनी स्मृतियों के चिन्ह तलाशने नहीं आया था। मैं एक दर्शक की हैसियत से उस कालखण्ड का इतिहास देखने आया था। उस कालखण्ड में मेरे रहने या न रहने से इतिहास पर कोई फ़र्क़ नहीं पड़ता था। यह विचित्र तरह का मोहभंग था, यहाँ मैं मात्र एक दर्शक था, जिसे मठ से कोई लेना–देना नहीं था, जो केवल देखने के लिए उसे देख रहा था। मोहभंग की यह स्थिति मेरे लिए सुखद नहीं थी। इस नयी दृष्टि से यह मेरा पहला परिचय था, और स्थिरप्रज्ञता से पहला साक्षात्कार।

शाम को लौटने पर, लालटेन से प्रकाशित कमरे में बैठ, जब मैं ध्यान करने की कोशिश कर रहा था तो अचानक मुझे लगा कृष्णा मुझे बुला रही है–"मठ देखने गये, मुझे देखने नहीं आओगे?"

"मैं कल आऊँगा।" इतना बोलते–बोलते मैं पसीने से नहा गया। उसी घबराहट में मैं गंगा किनारे घूमने निकल गया। पूर्णिमा की रात में कल–कल बहती गंगा अपनी लहरों पर ढेर सारी चाँदनी समेटे तीव्र गति से बही जा रही थी। देर तक मैं सब कुछ भूल अपलक इस स्वर्गीय दृश्य का अमृत पीता रहा। अचानक जैसे मेरे अन्दर कुछ बदला, मैंने महसूस किया कि मैं हाथ जोड़े गंगा से कुछ कह रहा हूँ। "मोह, जीवन में दुख

का सबसे बड़ा कारण है, मोह ग्रसित मेरे मन को अब मुक्त करो माँ, अब और मोह का बन्धन नहीं, माँ तुम यह कर सकती हो, अब समय हो गया है, मुझे मोह से मुक्ति चाहिए माँ''। मुझे सचमुच यह आभास हुआ कि श्वेत वस्त्रों में एक नारी मेरे सम्मुख खड़ी है और उसी से मैं यह सब कुछ कह रहा हूँ, पर यह सब कुछ इतना अचानक हुआ कि मैं समझ ही नहीं पाया कि हो क्या रहा है। मैं डरा तो नहीं, पर मैं प्रणाम करने का साहस भी नहीं जुटा पाया। थोड़ी देर रुक कर मैं धीरे–धीरे चलते हुए अपने कमरे में लौट आया। लालटेन पूर्ववत् जल रही थी।

उस घटना से स्तम्भित, उद्वेलित मैं रोज़ सुबह–शाम किनारे पर बैठा लहरों का वह जादुई तिलस्म देखा करता था। सवेरे कैसे सूर्यदेव लहरों पर सवार होकर आगे बढ़ते रहने की प्रेरणा देते थे और रात को कैसे तारों भरा आसमान लहरों में अपना अक्स निहारा करता था। मन्दिरों में जब शयन आरती हो जाती तो मैं अपने कमरे में चला आता। आश्रम में बहुत जल्द सो जाने की परिपाटी थी। रात का खाना तो हम लोग शाम को ही खा लेते थे, इसलिए जब मैं लौटता था तो आश्रम में अटूट शान्ति छायी रहती थी। मैं अपने खुले कमरे में जाता और लालटेन की रोशनी धीमी कर सो जाता।

इस घटना के चार या पाँच दिन हुए होंगे मैं शयन आरती के बाद आश्रम लौट, खा–पीकर सो गया था। रात शायद थोड़ी ही बीती होगी, मुझे शायद पहली झपकी ही आयी होगी कि मुझे लगा मेरे सामने एक व्यक्ति खड़ा है–गेहूआँ रंग, सफ़ेद लम्बे वस्त्र और उजले बाल, जो पर्वतीय हवा में लहरा रहे हैं, साधु जैसा दिखने वाला वह व्यक्ति मुझे बुला रहा है उसके बुलाने पर जब मैं नज़दीक गया तो मैं चौंक पड़ा, यह क्या? यह तो मेरे गुरुजी हैं, सपने में भी गुरुजी की भावविह्वल उपस्थिति का आभास मुझे झकझोर गया। मैं काँपता–थरथराता उनके पाँवों पर जा गिरा। सपने में ही गुरुजी ने पहले मुझे उठाया फिर अपने सीने से लगा लिया और फिर बोले, "तुम्हारे जाने के बाद ही मैंने पहली बार महसूस किया कि तुम्हारे मोह के बन्धन में मैं बहुत गहरा फँस गया हूँ, उसी समय से मैं इस बन्धन से निकलने की कोशिश करने लगा, पर इससे निकलने की राह मुझे सूझ ही नहीं रही थी, मैं रात भर छटपटाता रहा और दूसरे दिन पवित्र गंगा में डूबकी मार जब मैं जल से बाहर आया तो मैंने पाया कि

मैं भगवान से प्रार्थना कर रहा हूँ और प्रार्थना भी कैसी, मोह के बन्धन से मुक्ति की, उस प्रार्थना के बाद कुछ ऐसा हुआ कि अचानक मुझे अपने भविष्य की राह दिखने लगी और इसके बाद जाने का निर्णय लेने में मैंने देर नहीं की। मैं दूसरे ही दिन हिमालय की शरण में चला गया और वहाँ मुझे मुक्ति मिल भी गयी। अब तुम भी मोह से मुक्ति पा लोगे, पर मुक्ति पाने के लिए तुम्हें फिर से एक बार अपनी ज़िन्दगी को पीछे मुड़ कर देखना होगा। अपने मोह के बिन्दुओं को तलाशना होगा, अपने होने की वजह खोजनी होगी और तभी तुम मुक्ति के हक़दार होंगे''। सपने में गुरुजी जिस तरह आये थे वैसे ही अन्तर्ध्यान हो गये।

मेरी नींद खुल गयी तो फिर मैं सो नहीं सका, पहले तो रह–रह कर गुरुजी का चेहरा सामने आता रहा और मेरी आँखें छलकती रहीं। जब भावनाओं का वेग कुछ थमा तो मैं सोचने लगा कि अतीत की तलाश मैं कहाँ से शुरू करूँ।

दूसरे दिन मैं सीधा राधिका के गाँव के लिए चल पड़ा। मठ में जाने में मुझे थोड़ी हिचकिचाहट हुई थी उसे तो मैं आसानी से पार कर गया था, पर राधिका के गाँव जाना एक बिलकुल अलग–सी बात थी, इसलिए वहाँ जाने में मैं विचित्र दुविधा में फँस गया था। पैर जहाँ बढ़ने से इनकार कर रहे थे, वहीं मन सुखद प्रश्नों से घिरा हुआ था–जैसे कृष्णा कैसी होगी? कितनी बड़ी हो गयी होगी। राधिका वहीं होगी या उसने शादी कर ली होगी? अगर शादी कर ली होगी तो हमारी कृष्णा पर क्या गुज़री होगी? सौतेले बाप की छाँव क्या उसे रास आयी होगी? आगे बढ़ते क़दमों के साथ मेरे अन्दर हज़ारों प्रश्न हज़ारों जिज्ञासाएँ थीं। दूसरी ओर यह सोच भी सामने आ रही थी कि इतने दिनों बाद मैं वहाँ जा कर क्या करूँगा। अगर लोग आने का कारण पूछेंगे तो मैं क्या जवाब दूँगा, क्या मैं उनसे यह कहूँगा कि कृष्णा ने मुझे सपने में आकर आने के लिए कहा है, क्या यह सम्भव है? पिछली बार तो घरवाले जानते नहीं थे कि मैं राधिका को सदा के लिए छोड़ने आया हूँ, पर इस बार? इस बार क्या ऐसे व्यक्ति को माफ़ कर उसका स्वागत करेंगे, अगर वे उग्र हो गये तब? आख़िर मैं एक ऐसा भगोड़ा दामाद हूँ जो ज़िन्दगी की शुरुआत में ही पत्नी और बेटी को छोड़ कर भाग गया था। निकम्मा, निठल्ला, भगोड़ा यह दामाद आख़िर

वहाँ जा ही क्यों रहा है। बीस साल बीतने के बाद पत्नी और बेटी की याद आयी है। इन अन्तहीन प्रश्नों ने मुझे बहुत लाचार बना दिया था, पर पैर थे जो बढ़ते ही जा रहे थे।

समय सारी बातों का समाधान लेकर आता है। इस झँझावत के बीच मेरा रास्ता कैसे कट गया, मुझे पता भी नहीं चला और मैं पूछता–पूछता गाँव पहुँच गया। गाँव अब पहले जैसा नहीं था, उसमें कितने कंकरीट के मकान बन गये थे, संकरी गलियाँ अब सड़कों में परिवर्तित हो गयी थीं, पहले जैसी हरियाली कहीं नहीं दिखाई पड़ रही थी। मैंने एक राहगीर को रोक कर राधिका के पिता का नाम लेकर उनका घर पूछा। राहगीर ने मेरी ओर आश्चर्य से देखा और बोला। "वह तो दस साल पहले ही मर गये, वह उनके बेटे का मकान है"। वह एक कंकरीट के मकान की ओर इशारा करके आगे बढ़ गया।

जब मैंने दरवाज़ा खटखटाया तो 25 साल के लगभग की एक युवती ने दरवाज़ा खोला। उस युवती के गोद में एक दो साल का बच्चा था। पहले तो मैं हतप्रभ होकर उस युवती को देखने लगा, क्या राधिका अभी तक इतनी जवान है? क्या यह सम्भव है या फिर मैं कोई सपना देख रहा हूँ, मैं उलझा हुआ कभी उसे कभी उसके बच्चे को देख रहा था। तभी उसने पूछा, "साधुजी आप किससे मिलना चाहते हैं।" लड़की की कोमल आवाज़ ने न केवल मेरी तन्द्रा भंग कर दी, बल्कि मुझे बातचीत का एक रास्ता भी सुझा दिया।

"मैं इधर से गुज़र रहा था, मुझे विश्राम की बहुत आवश्यकता महसूस हुई, इसीलिए चला आया।"

"आइए आपका स्वागत है!"

उसने एक चौकी की तरफ़ इशारा किया, "बैठ जाइए"।

फिर उसने आवाज़ लगायी, "मामा आइए, देखिए एक साधुजी आये हैं"। मामा नाम का वह व्यक्ति जब सामने आया तो मैं देखते ही पहचान गया। वह वही था जिसको मैंने चलना सिखाया था। वह आया और मेरे बगल की कुर्सी पर बैठ गया।

"मैं बीस साल पहले आपके पिताजी के समय आया था।"

"हाँ मुझे भी आपकी शक्ल कुछ पहचानी–पहचानी सी लग रही है, पर पिताजी 10 साल पहले गुज़र गये"।

''हाँ, रास्ते में एक आदमी ने बताया, मुझे नहीं पता था''

फिर उसने आवाज़ लगायी, ''कृष्णा, साधुजी के लिए कुछ नाश्ता पानी लाओ।''

"तो यही कृष्णा है, मैं बुदबुदाया।

उस व्यक्ति ने मेरी बुदबुदाहट सुन ली। ''हाँ यही कृष्णा है मेरी बहन की लड़की। इसके पिताजी बहुत महात्मा थे, पर पता नहीं क्यों जब यह पाँच वर्ष की थी तभी इसको और दीदी को छोड़ कर चले गये थे शायद तपस्या करने हिमालय की गुफाओं में चले गये।"

''गुफाओं में चले गये'', मैं शायद बुदबुदाया।

''हाँ गुफाओं में ही चले गये होंगें, वह पहले से ही बहुत पवित्र आत्मा थे, अभी वह छोटे ही थे तभी उन्होंने मेरे लकवाग्रस्त पैरों में मन्त्र फूँक कर चलने के क़ाबिल बना दिया था। हम लोग उनका बहुत आदर करते थे। उनके दीदी को छोड़ कर जाने के बाद, बहुत लोगों ने दीदी की दूसरी शादी करने के लिए कहा, पर पिताजी तैयार नहीं हुए। भला वैसे पति के साथ रहने वाली पत्नी दूसरे के साथ कैसे रह सकती है।

''पर आपकी दीदी'', मेरी आँखों के सामने उन दिनों की घटना चलचित्र की तरह कौंध गयी।

''दीदी ने भी दूसरी शादी से इनकार कर दिया, कृष्णा यहीं पल कर बड़ी हुई, आज से चार साल पहले हम लोगों ने उसकी शादी कर दी।''

तभी राधिका खाना लेकर आती नज़र आयी। अगर उस व्यक्ति ने दीदी न कहा होता तो शायद मैं पहचान भी नहीं पाता। उजले होते बाल, ढलती हुई माँसलता, रेत से भरी शुष्क आँखें, वह बड़ी धीमी गति से कमरे में दाख़िल हुई। चौकी के एक किनारे पर काग़ज़ रख कर खाना रखने के बाद जब उसने मुझे देखा, तो बहुत देर तक देखती रही। कुछ पलों के लिए मैं घबरा भी गया कि उसने पहचान तो नहीं लिया, पर इसके पहले वह किसी निष्कर्ष पर पहुँचती, वह व्यक्ति बोल उठा। ''इन्हें देख मुझे भी बड़ा पहचाना–पहचाना सा चेहरा लगा था। कुछ–कुछ जीजाजी से मिलता–जुलता, दरअसल हम लोगों के दिमाग़ में रहता है न कि जीजाजी साधु हो गये होंगे, इसलिए कुछ समय के लिए मुझे भी भ्रम हो गया था, और देखिए दीदी आप को भी हो गया''। पंक्ति का उत्तरांश वह मेरी ओर

मुख़ातिब होकर बोला। तभी कृष्णा हाथ में कटोरा लिए कमरे में आती नज़र आयी। राधिका खीर लाना भूल गयी थी उसकी गोद का बच्चा खीर देखकर खाने के लिए मचलने लगा था। जब वह खीर रखने लगी तो मैंने बच्चे को गोद में लेने की कोशिश की। बच्चा मुझे देख सहमा, पर खीर पर नज़र पड़ते ही मेरी गोद में आ गया। बच्चा चम्मच से खीर खाता रहा और मुड़–मुड़ कर मुझे देखता रहा, उसकी इस अदा पर सब हँसते रहे। मेरे पहचान लिए जाने का संकट अपने आप दूर हो गया। खाना खाने के बाद मैं वहीं चौकी पर लेट गया। घरवाले मुझे आराम करने के लिए अकेला छोड़ अन्दर जा चुके थे। जब दोपहर ढलने लगी तो मैं लौटने के लिए निकल पड़ा। लौटते समय मैंने कोशिश की कि भावनाओं की उन तरंगों को पकडूँ जो कृष्णा, राधिका और उस बच्चे को देख कर मेरे मन में उठी थीं और उन्हें फिर से विश्लेषित करूँ। चलते–चलते मैं उन तरंगों को पकड़ने में सफल भी हो गया, पर विश्लेषण का कोई नतीजा नहीं मिला। बहुत खोजने के बाद मैंने पाया, राधिका को देख मेरे मन में करुणा उपजी थी। लगा था कि बेचारी की क्या दशा हो गयी है। कृष्णा में मैं अपनी कृष्णा खोज ही नहीं पाया। मेरी कृष्णा मेरे अन्दर वैसे ही महफ़ूज़ बच गयी। सामने वाली लड़की मेरे लिए बस बच्चे की माँ तक सीमित रही। ज़्यादा से ज़्यादा राधिका की हमशक्ल होने के कारण मैंने बहुत बार उसे ग़ौर से देखने की कोशिश की। बच्चा ज़रूर बहुत देर तक मन बहलाव का साधन बना रहा, पर उससे भी मैं कोई आन्तरिक रिश्ता स्थापित नहीं कर पाया। इससे उलट वहाँ से निकलने पर एक राहत की भावना मेरी चेतना पर पसर गयी। शायद मेरे अन्दर के किसी कोने में अपने उत्तरदायित्वों से भागने का अपराध बोध छिपा हुआ था, कृष्णा को सन्तुष्ट देख, उस अपराध बोध से भी मैं मुक्त हो गया।

अब मेरे लिए एक ही नासूर बचा था 'माँ' और अपना गाँव, इसलिए दूसरे दिन बस पर सवार होकर मैं अपने गाँव के लिए चल पड़ा। हरिद्वार पहुँचने पर आगे की यात्रा मुझे रेल से करनी थी। हरिद्वार में जब मैं रेल में चढ़ा तो मेरा डिब्बा बहुत भरा हुआ था मैं यह देख कर डर भी गया। पता नहीं मुझे यहाँ बैठने की जगह मिलेगी भी या नहीं, पर यहाँ भी साधु समझे जाने पर मुझे बैठने की जगह मिल ही गयी। मैं कोने में

खिड़की के पास दुबक कर बैठ गया। ऋषिकेश से हरिद्वार, हरिद्वार से लखनऊ फिर गोरखपुर और गोरखपुर से होते हुए एक छोटे–से स्टेशन तरैया सुजान, और यही मेरी मंज़िल थी। ऋषिकेश से हरिद्वार तक की दृश्यावली पहाड़ों वाली थी, जैसे–जैसे ट्रेन आगे बढ़ती गयी, वैसे–वैसे दृश्यावली बदलती गयी। मैं लगातार बाहर का दृश्य ही देखता रहा, पर जल्दी ही शाम घिर आयी और फिर रात हो गयी। बाहर अँधेरा छा गया, केवल दूर टिमटिमाती रोशनियों के अलावा कुछ नहीं दिखाई देने लगा। मैं उन टिमटिमाती रोशनियों को देखते ऊँघते–ऊँघते कब सो गया पता भी नहीं चला। जब मेरी नींद खुली तो सुबह हो चूकी थी। आसमान पर हल्के लाल रेशे बिखरे हुए थे और डिब्बे में सभी लोग सो रहे थे। इतनी भीड़ के बावजूद सबको बैठने की जगह मिल गयी थी। इतने भरे डिब्बे में एक अनाम सन्नाटा पसरा हुआ था, जो बड़ा ही विचित्र लग रहा था। छह बजते–बजते जागरण की प्रक्रिया शुरू हो गयी क्योंकि लखनऊ अब आने को ही था। लखनऊ में जब ट्रेन रुकी तो आधा डिब्बा खाली हो गया। मैं भी आराम से, अपने सुबह के कामों से निपट, प्लेटफ़ार्म पर जाकर नाश्ता करने लगा। नाश्ते के बाद फिर अपने डिब्बे में आकर बैठ गया। मैं जानता था कि शाम से पहले मैं अपने गन्तव्य तक नहीं पहुँच सकता।

ट्रेन लेट थी। वहाँ पहुँचते–पहुँचते रात हो गयी। सिवा वहाँ के वेटिंगरूम में सोने के और कोई विकल्प नहीं था। स्टेशन की बिल्डिंग बिलकुल बदल गयी थी, उसमें खोजने पर भी मेरी पहचान का कुछ नहीं था। बड़ी बिल्डिंग होने के बावजूद वहाँ बहुत चहल–पहल नहीं थी। बहुत थोड़े से लोग दिख रहे थे, वे भी सारे के सारे अनजाने थे। अन्त में थक कर मैंने अपने कमण्डलू से पानी पिया और कम्बल बिछा कर सो गया।

सुबह जब मैं अपने गाँव के लिए चला तो सवेरा हुआ ही था। सुबह की प्राणवायु धीरे–धीरे बह रही थी। मेरा मन भी ख़ुशी की किसी अनाम धुन पर नाच रहा था। हालाँकि रास्ते की किसी भी चीज़ में वह पुरानी पहचान नहीं उभर रही थी। पुरानी पतली–पतली गलियाँ अब कोलतार की सड़कों में बदल गयी थीं। खपरैल के मकान अब ईंट और सीमेंट के मकान में परिवर्तित हो गये थे। गाँव के बीचोबीच से एन. एच. की सड़क गुज़र रही थी। इसलिए गाँव होकर गुज़रने वाली गाड़ियों की संख्या इतनी

बढ़ गयी थी, कि इसे गाँव मानने में कठिनाई हो रही थी। गुलमोहर और अमलताश के उन पुराने पेड़ों की शायद सड़क बनाते समय ही बलि चढ़ा दी गयी थी। हाँ, आम के बगीचे वैसे के वैसे थे, शायद अभी भी वहाँ बच्चे कंचे खेलते हों और गायें भी शायद वहाँ पूर्ववत् चरती हों, पर इतने सवेरे न गायें थीं न बच्चे। रास्ते में कोई पोखर भी नहीं मिला। पोखरों का अस्तित्व भी शायद ख़त्म हो गया था, उस पर लोगों ने मकान बना लिए थे, पता नहीं अब भैंसें कहाँ बैठती होंगी? अब पइन भी नहीं रहे, हर चार–पाँच खेत के बाद एक लम्बा गड्ढा होता था, जिसमें बरसात में पानी भर जाता था उसे गाँव के लोग पइन बोलते थे। पानी की कमी होने पर वही पानी खेतों में दिया जाता था। अब उसका अस्तित्व भी समाप्त हो गया था। उसकी जगह पानी के पम्प ने ले ली थी, इसलिए पानी के पम्प की भोंडी आवाज़ सुबह–सुबह सुनाई पड़ रही थी, जो सुबह की इस अलौकिकता को कहीं खण्डित करती–सी जान पड़ रही थी। सूरज निकल आया था और गन्ने के स्वस्थ पौधे सूरज की रोशनी में चमक रहे थे।

मैंने दूर से ही अपने घर को पहचान लिया, हालाँकि गाँव के दूसरे मकानों की तरह वह भी सीमेंट का हो गया था। मकान को देख मेरे अन्दर अजब–सी संवेदना फूटी थी। कहीं मन में एक आशा जगी थी, शायद माँ ज़िन्दा हों, पर दूसरे पल अपने पर ही हँसी आयी थी, अरे मैं ही पचपन साल का हो रहा हूँ, फिर मेरी माँ वो तो...? घर की साँकल खटखटाने से पहले मैंने सोच लिया था, मैं अपना परिचय नहीं दूँगा। इस गाँव में गुज़रते हुए साधुओं की आवभगत और विश्राम की परम्परा थी। अगर वह परम्परा अभी भी होगी तो मुझे यहाँ दो दिन रुकने में कोई कठिनाई नहीं होगी। मैंने साँकल खटखटाया तो एक 15–16 वर्ष के किशोर ने दरवाज़ा खोला। "मैं यात्रा से बहुत थक गया हूँ, क्या मुझे दो दिन के लिए विश्राम की जगह मिलेगी।" किशोर पहले तो मुझे विस्फारित नज़रों से देखता रहा, फिर बिना कुछ बोले अन्दर चला गया। जल्दी ही मेरी उम्र के एक व्यक्ति आये, उन्होंने मुझे प्रणाम किया, फिर बड़ी विनम्रता से मुझे घर के अन्दर चलने के लिए कहा। मैं उनको पहचान गया, वे मेरे चचेरे बड़े भाई थे। मेरे भाई मुझे अन्दर ले गये और फिर उन्होंने वह कमरा दिखाया जहाँ मुझे ठहरना था। कमरा नया–नया बना था इसलिए वहाँ मेरे स्मृतिचिह्न होने

की कोई सम्भावना ही नहीं थी। हाँ, आँगन के बीच तुलसी चौरा वैसे का वैसा था। माँ रोज़ शाम को वहाँ दीया जलाती थीं और मुझे प्रणाम करने को कहती थीं। तुलसी चौरा से लगा हनुमान का ध्वज था और उसी चौरे पर रातरानी का एक घना पेड़ भी था। गर्मियों की रातों में जब हम आँगन में खाट बिछाकर सोते थे तो रातरानी की ख़ुशबू से पूरा आँगन महकने लगता था। हनुमान ध्वज अभी वैसे ही लगा हुआ था क्योंकि वह हर साल लगाया जाता है, पर रातरानी का वह पौधा वहाँ नहीं था।

खाना भी भाई ही लेकर कमरे में आये थे, मैं हाथ धोकर चुपचाप खाने लगा। साधु की परम्परा में खाते हुए बोला नहीं जाता इसलिए मैं चुपचाप खाता रहा, पर खाना खाकर जब मैं बाहर से हाथ धोकर आया तो मैंने देखा भाई मेरी जूठी थाली लेकर जाना चाहते हैं मुझे थोड़ा अच्छा नहीं लगा कि बड़े भाई मेरा जूठन उठायें, पर लाचारी थी। लेकिन कुछ पूछने के बहाने मैंने उन्हें रोक लिया।

''पिछली बार जब मैं यहाँ आया था, तो एक माँ जी थीं, वो दिख नहीं रही हैं,'' मैंने बड़े धड़कते दिल से यह प्रश्न किया।

''हाँ, वे मेरी चाची थीं, उनको तो मरे भी 10 साल हो गये।''

''इतनी कम उम्र में?'' मैंने अटकते हुए कहा।

''हाँ, उनका एक लड़का था पढ़ता–लिखता नहीं था। गाँव की संगति में ख़राब हो गया था, एक बार चाची उस पर बिगड़ीं तो वह गाँव छोड़ कर भाग गया बेचारी चाची...'' भाई ने एक आह भरी।

''आपने उन्हें बेचारी क्यों कहा, ''मैंने बात को आगे बढ़ाने के लिए प्रतिप्रश्न किया।

''बेचारी न कहूँ तो क्या कहूँ, बेटे की याद में चाची तिल–तिल कर जलती रहीं, पर पूरी ज़िन्दगी बेटे से मुलाक़ात नहीं हो पायी। जब तक ज़िन्दा रहीं उनका बस एक ही काम था, बेटे के आने की राह जोहना, रोज़ काम ख़त्म करके दरवाज़े पर बैठ बेटे की राह जोहा करती थीं। बाद के दिनों में जब लोग उन्हें गोपाल मैया कहें तो चौंक जाती थीं, उनको लगता गोपाल आ गया है, गोपाल उनके लड़के का नाम था। बेचारी बेटे की राह जोहते–जोहते दुनिया से चली भी गयीं।'' भैया की बात सुनकर मेरी आँखों के कोने में हल्का–हल्का दर्द होने लगा। आँसूओं का वेग रोके रहना मेरे लिए अब कष्टकर जान पड़ने लगा।

"हालाँकि उनकी मौत बड़ी अच्छी हुई, उस दिन भी चाची गोपाल के इन्तज़ार में दरवाज़े पर बैठी थीं। माँ ने खाने के लिए बुलाया तो वो अन्दर आ तो गयीं, पर खाना नहीं खाया और रात को जो सोयीं तो सोयी ही रह गयीं।"

मैंने लोटा उठाया और मुँह धोने के बहाने बाहर आ गया, अब मेरे लिए आँसू रोकना सम्भव हो रहा था। मैं बहुत देर तक अपने चेहरे पर पानी के छींटे देता रहा।

दूसरे दिन मैं गाँव देखने निकला। मैं चाहता था बचपन की सारी चीज़ों को पहचानूँ, उनसे जुड़े क़िस्सों को फिर से याद करूँ, पर दिन भर घूमने के बाद भी कुछ ऐसा नहीं मिला जो मेरी संवेदनाओं को झकझोरता। सिर्फ़ स्कूल की इमारत मिली जिसमें कोई परिवर्तन नहीं हुआ था। वहाँ ठहर कर कुछ देर मैं उसे निहारता भी रहा, पर वह इमारत भी मुझे कुछ ख़ास याद नहीं दिला पायी। हाँ, लौटते हुए जब मैं सरकारी ट्यूबवेल के पास से गुज़रा तो याद आया कैसे माँ मुझे वहाँ रगड़–रगड़ कर नहलाती थीं। हालाँकि यह हफ्ते में एक ही बार सम्भव हो पाता था, पर इसके लिए माँ मुझे हफ्ते भर पकड़ती रहती थीं और मैं भागता रहता था। हाँ, अचानक एक और याद मेरे मन में बिजली की तरह चमक गयी, पोखर के पास वाले नीम के उस पेड़ के नीचे से गुज़रते हुए अचानक मुझे गंगिया याद आया। मैं एक मिनट के लिए वहाँ ठहर गया। गंगिया ने मेरे जीवन में बहुत अहम भूमिका निभाई थी। मेरे भविष्य की सारी तस्वीर इसी एक शब्द ने बदल दी थी। पता नहीं यह नाम ओझा के सामने मेरे मुँह से क्यों निकला था, शायद गाँव में प्रचलित भूतों के क़िस्सों का असर होगा या अकाल मृत्यु से मरे दोस्त का दुख मेरे अचेतन मन में होगा जो समय पाकर बाहर आ गया होगा। मैं बड़ी देर उस नीम के वृक्ष के नीचे खड़ा रहा और गंगिया के बारे में सोचता रहा।

रात्रि भोजन करते समय मुझे भैया से गाँव के बारे में बहुत–सी बातों का पता चला। जैसे गाँव की आबादी आधी रह गयी है, बड़े लोग तो पहले ही गाँव छोड़ कर शहर चले गये थे। अब किसान परिवार भी खेती करना नहीं चाहते, एक तो छोटी–छोटी ज़मीन वाले किसानों को ज़मीन से कोई फ़ायदा नहीं मिलता, दूसरे फ़सल रोपने–काटने के लिए भी आदमी

नहीं मिलता। अगर भाग्य से फ़सल तैयार हो भी गयी तो ख़रीदार नहीं मिलता। ख़रीदार मिल भी जाता है तो वह सस्ते दामों में ख़रीदना चाहता है। दूसरी तरफ़ शहरों में अच्छा पैसा मिल जाता है, इसलिए अब नौकरी के चक्कर में ज़्यादा लोग शहर ही भाग रहे हैं। भैया थोड़ी देर के लिए चुप हो गये फिर बोले, "मैं भी सोचता हूँ कि नन्हें को शहर ही भेज दूँ" भैया की आवाज़ में दर्द उभर आया था।

तीसरे दिन मैं ऋषिकेश लौट आया था। लौटते–लौटते शाम हो गयी थी, पर कमरे में समान रख मैं सीधे गंगा किनारे चला गया। पूर्णिमा की चाँदनी लहरों पर बिखरी हुई थी, लग रहा था जैसे किरणों से अमृत उतर आया है। मैं बड़ी देर तक लहरों को देखता रहा और अमृत पान करता रहा।

सुबह का सूरज मेरे लिए अनोखा था, इतनी आन्तरिक शान्ति का एहसास इसके पहले मुझे कभी नहीं हुआ था। गंगा, जिसे मैं बचपन से ही देखता आया हूँ, उसे देख कर पहली बार यह एहसास हुआ कि लाखों साल के इतिहास की गवाह गंगा का यही तट तो है। यहाँ से बालू का एक–एक कण उन दिनों का साक्षी है जिन दिनों इन्हीं तटों पर बैठ कर ऋषियों ने वेद की रचना की होगी। यहीं बैठ कर वे सस्वर इसका पाठ भी करते होंगे, और आज भी सुबह सवेरे गंगा के किनारे, वेद पाठ करते छात्रों की लयबद्ध सम्मोहक ध्वनि सुनाई पड़ती है, तो सहसा मन भ्रमित हो जाता है किसी और लोक, किसी और काल में विचरण करने के भ्रम में आप जैसे खो से जाते हैं।

मुझे ऋषिकेश वापस लौटे 10 वर्ष हो चुके थे। शुरू के दिनों में मैं आश्रम में रहा, वहीं खाया, वहीं सोया, पर कुछ ही हफ़्तों बाद, पहाड़ी की तलहटी में थोड़ी समतल ज़मीन देख कर एक पीपल का बिरवा लगाया और वहीं एक–दूसरे पेड़ के नीचे रहने लगा। मैं वहीं रह कर लोगों की सेवा करने लगा। बदले में जो भी भिक्षा मिल जाती उसे खाकर वहीं सो जाता। पीपल जब थोड़ा बड़ा हुआ तो मैंने उसे एक चबूतरे से घेर दिया। थोड़े दिनों बाद मैंने वहीं एक झोपड़ी भी बना ली और उसमें रहने लगा। धीरे–धीरे लोगों का विश्वास मुझ पर जमता गया। लोग अपने सुख–दुख के लिए केवल मेरी सेवा ही नहीं मेरी राय भी माँगने लगे। एक–दो व्यक्तियों से

शुरू हुआ यह भरोसा धीरे–धीरे बढ़ता हुआ हज़ारों की संख्या छूने लगा। इस बढ़ती हुई संख्या ने ही मुझे प्रवचन देने के लिए मज़बूर किया। मैंने वहीं अपना आश्रम बनाया, कुछ लोग मेरे साथ रहने भी लगे। मैं रोज़ दिन में लोगों की समस्या सुनता, उनको सुलझाने की कोशिश करता, बीमार लोगों की सेवा करता, पर शाम को उसी पीपल के नीचे बैठ प्रवचन देता। प्रवचन के माध्यम से मैं यह समझाने की कोशिश करता कि जीवन की ख़ुशी तुम्हारे हाथ में है।

यह घटना भी उन्हीं दिनों की है, ऋषिकेश आये कितने वर्ष हो चुके थे यह तो ठीक से याद नहीं, पर यह याद है उस समय तक आश्रम बन चुका था। मेरे भक्तों की संख्या अच्छी–ख़ासी हो गयी थी, इसलिए चढ़ावा भी काफ़ी चढ़ने लगा था। अमूमन रोज़ के चढ़ावे से मैं किसी पीड़ित परिवार की मदद करता, पर इधर मुझे लगने लगा था कि मैं कुछ लोगों के आश्रित रहने की मनोवृत्ति को बढ़ावा दे रहा हूँ। उस दिन यही कुछ सोचता हुआ मैं जा रहा था। बाज़ार से मुझे पूजा–पाठ का कुछ सामान ख़रीदना था। मैं दुकान की तरफ़ जा ही रहा था तभी उस कुष्ठ रोगी से मुलाकात हुई। वह लकड़ी से बनी एक गाड़ी पर बैठा था। उसकी सारी अँगुलियों पर पट्टी बँधी थी। वह शायद चलने के क़ाबिल नहीं बचा था, जो गाड़ी धकेल रही थी, वह शायद उसकी पत्नी थी। जिसकी बस एक अँगुली पर पट्टी बँधी थी, शायद पति सेवा के वरदानस्वरूप उसे यह बीमारी मिली थी।

उनको देखने के बाद मेरी पहली प्रतिक्रिया यही थी कि मैं जेब में हाथ डालूँ और जो भी जेब में है उन्हें देकर वापस लौट जाऊँ, पर अगले ही पल मुझे यह भी लगा कि यह तो इस समस्या का समाधान नहीं। यह तो भिक्षाटन की प्रवृत्ति को बढ़ावा देना है। मैंने अपने बढ़ते हाथ को रोक लिया और उनसे उनके रहने की जगह पूछी। उनके चेहरे से साफ़ दिख रहा था कि उन्हें जगह बताने में कोई रुचि नहीं है, पर शायद मेरे साधु के भेष की उपेक्षा करना भी उनके लिए सम्भव नहीं था। बड़ी अनिच्छा से उसमें के पुरुष ने अपने घर का पता बताया। वह कोई ऐसी जगह तो थी नहीं जिसका अपना पता होता। उसे मुझे पूरा रास्ता बताना पड़ा। पता समझाने के ही क्रम में उसने बताया, "शहर के पूरब में जहाँ

से जंगल शुरू होता है वहीं एक सुनसान जगह है। हमारे गाँव में जब किसी को कुष्ट होता है तो उसका परिवार झोपड़ी बना उसे वहाँ रख आता है। खाना भी वही वहाँ पहुँचाते हैं। मुझे भी जब यह हुआ तब मेरे परिवार ने झोपड़ी बनायी और मुझे वहाँ रख आये। पहले तो बेटा मेरी पत्नी से ही खाना बनवा कर यहाँ रख जाता था, पर जब से मेरी पत्नी ज़िद कर मेरे पास रहने चली आयी, तब से वे नाराज़ हो गये। अब मेरी पत्नी ही खाना बनाती है, पर कितने रोज़ बना पायेगी, भगवान ही जाने, आप उसकी अँगुली देख ही रहे हैं न?'' कुष्ठ रोगी का विकृत चेहरा कुछ और विकृत हुआ, फिर उसके आँखों में आँसू छलक आये। मेरा शरीर भावनाओं के अतिरेक से झनझना उठा। मेरे जीवन की यह सबसे करुण और अनोखी प्रेम कथा थी।

उसके बताने पर मैं उस जगह को तो पहचान गया, पर बहुत दिनों तक मेरा वहाँ जाना नहीं हो पाया, क्योंकि मेरी शुरुआती जद्दोजहद में वह जगह नहीं आती थी। सबसे पहले मैंने वहाँ के अस्पताल से, कुष्ठ रोग की अलग से एक इकाई बनाने की लड़ाई लड़ी। उम्मीद के विरुद्ध वह लड़ाई मुझे बड़े लम्बे अरसे तक लड़नी पड़ी थी। उस लड़ाई के जीतने के बाद ही मेरा वहाँ जाना सम्भव हो पाया था। एक अलग इकाई वाली लड़ाई जीतने के बाद जब मैं वहाँ पहली बार गया था तो मैं बहुत ख़ुश था। मुझे लगता था अब आगे की लड़ाइयाँ आसान होंगी। अलग अस्पताल मिल जाने के बाद तो उनके रहने, खाने, दवा और सेवा की ज़िम्मेदारी अस्पताल की थी, पर मुझे क्या पता था अभी और लड़ाई बाक़ी है। वहाँ जाकर बीमारों को अस्पताल भेजने के क्रम में एक नया अनुभव हुआ। कोई बीमार वहाँ से जाने को तैयार नहीं था। पहले तो घटना की विचित्रता से मैं चकराया, पर बाद में बात समझ में आ गयी। बीमारी ने उनके अन्दर असुरक्षा की भावना भर दी थी, और उनके पूर्व अनुभवों ने उनसे उनकी विश्वास करने की शक्ति ही छीन ली थी। वे किसी तरह के बदलाव से घबराने लगे थे। भिक्षा माँग कर खाना उनकी दिनचर्या ही नहीं उनकी आदत का भी अंग हो चुका था। मुझे यहाँ भी उनको समझाने में लम्बा समय लगाना पड़ा था, पर यहीं समस्या का अन्त नहीं था। जब रोगी जाने को तैयार हुए, तब उन्हें ले जाने की समस्या सामने आयी।

कोई भी वाहन चालक उन्हें अपनी गाड़ी पर बैठाने को तैयार नहीं था। इसी समस्या का निदान खोजने के क्रम में मेरे ख़ुद के जीवन में एक बड़ा बदलाव आया। जीवन में पहली बार पैसे के लिए मैंने अमीरों के दरवाज़े खटखटाये, क्योंकि मरीज़ों के लिए वाहन ख़रीदना ज़रूरी था। यही नहीं मैं इनके लिए एक आश्रम भी बनाना चाहता था, ताकि अच्छे होकर आने पर वे उसमें रह सकें और यह दोनों काम अकेले मेरे बस के नहीं थे। पर ईश्वर की कृपा देखिए, जितना ही मैं डरता था उसके विपरीत बड़ी उदारता से मुझे धन मिला। लक्ष्य की महानता से प्रेरित होकर मेरे बहुत से शिष्य सेवा कार्य के लिए भी तैयार हो गये।

भाग्यवश जंगल के बगल वाली ज़मीन सरकार की थी। कुष्ठ आश्रम के नाम पर वह आसानी से मिल भी गयी। शिष्यों के सहयोग और संरक्षण में वहाँ इमारत बनने भी लगी। गाड़ी पहले ही ख़रीदी जा चुकी थी। एक पूर्व रोगी जो बीमार होने के पहले गाड़ी का चालक ही था उसे चलाने लगा था। धीरे–धीरे वहाँ का काम सुचारू ढ़ंग से होने लगा।

शुरुआती बीमारी वालों को तो अस्पताल में ही रहना होता था, पर असाध्य बीमारी वाले रोगी वहीं झोपड़ी में ही रहते थे। ईश्वर की कृपा से ऐसे रोगियों का ज़िम्मा भी मेरे शिष्यों ने बड़ी ख़ुशी से ले रखा था। डॉक्टरों की सलाह से सारी सावधानियाँ बरतते हुए, वे रोगियों की सेवा कर रहे थे। दिन के कुछ घण्टे मैं भी उनके साथ सेवा में बिताने लगा। कुष्ठ आश्रम अपना आकार ग्रहण करने लगा था। इधर रोगियों की संख्या भी घटने लगी थी। अभी यह सब हो ही रहा था, तभी एक नयी समस्या सामने आयी। अब कुछ रोगी अस्पताल से अच्छे होकर लौटने लगे थे। ऐसे रोगी जो अधिकतर 40 के आसपास के थे अपने गाँव लौटना नहीं चाहते थे। पिछले दिनों के अनुभव वे अभी भूले नहीं थे। उनकी नज़र में भिक्षा से ही ज़िन्दगी काटना, जीने का सबसे आसान तरीक़ा था पर मैं नहीं चाहता था कि इस दूसरे रोग की मनोवृत्ति उनके अन्दर फिर पनपे।

शुरू के दिनों में आसपास की ज़मीन पर खेती करने के लिए मैंने ही उन्हें मानसिक रूप से तैयार किया। बड़े बेमन से उन्होंने काम करना शुरू किया, पर जैसे–जैसे खेतों में पौधे बड़े होने लगे वैसे–वैसे खेती के लिए उनका लगाव भी बढ़ता गया। बीमार पड़ने से पहले उनमें से अधिकतर

व्यक्ति किसान ही तो थे, पर यह प्रयोग भी अपने में कोई स्थायी समाधान नहीं बना, क्योंकि ज़मीन बस इतनी थी कि प्रतिदिन बनने वाली सब्ज़ी की ज़रूरतें पूरी कर सके। उनके भविष्य का प्रश्न एक तरह से अनुत्तरित ही रह गया था। पर ईश्वर की कृपा देखिए, कुष्ठ आश्रम बनने की बात जब हवा में फैलने लगी तो बहुत लोग उसे देखने आने लगे। उन्हीं आने वालों में एक दिन एक जेलर साहब आये। आश्रम दिखाने के क्रम में मैं उनसे अपनी समस्या पर बात करने लगा। बातों ही बातों में उनकी ओर से एक बड़ा अच्छा सुझाव आया। "साधुजी आप अगर सरकार से मंजूरी दिला पायें तो आपकी समस्या का हल निकल सकता है। हमारे जेल के क़ैदी सामान बनाते हैं, और उसे बाज़ार में बेचने के लिए भेजा जाता है। मैं आपके कुछ आदमियों को बुलाकर वह सारी चीज़ें बनाना सिखवा दूँगा, जो मेरे यहाँ कैदी बनाया करते हैं, फिर इनका सामान भी कैदियों के सामान के साथ बाज़ार चला जायेगा। थोड़े दिनों तक साथ चलने के बाद, मुमकिन है उन्हें कोई नया रास्ता मिल जाये।" यह सुझाव मुझे तहे. दिल से पसन्द आया। मेरे लोगों को भी अब काम करने की थोड़ी–थोड़ी आदत पड़ने लगी थी। उनकी आँखों में भी अब नये–नये सपने तैरने लगे थे, इसलिए इस सुझाव का सबने बड़ी गर्मजोशी से स्वागत किया।

फिर शुरू हुई सपने को धरती पर लाने की प्रक्रिया। भगवान की कृपा से इस बीच आश्रम भी बनकर तैयार हो गया था। मेरे शिष्यों को आश्रम संचालन का पूर्व अनुभव था ही, इसलिए यहाँ उन्हें किसी तरह की कठिनाई का सामना नहीं करना पड़ा। पुरानी झोपड़ियाँ उखाड़ दी गयीं, उनकी जगह बगीचों और फूल की क्यारियों ने ले लीं, लोगों के आग्रह पर कुछ गायें भी रख दी गयीं। सबका काम बाँट दिया गया। बस दो ही बातें सबके लिए अनिवार्य थी। सुबह 4 बजे उठना और प्राणायाम करना। उसमें जो स्वस्थ थे वे आसन भी किया करते थे।

सरकारी मामला था, इसलिए मंजूरी मिलने में छह महीने लग ही गये थे। इस बीच आश्रम के ख़र्च का भार मैं ही ढोता रहा। नहीं–नहीं मैं ग़लत कह गया। मैं कौन होता हूँ भार ढोने वाला, यह तो लोगों की श्रद्धा थी जो इसका भार वहन करते रहें। आश्रम को मूर्त रूप देने का श्रेय भी उसी श्रद्धा को जाता है। काम की मंजूरी मिलने से उनको भविष्य

की ओर बढ़ने के लिए एक पगडण्डी मिल गयी। समय ने उस पगडण्डी को रास्ते में बदल दिया, यह अलग बात है। इस बीच एक अच्छी बात यह भी हुई कि मरीज़ों की संख्या घटने लगी। स्वास्थ और सफ़ाई का महत्त्व उनके अनुभवों ने उन्हें सिखा दिया था। बीमारी का ज़रा–सा भी शक़ होने पर लोग ख़ुद ही अस्पताल आने लगे। उस पूरे क्षेत्र में सफ़ाई का यह आलम था कि लोग उस जगह का नाम सफ़ाई की मिसाल के तौर पर लेने लगे।

मेरे जीवन में वह दिन भी आया जब मेरा एक शुरुआती मरीज़ ठेले पर सब्ज़ी बेचने लगा। एक दिन बाज़ार में उससे भेंट हो गयी। उसको देखकर इतनी ख़ुशी हुई कि मुझसे रहा नहीं गया और मैंने उसे रोक कर उसके चले आने का कारण पूछा। मेरे कारण पूछने पर वह बोला, "साधुजी, मैंने बाज़ार में ही किराये पर एक कमरा ले लिया है। कारण आपको बताने में कोई हर्ज़ नहीं है, क्योंकि आप समझ सकते हैं। आश्रम में रहते हुए सामान्य ज़िन्दगी नहीं जी जा सकती थी। "फिर थोड़ा ठहर कर बोला, "साधुजी और लोगों के लिए जगह भी तो खाली करनी चाहिए, दूसरों के लिए सोचना आप से ही तो सीखा है"। वह हँस रहा था पूस की सुनहरी धूप में उसका चेहरा सन्तुष्टि से दमक रहा था।

मेरी निगाह उसके हाथों पर अटक गयी। वे सुडौल स्वस्थ हाथ थे। कुछ साल पूर्व के ज़ख्मों के निशान ही शायद पुराने दिनों की गवाही देने के लिए बच गये थे। उन हाथों को देखते हुए न जाने मेरे अन्दर क्या कौंधा। अचानक मुझे बचपन का वह स्वप्न याद आया। स्वप्न के कुष्ठ रोगी का भिक्षा माँगता हाथ मेरी आँखों के आगे घूम–सा गया। ...तो क्या–तो क्या मैंने अपनी नियति की झलक बचपन में ही देख ली थी? यही मेरी नियति थी। हाँ, निश्चय ही यही मेरी नियति थी। अपनी नियति को पहचान लेने की उस ख़ुशी से मैं सर से पाँव तक सिहर उठा। न जाने क्यों उन क्षणों में मुझे लगा कि मैंने पूर्णता प्राप्त कर ली है। अपनी पूर्णता का वह क्षणिक बोध, अपने चरम को छू लेने का वह अविश्वसनीय अनुभव, इतना सशक्त था जिससे अभिभूत होकर मैं कुछ देर के लिए अनुभवों से परे चला गया था। यह घटना आज भी मेरी स्मृति में ज्यों–की–त्यों सुरक्षित है। शायद मेरी अन्तिम साँस तक यह ऐसे ही सुरक्षित रहेगी। जिस समय

यह घटना घटी थी उस समय भी मुझे लगा था कि शायद ईश्वर प्राप्ति का क्षण ऐसा ही आनन्दमय होता होगा और आज भी...इतने वर्षों बाद भी...मुझे यही लगता है। हाँ, लेकिन एक और विचार मुझे हमेशा उद्वेलित करता है, क्या ज़िन्दगी भर व्यक्ति ख़ुद को ही तलाशता है।

जिन दिनों उस कुष्ठ रोगी से बाज़ार में भेंट हुई थी, उन दिनों भी तो मैं शाम को प्रवचन ही दिया करता था। उसके बावजूद उस व्यक्ति से भेंट होने के बाद वाले घटनाक्रमों का मेरे ऊपर बहुत गहरा असर पड़ा था। मैं यह तो नहीं कह सकता कि इन घटनाओं ने मुझे बदल दिया, पर यह ज़रूर कह सकता हूँ कि इन घटनाओं ने मेरा नज़रिया बिलकुल साफ़ कर दिया। मैं समझ गया था कि सेवा मेरे जीवन का केन्द्रीय बिन्दु है, जैसे शायद तुलसीदास के लिए काव्य रचना या तानसेन के लिए संगीत हुआ करता होगा।

अपने गाँव से लौटने के बाद से आज तक, मैंने पीछे मुड़ कर नहीं देखा था, शायद अतीत से रिश्ता कटने की वह मेरी अन्तिम घड़ी थी। मेरे पास अब जो भी था, वह मेरा वर्तमान था, पूर्ण समर्पित वर्तमान और इस वर्तमान में मैं मोह मुक्त था। मोह के बन्धन से मुक्त होने का सुखद एहसास कुछ–कुछ ऐसा ही था जैसे सोने के पिंजड़े से सुग्गा उड़ कर किसी ऊँचे पेड़ की ऊँची हरी डाल पर जा बैठे और फिर उस ऊँचाई से पृथ्वी के विहंगम दृश्य को देखे और समझे कि मैं अभी तक कहाँ था।

प्रवचन के ही माध्यम से, एक दिन मैं लोगों को बता रहा था कि "जीवन के वे बन्धन जो बेवजह आपको बाँधे रहते हैं वे आपको मुक्ति नहीं दिला सकते। सत्य ही आपको उनसे मुक्ति दिला सकता है, पर सत्य केवल बुद्धि से प्राप्त नहीं किया जा सकता, उसको जानने के लिए सत्य को जीना पड़ता है।" उस दिन भी मेरे सामने बैठा हज़ारों व्यक्तियों का समूह मेरे आगे बोलने की प्रतीक्षा कर रहा था। मैंने आगे कहा, "मुक्ति का एक ही मार्ग है, अपने पर नियन्त्रण और नियन्त्रण भी कैसा, स्थूल नहीं सूक्ष्म भावनाओं पर नियन्त्रण, तभी मुक्ति सम्भव है। मैं कुछ और आगे बताने ही जा रहा था कि यह प्रश्न मेरे ही अन्दर कौंध गया, "क्या मैं मुक्त हूँ?" सामने बैठे जनसमूह में मेरा प्रश्न घुमड़ने लगा, फिर मेरे ही अन्दर से आवाज़ आयी, "हाँ अब मैं मुक्त हूँ"।

मई का सूरज बहुत पहले ही निकल चुका था। पहाड़ की चोटियाँ लाल मुकुट उतार, सुनहरा मुकुट पहन चुकी थीं। बादल के छुटपुट टुकड़े चोटियों के इर्द–गिर्द इकट्ठे होने लगे थे। प्रवचन के बीच अपनी बात को सरल ढंग से समझाने के लिए, मैंने एक प्राचीन लोककथा सुनायी–''एक भक्त एक ऐसे मन्दिर में पूजा करता था, जहाँ एक ओर गणेशजी की मूर्ति थी तो दूसरी ओर दुर्गा की। वह व्यक्ति गणेश भक्त था। उसको केवल बेटियाँ थीं, बेटा नहीं था। वह रोज़ गणेशजी की आराधना करता था ताकि उसे बेटा हो जाये, पर उसे बेटियाँ ही हो रही थीं। एक दिन जब वह बहुत परेशान था तो उसे एक ख़्याल आया। उसे लगा कि गणेशजी नहीं सुनते तो क्यों न दुर्गा जी की ही पूजा की जाये। दूसरे दिन से वह दुर्गाजी की पूजा करने लगा। कुछ दिनों बाद एक दिन उसने देखा उसकी जलायी अगरबत्तियों की ख़ुशबू गणेशजी की ओर चली जा रही है। यह देख उसे बहुत गुस्सा आया और वह पूजा की थाली से रुई निकाल गणेश जी की मूर्ति की सूँढ़ में ठूँसने लगा, पर यह क्या? अभी वह पूरी रुई ठूँस भी नहीं पाया था तभी गणेशजी प्रकट हुए और उन्होंने उसे बेटा होने का वरदान दिया और अन्तर्ध्यान हो गये। इतनी तेज़ी से घटी सारी घटना से चकराया वह व्यक्ति केवल यही पूछ पाया कि, ''आप को अगर रुई ठूँसवाना इतना ही पसन्द था तो आप पहले ही इशारा कर देते या सपने में ही कह देते।''

''नहीं भक्त रुई ठूँसते समय पहली बार तुमको मुझ पर आस्था हुई, मेरे होने का विश्वास हुआ'', यह कह कर गणेश जी अन्तर्ध्यान हो गये।

''वह व्यक्ति इतने दिनों से जिसे अपनी सच्ची भक्ति समझ रहा था, वह उसकी सच्ची भक्ति नहीं थी। अपनी ही ख़ुशी के लिए कुछ माँगने में भी वह व्यक्ति अन्तःकरण से ईमानदार नहीं था और अपनी ग़लती का दोष गणेशजी को दे रहा था। जैसा कि हममें से अधिकतर व्यक्ति करते हैं। पर जिस दिन उसकी भावना शुद्ध हुई, भले नकारात्मक ढंग से ही सही, उस दिन उसे वरदान मिल गया''।

पता नहीं क्यों, पर उस दिन प्रवचन के दौरान एक बार फिर मुझे ऐसा लगा कि मैं अपने बचपन का स्वप्न ही जी रहा हूँ, वैसे ही टीले पर बैठा हुआ मैं और सामने एक बड़ा–सा जनसमूह, तो...तो यह सत्य है कि

उस छोटी उम्र में ही मैंने अपनी नियति के दर्शन कर लिए थे? जो जीवन मैंने जिया वही मेरी नियति थी? और मैं जीवन से सन्तुष्ट भी इसीलिए हूँ क्योंकि मैं राह नहीं भटका।

यह सोचते हुए उस दिन जब प्रवचन समाप्त कर मैं आश्रम की ओर लौट रहा था, तो मेरे सामने भिक्षा माँगने की तर्ज पर एक हाथ आया था। ठीक वैसा ही हाथ जैसा बचपन में मैंने सपने में देखा था। मैं हाथ देखते ही समझ गया, यह हाथ मुझसे सांसारिक चीज़ें नहीं माँग रहे हैं।

तो?

तो क्या, यह गुरुजी का हाथ है?

या

मेरी नियति के अगले क़दम का इशारा?

"मैं मौत से नहीं डरता, मौत भी मुझे उतनी ही प्रिय है जितनी ज़िन्दगी, क्योंकि मैं समझता हूँ कि मौत में ही मेरा पुनर्जन्म समाहित है", मैंने ख़ुद को यह स्पष्टीकरण दिया। ख़ुद को दिये इस स्पष्टीकरण के बावजूद मैं बीते हुए जीवन पर सोचता हुआ धीमे क़दमों से आश्रम की ओर बढ़ने लगा था। बरसात की शाम अब ढलने लगी थी। क्षितिज पर लाल सुनहले बादलों का खेल अभी जारी था। पता नहीं बादलों को देख मुझे पहली बार ऐसा क्यों लगा कि इस नये खेल में मुझे भी शामिल होना चाहिए?

❑❑